Sur l'auteure

L'Australienne Felicity McLean est auteure et journaliste. *Les sœurs Van Apfel ont disparu*, traduit dans de nombreux pays, est son premier roman.

FELICITY McLEAN

LES SŒURS VAN APFEL ONT DISPARU

Traduit de l'anglais (Australie)
par Sylvie Schneiter

10/18

PRESSES DE LA CITÉ

Ce livre est une œuvre de fiction. Les noms, les personnages, les lieux et les événements sont le fruit de l'imagination de l'auteure ou sont utilisés fictivement. Toute ressemblance avec des personnes réelles, vivantes ou mortes, serait pure coïncidence.

Publié sous le titre original
The Van Apfel Girls Are Gone
par Fourth Estate, une marque de HarperCollins Publishers,
Australie, en 2019.

ISBN 978-2-264-07750-9
Dépôt légal : mai 2021

À mes parents.
Et pour Andy, bien sûr.

PROLOGUE

La silhouette fantomatique apparut au petit déjeuner, attirée par le râle des corn flakes dans leur boîte.

Elle marchait. Pieds nus. Jambes nues. Phalanges blanches. Vêtue d'une chemise de nuit claire qui s'accrochait à ses mollets et dévoilait une épaule, avec la désinvolture d'un chapeau incliné sur le côté. Des mèches raidies de ses cheveux trempés de sueur nocturne – qui ne transpirait pas cet été-là ? – encadraient son visage de jeune fille de treize ans, telles des œillères la tête d'un poulain.

Le temps qu'on arrive sur place, elle avait déjà parcouru la moitié du cul-de-sac. Ses yeux aveugles, sa démarche traînante l'avaient menée jusque-là, et elle serait peut-être allée plus loin encore sans la voiture qui lui barrait le passage à angle droit, comme en contrepoint de sa confusion.

Le conducteur, un coude accusateur pointant par la vitre, se penchait et interpellait les voisins qui affluaient sur les lieux :

— Elle a surgi de nulle part !

On aurait dit que c'était ça, son délit. À cette fille tombée du ciel.

Nous avions accouru dès les premières vociférations de l'homme. Et c'est là que nous la vîmes, son corps se détachant sur la brume de chaleur, éclairé par le faisceau des phares aussi inefficaces qu'inutiles puisque le soleil était déjà levé.

— Cordie ! C'est Cordie Van Apfel !

— Nom de Dieu, elle est somnambule ?

— À votre avis, elle nous entend ? Elle peut nous voir ?

Au même moment, M. Van Apfel apparut. Il s'avançait, bras tendus, paumes tournées vers le ciel, comme s'il déboulait du champ extérieur d'un stade de base-ball divin. Il cacha un instant le soleil. Puis il effectua un pas de côté qui mit fin à l'éclipse, et l'astre recommença à darder ses rayons implacables.

— Il n'y a rien à voir, affirma-t-il de sa voix calme de prédicateur laïc. Rien à voir.

1

Le crépuscule. Comme des limbes. La pluie de Baltimore obscurcissait la ville. La crasse maculant les vitres du taxi se mêlait aux gouttes d'eau et, à chaque mouvement de balayage du pare-brise, les essuie-glaces décrivaient un arc graisseux semblable à un lever de soleil sale. Le chauffeur sentait la cigarette et les Tic-Tac à la menthe. Lorsque j'étais montée dans sa voiture, il m'avait poliment demandé si je me sentais mieux.

— Mieux, c'est-à-dire ?

— Mieux qu'avant ?

Nous étions embarrassés tous les deux maintenant. Il m'avait sûrement prise pour une autre – le genre de personne susceptible d'être soignée.

— L'hôpital, a-t-il précisé, désignant l'éblouissante tour de verre azuré qui se profilait derrière le crucifix doré pendu au rétroviseur. Vous êtes pourtant bien sortie de là ?

— J'y travaille, ai-je expliqué. Dans un laboratoire.

J'ai brandi une liasse de feuilles qui, moites désormais, se ramollissaient entre mes mains. Mais le chauffeur ne me regardait pas ; il contemplait le gratte-ciel dont chaque fenêtre ou presque était éclairée, de sorte que l'ensemble – la tour d'un bleu étincelant, le maillage de fenêtres illuminées – ressemblait à une flamme de gaz.

Le trajet jusqu'au centre-ville a pris un temps fou et, dans le taxi, l'air était saturé d'humidité. Nous avons roulé au ralenti sur la voie rapide, coincés derrière un autocar scolaire jaune, dont les pneus soulevaient des gerbes d'eau. Il n'y avait personne à l'intérieur, hormis le chauffeur, invisible de mon siège. Le taxi a bifurqué à gauche dans une avenue encore plus bouchée. Trois voies où l'on avançait à une allure d'escargot. Une bagarre éclatait devant un Burger King : même à cette distance, il était évident que les types ne mettaient aucun cœur à l'ouvrage.

Nous sommes passés devant la sandwicherie Subway. Un bureau de prêteur sur gages (*Achat comptant d'or ! 411-733 !*). La supérette Mini Mart abandonnée. Le temple baptiste des Chrétiens unifiés avec ses tourelles et ses arcades, sans oublier son panneau déchiré en deux d'où le « *ve* » était effacé. À un moment donné, il avait dû encourager les pécheurs à se sentir les *Bienvenus* ; à présent, il remerciait les fidèles d'être « *Bien nus* ». Nous avons dépassé des béhémoths de brique rouge et des casses d'autos. Des épaves abandonnées à la rouille sous la pluie. Des rangées de maisons aux couleurs de bonbons et le Candy Bazaar, blanc comme un mausolée.

C'est là que je l'ai aperçue.

Là. *Là*. Sac bringuebalant contre un manteau flottant. Cheveux lâchés en éventail comme un cerf-volant dans son dos. Le passé chaloupait à l'ouest de North Avenue, rattrapé par la foule de l'heure de pointe en route vers la station de Penn-North. (Le « *metro* », c'est ainsi qu'on l'appelle ici ; seuls les touristes et les Australiens qui arrivent dans le Maryland demandent la direction du train souterrain – le « *subway* » – alors que la ligne est principalement aérienne.) Oui, là. À la fois rattrapée par la cohue qui se pressait vers la station, tout en ne l'étant pas puisqu'elle avait la même démarche qu'autrefois, après toutes ces années. On aurait dit qu'elle planait légèrement au-dessus du sol.

— Arrêtez-vous !

Le chauffeur m'a lancé un regard interloqué.

— Ici ? Vous voulez que je…

— S'il vous plaît ! Garez-vous !

C'était les premières paroles que nous échangions depuis qu'on s'était engagés dans North Avenue. D'un coup sec, il a tourné le volant vers le trottoir sans rien ajouter. Le crucifix a oscillé violemment sur le rétroviseur, risquant de lui crever un œil.

— Vous allez vous mouiller, m'a prévenue le chauffeur.

Le crachin avait pourtant cessé, disparaissant avec les derniers lambeaux de cette journée grise. J'ai payé et me suis précipitée hors du véhicule pour la chercher sur le trottoir.

Sauf que, le temps de se garer, je l'avais perdue de vue dans la foule. J'ai essayé de ne pas m'affoler, de respirer calmement. À ma gauche, le vrombissement de la circulation, à ma droite, des bâtiments industriels. J'ai emboîté le pas à deux hommes en complet bas de gamme, qui marchaient à grands pas tout en se plaignant d'une collègue de bureau.

— Quelle hypocrite !

— Tu as raison, a acquiescé son ami. Une hypocrite de première. Elle feint d'être meilleure que les autres, mais au bout du compte elle ne vaut pas un radis.

La station de Penn-North est apparue un peu plus loin devant. Son enseigne du même bleu que l'hôpital : le bleu réglementaire de Baltimore. Les complets bas de gamme et moi avons traversé, de front, une rue adjacente.

C'est alors que je l'ai vue : une dizaine de personnes nous séparaient. Elle a pris le raccourci le long de North & Woodbrook Park, effrayant sur son passage des corbeaux qui se sont envolés au-dessus des arbres en formant un nuage noir. Mon sang n'a fait qu'un tour.

— Cordie ! ai-je appelé. Cordie, c'est moi !

Elle ne m'a pas entendue. Impossible autrement, puisqu'elle n'a pas regardé une seule fois derrière elle. J'ai hurlé une seconde fois :

— Cordie ! Cordelia !

Elle a traversé la rue et la petite place pavée d'un pas pressé, avant de disparaître dans la station ourlée de bleu du métro. Je me suis ruée derrière elle.

À nouveau, je l'ai aperçue un bref instant ; à nouveau, elle a disparu. Catapultée dans l'abîme de l'escalier roulant montant.

— Cordelia ! Cordelia !

Je me suis frayé un passage dans la foule.

— Cordie !

— Ta gueule ! a marmonné un type.

J'ai atteint le quai : sol mouillé, carrelage mural suintant, poutres ruisselantes. Les banlieusards se pressaient tandis que le décompte des minutes s'affichait sur le tableau des départs. Deux minutes pour la trouver. Une minute…

— Pardon, pardon.

J'ai avancé sur le quai, du mauvais côté de la ligne jaune comminatoire.

— Pardon, excusez-moi, je dois…

Et soudain, elle était là juste devant moi, adossée à un pilier au bout du quai. Son manteau ne flottait plus derrière elle. Foncés par la pluie, ses cheveux lui tombaient sur le visage. Elle tenait son sac sous le bras.

— Cordie ! ai-je crié, tendant le bras pour la toucher.

À cet instant précis, la rame est arrivée derrière moi. Un vent chaud a soufflé dans mon dos, me propulsant vers elle. Elle s'est retournée, stupéfaite.

— Dé… désolée, ai-je balbutié. Je vous ai prise pour une autre. Oh mon Dieu ! Désolée.

Elle m'a congédiée d'un geste – « aucune importance » –, puis elle a fermé son parapluie, m'a contournée, et s'est approchée des portières qui s'ouvraient en grinçant.

Elle a disparu dans la rame sans regarder par-dessus son épaule. J'ai lancé :

— J'ai cru que vous étiez quelqu'un que je n'ai pas vu…

Ma phrase a été interrompue, mes mots sont tombés dans la fente entre le quai et la rame.

— … depuis longtemps.

Cette semaine-là, ça faisait vingt ans.

Au fil des années, j'avais vu tellement de Cordie que c'était devenu un tic. D'apercevoir sa nuque. De la repérer dans une foule. Dans la queue à la caisse d'un supermarché, payant son plein d'essence, chez le dentiste. Elle reprenait son souffle dans le couloir adjacent au mien à la piscine, les mouvements maladroits, toujours aussi belle.

Au début, j'étais désorientée par ces visions. Effrayée même, quand j'étais petite. Mais en grandissant, cela a commencé à me réconforter. À m'apaiser en quelque sorte et, s'il s'écoulait trop de temps entre deux apparitions, je me sentais désappointée. En route pour un examen, un entretien professionnel ou un rendez-vous arrangé par des amis, je calmais mes nerfs en essayant de retrouver Cordie.

C'était Cordie, toujours Cordie. Jamais Hannah ni Ruth. Cordie était celle qui revenait. Qui apparaissait puis s'évaporait sous mes yeux. Il ne s'agissait souvent que d'une paire d'yeux un peu trop écartés ou d'une mèche de cheveux blonds et raides. Cela suffisait pour que mon cerveau franchisse le pas. Je me rapprochais de la vision, posais la question, et la fille me faisait face, perplexe : « Je vous connais ? Puis-je vous aider ? Nous nous sommes déjà rencontrées ? »

Et lorsqu'elle tournait les talons, l'illusion se dissipait aussitôt et je marmonnais : « Pardon, je vous ai prise pour une autre. » Elle souriait en haussant les épaules et s'éclipsait, tandis que, plantée dans la rue, je me demandais où elle avait appris ce tour de magie.

À Baltimore, j'habitais une maison mitoyenne délabrée. Briques rouges, châssis de fenêtres blancs. Elle s'appuyait sur ses voisines comme sur des béquilles. Les pluies diluviennes étaient tellement fréquentes que certains jours, en rentrant du boulot, je m'attendais à découvrir que toute la rangée des bâtisses s'était effondrée dans le caniveau, avait dévalé la colline et sombré dans la baie de Chesapeake.

Il aurait été fort peu probable que je me sois trouvée chez moi pour assister au spectacle. Je travaillais au labo tous les jours, de 8 h 30 à 18 heures, y compris davantage de week-ends que je n'étais prête à le reconnaître. Là, j'observais le monde par la lentille d'un microscope, faisant la mise au point sur des choses minuscules. Assistante technique de laboratoire dans un centre de recherche médicale, j'amadouais des cellules pour les faire naître et se développer. *Lactobacillus acidophilus. Bifidobacterium lactis. Streptococcus thermophilus*. Je les faisais grandir dans des éprouvettes de lait stérilisé, les baptisais au bain-marie et, une fois qu'elles avaient tourné en mayonnaise, je les alignais sur des plaques recouvertes d'agar-agar pour contrôler leur pureté.

Les bons jours, je remplissais environ cent vingt plaques. Une hanche calée contre la table de laboratoire, un pied devant, l'autre derrière, debout toute la sainte journée, sans tenir compte de la douleur sourde dans mes talons, des élancements derrière mes genoux. Debout, parce que je n'ai jamais voulu m'asseoir sagement – malgré les consignes prodiguées des années auparavant par l'inspecteur principal Mundy. (« Asseyez-vous, restez tranquilles, nous avait-il enjoint après la disparition des filles. Laissez-nous du temps pour retrouver vos amies. » Nous lui avions plus ou moins obéi. En fait, nous n'avions rien fait d'autre depuis vingt ans.)

Cela prenait quarante-huit heures pour incuber les plaques dans le labo. Ensuite, on les suspendait dans du lait stérilisé pour les transférer dans de minuscules cryotubes, compressés, emballés, congelés – des milliers de petites ampoules semblables aux briques d'un mur –, expédiés dans de plus grands laboratoires du campus, dans d'autres départements du centre de recherche où des gens étudiaient les effets d'efforts variés sur des pathologies chroniques. Où les mêmes écrivaient des articles, organisaient des symposiums, couchaient avec leurs doctorants. Où ils trouvaient des réponses à des questions cruciales. Tout ce que moi j'avais appris, en revanche, se bornait à peaufiner mon art de l'attente. En alignant la vie sur de minuscules plaques recouvertes d'agar-agar, tandis que la mienne, de vie, s'écoulait silencieusement.

Ça, c'était pour les bons jours. Les mauvais – et ils ne manquaient pas –, je n'arrivais pas à me concentrer. Mes pensées vagabondaient. La mayonnaise tombait sur le sol et formait des flaques parsemées d'éclats de verre.

Tous les ans, au mois de décembre, les mauvais jours l'emportaient sur les bons. L'anniversaire de la disparition me perturbait. Il arrivait fréquemment que davantage de cellules se retrouvent par terre qu'en sécurité dans les cryotubes.

Parfois, je ne pensais pas aux sœurs Van Apfel pendant quelque temps, des jours, voire des semaines. Cela m'avait angoissée au début. Comme si je craignais d'être tirée d'affaire. J'ai vite compris que je n'avais nulle raison de m'inquiéter. Le chagrin et la honte, je pouvais les faire apparaître aussi facilement que je cultivais des bactéries en laboratoire. *Esche-*

richia coli et une vie de remords. Je les disposais sur des plaques recouvertes d'agar-agar pour prouver leur pureté. Les empilais dans leurs petites ampoules.

Les choses avaient empiré six mois plus tôt, au début de l'été dans le Maryland. Le mardi 12 juin 2012 – la coupure de journal était encore collée sur mon frigo. L'affaire Chamberlain faisait de nouveau la une de la presse, cette fois en raison d'une décision du coroner de modifier le certificat de décès pour prendre en compte ce que tout le monde savait. Et ce que tout le monde savait, c'était que la petite Azaria Chamberlain, un bébé de neuf semaines, avait été enlevée, il y a plus de trente ans de cela, par un dingo. Or la mère du bébé, Lindy Chamberlain, avait été accusée à tort d'avoir assassiné sa fille : condamnée à perpétuité, elle avait purgé trois ans de sa peine dans une prison du Territoire du Nord jusqu'à ce qu'on découvre la brassière du bébé devant la tanière dudit dingo. Et la condamnation de Lindy Chamberlain avait finalement été annulée.

C'était l'affaire juridique la plus célèbre de l'histoire australienne. La toile de fond de mon enfance. Dans ma rue, des écriteaux *Maison sécurisée*, ornés d'un sourire, étaient vissés sur toutes les boîtes aux lettres. Chaque maison en sécurité. Chaque maison un refuge. Et dans le salon de chacune, tous les soirs, le procès d'une mère qui avait prétendument tué son enfant passait à la télé, aux heures de grande écoute.

Même si Azaria Chamberlain a disparu douze ans avant les sœurs Van Apfel, à presque trois mille kilomètres de distance, même si l'affaire Chamberlain a été résolue, tandis que ce qui est arrivé à Hannah, Cordie et Ruth reste un mystère, les deux histoires sont tellement soudées dans mon esprit que je ne parviens pas à les dissocier.

Cela explique donc pourquoi, depuis que je suis passée devant ce magasin d'électronique dont la vitrine était placardée de photos de Lindy Chamberlain (lunettes noires et cheveux courts comme par le passé, quoique plus clairs et plus hérissés), je suis plus que jamais en proie à cette crainte qui me hante depuis l'enfance.

Qui ne reste jamais enfouie bien longtemps.

2

Le ciel était d'encre quand j'ai atterri à Sydney. Sans étoiles, dégagé, noir. J'ai failli rater le pont autoroutier qui mène chez mes parents depuis l'aéroport. Il n'existait pas à l'époque où je suis partie à Baltimore ; il a surgi fortuitement du sol boueux de la vallée, élégant, fiable, géométriquement satisfaisant. Suspendu à quarante mètres d'altitude, il relie notre crête au reste du monde avec un grand sourire inversé.

Lorsque j'ai regardé dans le rétroviseur de ma voiture de location, tandis qu'une main sur le volant je cherchais de l'autre le clignotant, j'ai vu le pont qui décrivait une courbe au loin, pareille à la queue d'une horrible créature.

La queue, les crocs, les griffes, les yeux, autant de sujets de plaisanterie entre nous. Une haleine chaude sur notre nuque. On se faisait réciproquement peur avec des histoires sur les bêtes sauvages vivant dans la vallée. *Une panthère. Un python. Un monstre fabuleux qui attirait les gens dans la rivière et les éviscérait aussi facilement que s'il décortiquait des crevettes.* (Comme si ce qu'on imaginait dans nos tentes plantées au fond du jardin pouvait être plus dangereux que ce qui rôdait en bas dans la mangrove.)

Nous n'étions pas les seules. Tous les deux ou trois ans, le journal du coin annonçait qu'un félin avait été aperçu et publiait la photo d'une empreinte de patte près de laquelle un briquet était posé, histoire d'appréhender la taille de l'animal. Ou il y avait une alerte de requin-bouledogue dans la rivière. Ou bien encore un chien mutilé avait été rejeté dans la vase, vraisemblablement dévoré par un requin. À l'époque, j'estimais que cela devait être facile à prouver vu que la bestiole, quelle qu'elle soit, avait englouti la moitié du chien et que ledit chien portait une puce électronique. Papa m'avait détrompée : la puce électronique ne permettait pas de retrouver autre chose que le nom et l'adresse d'un animal domestique.

Une autre fois, le journal publia des photos prises avec un appareil de vision nocturne démontrant l'existence d'une panthère. Une ombre aux yeux phosphorescents en première page. Toutefois, une fois le journal imprimé, plié et lancé depuis leur voiture par les Tooley, chargés de sa distribution tous les mardis après le déjeuner, il était impossible de distinguer le fauve des multiples taches de gras de sandwich.

À mon arrivée, la maison était éclairée comme le minibar d'une chambre d'hôtel. Elle paraissait plus petite, moins solide que dans mon souvenir. L'immense angophora de l'allée qui surplombait le garage a secoué ses feuilles pour m'accueillir. La senteur d'eucalyptus m'a fait l'effet d'un coup de poing dans le ventre.

— Te voilà ! s'est exclamée maman en jetant ses bras autour de moi sur le pas de la porte. Graham, elle est là ! Elle est là – Tikka est rentrée !

Elle a enlevé le sac de mon épaule, saisi celui que je tenais à la main, puis elle m'a poussée de sa hanche dans le couloir vers la cuisine peinte en jaune.

— Comment s'est passé ton vol ? a-t-elle enchaîné. Tu as mangé quelque chose ? Assieds-toi, je vais te préparer une tasse de thé. Ton père sortira tes affaires de la voiture. Quoi, tu n'as emporté que ces deux sacs ? C'est tout ? Tu restes combien de temps ? Nous avons passé l'après-midi chez les Heddingly. Tu sais que Jade Heddingly se marie ? La maison Van Apfel a de nouveau été vendue. Mme McCausley pourra te donner le prix.

Elle s'empressait d'aborder tous les sujets dont elle aurait préféré ne pas parler. *Combien de temps est-ce que j'allais rester* ? *Un autre mariage. Les Van Apfel.* J'ai regardé le fascicule de recettes tiré d'un vieux magazine aux pages écornées qui était posé sur la table.

C'est alors que papa est entré et m'a serrée dans ses bras.

— Content de te voir, Tik.

Il a ébouriffé mes cheveux. La bouilloire a gémi sur le plan de travail.

— Bon vol ? m'a-t-il demandé en s'installant à la table, les bras croisés, les lunettes un peu de guingois. Je l'ai suivi sur *Flight Tracker* (l'application de prédilection de papa en ce moment). Vous avez décollé avec un peu de retard, a-t-il ajouté. Mais vous l'avez rattrapé au-dessus du Pacifique.

— Oui, on nous a priés de nous pencher sur le siège devant nous. Pour gagner de la vitesse, ai-je expliqué.

— Très drôle !

— Dans le souci d'économiser du carburant.

— Ah, je vois… C'est pour ça que ton billet était si bon marché ?

Si l'idée de rentrer à la maison pour voir Laura était la mienne, maman et papa avaient été obligés de subventionner mon voyage.

— Oui, sans doute, ai-je répondu, l'oreille basse.

Maman a apporté trois mugs de thé, qu'elle a posés sur des dessous de verre en liège. Après avoir pris leur retraite, mes parents avaient acheté une petite caravane pour se promener dans les environs et chaque dessous de verre provenait de différentes attractions touristiques de l'État. *The Big Banana ! The Big Bull ! The Big Merino !* claironnaient-ils.

— Un grand tour pour une petite caravane, ai-je fait observer.

— Bois plutôt ça.

Maman a désigné le thé chaud devant moi. Le mug était lourd, démodé, et le thé exactement comme je l'aimais.

— Je vais te préparer des toasts, Tik, a-t-elle poursuivi. On dirait que tu n'as rien mangé depuis des mois.

Et tous les trois, nous avons regardé mon sweat à capuche flottant sur mes épaules, mon legging noir délavé, mes chaussettes d'avion dépareillées. J'ai soufflé sur mon thé pour faire de la vapeur.

— Où est Laura ?

— Elle dort, a dit maman.

— Elle se fatigue vite, a complété papa.

— Comment va-t-elle ? ai-je timidement enchaîné.

Maman s'est assise en face de moi et a pris une profonde inspiration. Papa a posé la main sur ses genoux puis, à ma grande surprise, il a fondu en larmes.

— Qu'est-ce qu'il y a ? Son état a empiré, c'est ça ? Pourquoi ne m'avez-vous pas prévenue ?

— Nous t'avons tout dit, Tik, m'a assuré maman. La chimio commence bientôt et le pronostic est bon. Dieu soit loué, cette saleté ne s'est pas propagée.

Papa s'est essuyé les yeux d'un revers de main. Il a remis ses lunettes, relevé le menton.

— À notre âge, on s'y attend. On s'attend à ce que nos amis tombent malades, à ce que notre propre santé se détraque. Mais comment accepter que ça arrive à notre enfant ?

Sa voix s'est brisée, il s'est interrompu.

Maman, elle, a tendu le bras sur la nappe, lissant des plis invisibles. Le dos de sa main et son avant-bras nu jusqu'au coude étaient constellés d'éphélides.

— Notre Laura, a-t-elle soufflé.

Laura avait téléphoné, une semaine auparavant, pour m'annoncer que c'était un cancer. Le lymphome de Hodgkin nodulaire. Elle s'était exprimée avec détachement, et je me l'étais représentée en train de lire son diagnostic, sanglée dans son uniforme d'infirmière.

— J'arrive, lui avais-je déclaré. Je réserve une place sur un vol aujourd'hui.

— Pourquoi ? Tu ne peux rien faire.

— Peu importe, j'ai envie de te voir.

— Je ne serai peut-être pas très en forme.

J'étais dans le métro aérien, en route vers le labo. Par la fenêtre : un défilé d'immeubles en brique rouge aussi imperturbables que la pluie qui tambourinait sur la vitre. Comme ma sœur ne m'appelait jamais à cette heure de la matinée – minuit, en Australie –, j'avais compris, avant même qu'elle prenne la parole, que quelque chose n'allait pas.

— La communication risque d'être coupée, je suis dans le métro, avais-je expliqué.

— Moi, c'est ma vie qui vient d'être coupée, avait-elle répliqué.

Le soir de mon arrivée, elle est entrée dans la cuisine vêtue d'un peignoir bleu aussi fatigué que son visage. Elle a fourragé dans le sac que j'avais laissé sur la table.

— Tiens, tiens, des trucs hors taxes, a-t-elle commenté.

Je me suis précipitée vers elle, j'ai enfoui le visage dans son cou, je me suis imprégnée d'elle.

— Oh, Lor.

— Tu n'aurais pas dû venir, tu n'étais pas obligée tu sais.

— Bien sûr que si.

J'ai passé la main dans ses cheveux emmêlés par le sommeil ; elle a tiré sur l'étiquette pendue au dos de mon sweat.

— On est comme des chimpanzés, on s'épouille.

— Toi, peut-être, m'a-t-elle rabrouée. Tu en as la bouille.

— Tête de singe toi-même.

— Face de rat.

Un grand sourire aux lèvres, j'ai collé ma joue sur la sienne.

Une semaine s'est écoulée avant que l'une d'entre nous fasse allusion à la disparition des sœurs Van Apfel, et encore, non sans réticence.

— Tu en as parlé à quelqu'un ? m'a demandé ma sœur avec désinvolture, comme si ma réponse lui était égale, comme si je ne la voyais pas retenir son souffle.

— Et toi ?

— Je suis la première à avoir posé la question, a-t-elle insisté.

Elle avait de nouveau quatorze ans. Et moi onze, pour l'éternité.

3

Cet été-là, nous avons perdu les trois sœurs. On les a laissées se volatiliser à la manière des paroles d'une chanson à moitié oubliée et, lorsque l'une d'elles nous est revenue, ce n'était pas celle qui hantait le plus notre esprit.

Le printemps s'esquiva. Il s'éloigna furtivement dans les broussailles ; à sa place s'installa un été qui dessécha l'air, nous brûla les narines, encapsula la puanteur. Comme les couvercles des boîtes Tupperware.

— Jade Heddingly dit que nos ombres peuvent brûler de rouille spontanée s'il fait suffisamment chaud.

— Ah ah, la combustion spontanée ! fanfaronna ma sœur. Jade Heddingly n'est qu'une imbécile, comme toi ! Les ombres ne peuvent pas se consumer ni roussir. Elles sont toujours là, crétine.

— Pas dans l'obscurité, intervint maman.

Elle avait raison : impossible de voir son ombre dans le noir. Debout devant l'évier, elle taillait des géraniums. *Clic, clic, clic*. Elle coupait les fleurs fanées à la tige et les jetait dans l'évier, où leurs pétales délicats prenaient la couleur des croûtes arrachées de nos genoux : rouge ferreux. C'était l'année de la fin de la guerre froide. L'année où ils ont définitivement arrêté la fabrication des consoles de jeux vidéo Atari 2600. J'avais onze ans et deux mois, onze ans et un sixième, comme je disais. Et je venais d'apprendre que les ombres s'évanouissaient dans l'obscurité.

— Qu'est-ce que Jade t'a raconté d'autre ? reprit Laura.

Elle avait attendu que maman aille dans la buanderie, si bien qu'on était seules à la table de la cuisine, où on feignait de faire nos devoirs.

— Sur les ombres ?

— Sur n'importe quoi. Vas-y, accouche.

Jade Heddingly avait quatorze ans, elle était donc assez grande pour porter un appareil dentaire, mais pas assez pour empêcher ses dents, sa bouche et sa langue de vipère de dire « dremander » au lieu de « demander ». Elle continua de se tromper longtemps après que nous, nous avions cessé de dire « crocrodile » ou « pestacle », ces fautes de prononciation de notre enfance. « Pourquoi tu ne m'as pas dremandé mon avis ? » geignait-elle. Comme si ça avait une chance de nous en faire changer.

— Vas-y, accouche toi-même, rétorquai-je.

— C'est ça.

Je me penchai et murmurai :

— Que pour cacher un cadavre on l'enterre à deux mètres de profondeur puis on enfouit un chien un mètre au-dessus.

— Pourquoi ?

— Comme ça, les chiens renifleurs de la police ne creusent pas plus loin que la carcasse du clebs, et on ne trouve pas le corps.

— C'est répugnant ! s'écria ma sœur.
— Ben, tu voulais savoir ou pas ?
— C'est vrai, ce truc ?
— Je ne sais pas.
— Elle a dit autre chose ? Tu sais, quelque chose sur… tu sais bien.
— Rien.
— Tu es sûre ?
— Oui, je suis sûre, affirmai-je. Jade ignore tout là-dessus.

Ce que nous savions tous, en revanche – déjà à cette époque-là –, c'était que la vallée empestait. Mince, quelle puanteur ! Une odeur de plaie infectée. Comme si on avait déterré quelque chose de gangrené, et recousu à points de suture le ciel purulent pour nous faire suffoquer.

On n'a jamais su pourquoi.

En tout cas, ce n'était pas la faute de Ruth. La vallée sentait mauvais bien avant la disparition des sœurs Van Apfel. Par la ravine, les remugles flottaient jusqu'à notre maison, pourtant juchée sur le versant occidental, et nous giflaient en pleine face les journées de chaleur étouffante et sèche, et il n'y avait que ça depuis la fin de la guerre froide.

Cet été-là fut le plus torride jamais enregistré.

À cette époque, on avait seulement procédé au développement de la vallée par sections. On avait creusé une tranchée, et une route étroite, à deux voies, descendait en zigzag, enjambait la rivière et remontait en serpentant. Cependant, une entité infiniment plus primitive que nous avait réalisé les véritables excavations. La vallée était profonde et vaste. Des arbres en tapissaient les deux versants. Des filaos rabougris jaillissaient de la cuvette, avalant la lumière du soleil et étouffant la marée de leurs aiguilles. Dans les hauteurs poussaient des niaoulis et des arbres à thé qui dégageaient une odeur de citronnelle camphrée. Puis venaient les banksias épingles à cheveux, les églantiers des chiens et toutes les essences de gommiers – eucalyptus à chair laineuse, gommier pilularis, *Eucalyptus gunnii* et *Eucalyptus largeana* – jusqu'aux angophoras anémiques qui, tordus et mutilés, se dressaient le long de la crête.

À l'école, cette vallée, on la surnommait « la raie des fesses ».

On évitait les garçons Pryder et Callum ainsi que les quelques autres gosses des masures regroupées les unes sur les autres, qui s'échelonnaient en son creux. Mais ce que l'endroit avait de plus étrange, ce n'étaient pas les enfants qui y vivaient, ni le silence, ni la façon dont les rayons obliques du soleil y pénétraient en fin de matinée et en ressortaient aussitôt que possible l'après-midi. Non, ce qu'il y avait de terrible, c'était sa configuration. Ces falaises vertigineuses, invitant à la chute. Au lieu de prendre la forme en « V » attendue d'une vallée fluviale normale, le canyon formait un « U », presque aussi large en bas qu'en haut, comme si l'on avait buriné un énorme rocher et emporté les débris. Une brèche considérable. Un néant.

Même à présent, sa géographie ne vaut d'être décrite qu'en raison de ce que l'on n'y trouve pas.

J'y passais des heures, seule, tout au fond. J'y allais quand je m'ennuyais – quand ma sœur était chez Hannah – et que, pour changer, le vent soufflait dans la bonne direction, si bien que la puanteur était moins abominable. Je cueillais des fleurs de bruyère et j'aspirais le nectar de leurs petites tiges roses avant de me raconter qu'elles étaient vénéneuses et que j'étais à l'article de la mort. La mort, à l'époque, n'avait rien d'effrayant. Du moins, c'était ce que Hannah racontait, qui lui avait été enseigné par son père, à qui Dieu l'avait dit au creux de l'oreille. Sauf que, le père de Hannah n'étant jamais passé de vie à trépas, je m'étais insurgée : « Qu'est-ce qu'il en sait, ton père ? »

Ce que personne parmi nous ne savait – ce que nous ne saurions jamais –, c'était ce qui était arrivé à Hannah et à Cordie au mois de décembre de cette année-là.

Nous savions comment avait fini Ruth, parce qu'elle était revenue, la lèvre plissée par une grimace. À croire que, au lieu de s'être perdue toute seule dans le bush (ou pire : pas toute seule. Imaginons un instant qu'elle n'était pas seule), elle avait juste perdu l'argent de son déjeuner.

On l'avait retrouvée dans la profonde anfractuosité d'un rocher sur l'une des rives de la rivière. Elle était coincée tout au fond, comme si elle avait voulu s'élancer les pieds devant, mais que la gorge s'était resserrée sur elle à la dernière minute et avait tenté de la recracher.

Wade Nevrakis nous avait raconté que lorsque les policiers avaient découvert Ruth les mouches bourdonnaient en si grand nombre à la surface du rocher qu'on avait l'illusion que celui-ci tournoyait sur lui-même. Sauf que les parents de Wade Nevrakis tenaient l'épicerie fine située près de notre école, alors je ne comprends pas pourquoi il s'imaginait qu'on croirait que ses parents se trouvaient à proximité au moment de la découverte. (D'un autre côté, quand Kelly Ashwood fit courir le bruit que Ruth était encore suffisamment en vie pour demander : « J'rai un Paddle Pop si j'vous dis que j'ai mal à la gorge ? », eh bien, on aurait presque pu la croire parce que tout le monde sait que Kelly Ashwood est une sacrée rapporteuse et Ruth une goinfre.)

Il ne fallut pas moins de treize inspecteurs, deux experts de la ville, des médecins légistes, et le rassemblement de toutes les forces de la police locale et des bénévoles du service d'intervention d'urgence de l'État pour découvrir Ruth dans le rocher. Sans oublier les cacatoès noirs qui décrivaient des cercles dans le ciel. Ils n'auraient pas dû se trouver là, ces cacatoès ; en tout cas, pas en aussi grand nombre, ni à cette période de l'année qui correspondait à la saison des amours. Or ils ne cessaient de tourner dans le ciel à la manière d'un disque rayé.

Quand on la découvrit, Ruth avait les yeux hermétiquement clos comme si elle en avait assez vu. Comme si elle ne supportait plus de regarder. À part la trace de terre qui lui maculait la joue gauche et quelques aiguilles de pin plantées dans sa tresse, elle paraissait indemne. On aurait dit qu'elle priait.

Cela aurait plu à ses parents.

Nous avons tous entendu le hurlement de la sirène ce fameux jour, tandis que l'ambulance grimpait en cahotant la route en lacets et s'extirpait de la vallée, déjà noyée d'ombre en ce début d'après-midi. À chaque virage, le signal sonore montait, puis baissait en puissance. Mme Van Apfel attendait l'inspecteur principal Mundy au poste de commandement mobile de la police. Mme McCausley, qui habitait à l'angle de notre cul-de-sac, préparait du thé là-bas pour ceux qui participaient aux recherches. Elle nous raconta que la tête de Mme Van Apfel oscillait au rythme du bruit, à la manière d'un chien guettant le sifflement de son maître : « Chaque fois que le chant de la sirène s'intensifiait ou faiblissait, c'était comme si Dieu Lui-même ouvrait et fermait la porte donnant sur la douleur de cette pauvre femme. »

Mme McCausley avait été « tupperwarisée ». Du moins, c'est le mot qu'elle avait employé.

— Elle a été quoi ? s'était étonnée maman le jour où je lui en avais parlé. Ce mot n'existe pas.

Maman étant bibliothécaire, elle était imbattable en matière de vocabulaire et de notifications de retard.

— Tupperwarisée, avais-je répété.

Plusieurs échanges furent nécessaires pour comprendre le sens qu'elle donnait à ce mot, et maman ne perçut son origine qu'après que je lui eus expliqué que la vie de Mme McCausley s'était nettement améliorée lorsqu'elle avait appris que les produits de la marque Tupperware étaient garantis à vie contre les ébréchures, les fêlures, la casse et les éraflures de couteau.

— « Tupperwarisée », c'est n'importe quoi, l'entendis-je dire à papa ce soir-là alors que, penchée sur la rampe de l'escalier, j'écoutais leur conversation. Elle se permet de vendre des Tupperware à nos enfants maintenant.

Elle avait l'air furax, et papa aussi, même si je n'avais rien acheté.

Si Mme McCausley vendait des Tupperware, c'était davantage un passe-temps qu'un boulot. « Une façon pour moi de me tenir à carreau », affirmait-elle.

Il était pourtant de notoriété publique que ses visites de porte en porte provoquaient davantage de troubles qu'elles n'en évitaient.

Les Van Apfel ne vendaient pas de Tupperware – ils ne vendaient rien, à notre connaissance. En revanche, ils soutenaient Jésus-Christ. Oui, Jésus était leur seul point de repère (et là où on habitait, cela faisait de cette famille un refuge).

M. Van Apfel était un homme corpulent avec des mains immenses, de larges épaules, un cou épais. Et les yeux écarquillés d'un enfant. Quand il peignait les gouttières ou passait l'allée au jet d'eau, les grosses lunettes de sécurité en plastique qu'il portait élargissaient encore son regard.

M. Van Apfel entretenait sa maison avec la même dévotion que sa relation avec le Seigneur.

— C'est vrai ?

Ce fut ma réaction lorsqu'il me l'expliqua, un samedi matin où je dégoulinais de transpiration appuyée sur le guidon de ma bicyclette, tandis que M. Van Apfel se baissait et répandait dans l'herbe des boulettes de la taille de crottes de lapin. *Chton. Chton. Chton.* Elles tombaient en formant d'impeccables rangées.

— C'est pour les oiseaux ?

Deux kookaburras étaient perchés dans l'arbre et, tous les trois, on regardait travailler M. Van Apfel.

— Parce que les kookaburras sont carnivores, ai-je ajouté. Caaaar-niiii-vooooores.

— Non, répondit M. Van Apfel. Ça aide à faire pousser l'herbe.

C'est ce jour-là qu'il me sortit son laïus sur Dieu. Je fus impressionnée qu'il puisse en même temps entretenir la pelouse et cultiver sa relation avec le Seigneur. Et que les crottes de lapin soient efficaces pour l'une comme pour l'autre.

— Elle est presque vide, constata-t-il en se redressant, de sorte que ses larges épaules et son cou épais emplirent mon champ de vision.

Il agita la boîte devant moi, et deux ou trois boulettes s'entrechoquèrent.

— Mme Van Apfel en a certainement un stock, m'assura-t-il, comme si j'avais montré de l'inquiétude.

Je n'en doutais pas : Mme Van Apfel était très organisée. J'avais vu son calendrier de cuisine rempli de recommandations impératives, fixé sur le mur près du téléphone. Chacune écrite en majuscules au stylo rouge. Probablement pour l'aider à s'armer de courage en vue du prochain défi. Voilà qui était Mme Van Apfel : le genre de personne qui considérait les invitations de la vie sociale comme des urgences. Qui lisait les dédicaces des livres, en quête de preuves.

Le genre de personne, surtout, qui vivait dans la terreur des dangers qui allaient déferler dans la journée sur ses filles, aussi sûrement que la rivière à l'odeur pestilentielle coulait plus bas.

À présent, j'imagine qu'elle se sentait en droit de déclarer : « Je vous l'avais bien dit. » Ce qui devait lui procurer un certain réconfort.

4

Le samedi soir suivant la disparition des filles Van Apfel, la ville organisa une veillée à Coronation Park. Cela faisait déjà huit jours. (Ruth réapparaîtrait vingt-quatre heures plus tard.)

— C'est de la folie, commenta Mme McCausley avec dédain. Qui s'aventurerait sur la scène de crime alors qu'un maniaque est encore dans la nature ?

Mme McCausley – qui ne ratait jamais une occasion de nous traiter de haut, à l'instar de sa maison qui dominait le carrefour le plus proche – était pourtant venue…

Au cours des jours précédents, tous les habitants du quartier avaient apporté leur soutien, participant aux recherches ou préparant des plats que M. et Mme Van Apfel étaient incapables de digérer. Jour après jour, j'avais vu des voisines déposer ragoûts et gratins de pâtes devant leur porte d'entrée, empilant leurs boîtes Tupperware aux couleurs assorties sur le paillasson. De quoi susciter l'approbation de Mme McCausley, qui en avait pratiquement vendu la totalité.

Mme Lantana, secrétaire du conseil d'administration de l'école, animait la veillée. Elle s'occupait aussi du tableau d'inscription à la cantine, de la foire de printemps annuelle et du magasin d'uniformes (ouvert le troisième vendredi du mois). Mme Lantana prêtait attention au moindre détail. En une semaine, elle avait réussi à accumuler quelque cinq mille bougies blanches, que chacun tenait maintenant à la main.

La chorale des garçons et filles du lycée entonna l'hymne australien. Ils l'avaient déjà fait au spectacle de l'école, huit jours auparavant. Ils répétaient depuis sept mois sans avoir eu la moindre occasion de le chanter, et voilà qu'ils le faisaient à deux reprises en huit jours. Lorsqu'ils se levèrent, Mme Walliams, la chef de chœur, expliqua qu'ils avaient choisi ce chant spécialement pour la veillée. Un mensonge. Tout le monde savait que la chorale ne connaissait qu'une seule autre chanson, « Bound for Botany Bay[1] », laquelle ne correspondait pas à l'atmosphère de détresse générale – notamment les *tourali-ourali-aditi* du refrain.

De toute façon, le choix musical fut sans conséquence, car l'hélicoptère survola notre zone précisément à ce moment-là. Les vrombissements de l'appareil dans le ciel nous empêchèrent d'entendre les paroles, tandis que le rythme saccadé des rotors révéla que la chorale ne suivait pas le tempo. La dernière strophe fut chantée avec une demi-mesure d'avance.

M. Davidson, du Rotary Club, prononça un discours, à la fin duquel nous brandîmes nos bougies en psalmodiant : « Ramenez nos filles à la maison. »

1. Chanson du XVIIIe siècle chantée par les bagnards anglais en route pour l'Australie.

Nous étions forts lors d'une crise, avait déclaré M. Davidson. Forts dans les moments qui comptaient le plus.

— Tu tiens le coup, Tikka ? voulut savoir maman à la fin de l'allocution de M. Davidson.

— Je suis forte.

En toute honnêteté, mon bras me faisait mal, à force de porter la bougie. M. Davidson avait parlé pendant des heures et ma bougie coulait. J'avais du mal à empêcher la cire de tomber sur la couverture de pique-nique.

Plus tard – bougie réduite à un moignon de cire, et tout ce qui restait de la veillée se résumant à une odeur d'allumettes et de cheveux brûlés –, je demandai à papa si les policiers avaient relevé des empreintes comme je les avais vus faire à la télé.

— Quoi ? Tu crois qu'ils vont répandre de la poudre fluo dans toute la vallée ? Sur tous les arbres ? lança Laura.

Pour la première fois depuis plus d'une semaine, ma sœur trouva dans son chagrin une brèche assez grande pour qu'un ricanement s'y infiltre.

Papa lui ordonna de se taire et m'assura :

— Ils font tout leur possible. Les policiers, les enquêteurs – tout le monde fait de son mieux.

Je n'en doutais pas, quoi que cela pût bien signifier. Le jour de leur disparition, Hannah, Cordelia et Ruth portaient vingt et un vêtements à elles trois. Deux paires de Converse (avec des chaussettes), une paire de sandales méduse roses, trois culottes, deux brassières (Ruth n'en mettait pas encore alors qu'elle en avait sans doute plus besoin que ses sœurs), deux tee-shirts, une jupe (et une ceinture), une robe et un minishort en jean (Cordie). Une chevalière ornait le doigt de chacune ; elles avaient cinq joncs à leurs bras ; un bracelet de l'amitié (Hannah, qui l'avait échangé avec ma sœur), deux élastiques à cheveux. En plus, Cordelia portait autour du cou un médaillon contenant – Sara Addison le jurait – un poil de Troy Murphy (ou plutôt de Madonna, à mon humble avis, le chat des Van Apfel).

Les trois sœurs avaient en tout six fémurs, quatre-vingt-dix-neuf vertèbres, trois crânes, soixante ongles. Six rotules, quarante-huit os carpiens et plus de trois millions de cheveux blonds, nuancés d'un vert extraterrestre à cause du chlore de leur piscine – où nous avions nagé presque quotidiennement jusqu'à leur disparition.

Autant de choses qui s'étaient volatilisées, évaporées dans la chaleur. Sans laisser la moindre trace.

Jusqu'au jour où une paire de sandales méduse roses, une robe, une culotte, une chevalière, un élastique à cheveux, deux joues rondes (l'une sale, l'autre non), deux genoux grassouillets (l'un écorché, l'autre non) et un bec-de-lièvre furent rejetés de la vallée pestilentielle dans l'air incandescent.

Les Van Apfel habitaient le quartier depuis l'époque où l'on pouvait acheter des parcelles de bush au prix de 13 000 dollars et d'une heure passée en compagnie d'un agent immobilier fumant des cigarettes à la chaîne. Macedon Close. C'est ainsi qu'il s'appelait, notre cul-de-sac. Il partait de la demeure de Mme McCausley, la première située en hauteur, au coin, puis descendait en direction de la vallée avec la même obstination qu'une cuillère qu'on enfourne dans un gosier.

Un véritable ganglion, notre cul-de-sac. *Un ganglion.* (Un mot chopé dans le lexique au cours du deuxième trimestre, quand on étudiait « Le Corps humain ».) Macedon Close était une tumeur qui avait poussé là où elle n'aurait pas dû, sans que personne sache vraiment pourquoi.

La tumeur avait grossi, accueillant de nouvelles parcelles de mille mètres carrés, équipées de jardins, auvents pour voitures, vérandas, pergolas et viviers. Aucune barrière, en revanche. Personne n'en construisait. Ni à l'avant ni à l'arrière des terrains. Rien que des maigres clôtures sur les côtés, en grillage, broussailles ou planches plus ou moins disjointes. Des cloisons non hermétiques, de sorte que tout circulait d'une maison à l'autre. De sorte que rien n'était retenu à l'intérieur.

Certaines familles, dont les Van Apfel, habitaient là depuis plus d'une génération. Le père de M. Van Apfel avait fait construire en face du terrain de Mme McCausley, en haut du cul-de-sac. Même si, pour être tout à fait exact, il fallait préciser que leur maison se trouvait en fait dans la rue voisine (avec vue sur le reste du quartier), et snobait Macedon Close. On n'en avait cure, cependant. On incluait les Van Apfel dans toutes nos activités. On les invitait au barbecue de Macedon Close tous les ans à Noël.

« Un grain de beauté sur la peau de blonde du voisinage. » C'est ainsi que Mme McCausley surnommait la maison Van Apfel, faisant allusion à ses briques foncées, à ses fenêtres à croisillons sombres et aux tuiles noires immaculées de son toit. Qu'elle soit d'une propreté impeccable ne parvenait pas à tempérer les propos de Mme McCausley. « De l'exhibitionnisme », c'était le mot qu'elle utilisait.

Sans compter le sinistre escalier en colimaçon qui menait à l'étage. Son fût métallique central était pareil à un pieu qui tentait de ficher la maison en terre. À croire qu'elle serait montée droit au ciel, n'eût été cet ancrage dans notre cul-de-sac.

M. Van Apfel père y vécut seul jusqu'à l'arrivée de son fils et de sa jeune épouse au début de leur mariage. Ceux-ci se mirent à peupler la lugubre demeure de fillettes roses. D'abord Hannah, puis Cordelia, et, au moment où il semblait impossible d'y faire entrer un autre lit d'enfant ou de suspendre davantage de couches comme autant de fanions blancs de reddition flottant au vent, le père de M. Van Apfel rendit l'âme, laissant de la place pour une fillette de plus : Ruth.

Mme Van Apfel n'avait pas attendu la mort de son beau-père pour emmener sa jeune famille, une nichée de pies querelleuses, au Centre du Renouveau de l'Espoir. Une immense salle aux murs immaculés ayant bénéficié d'un chaulage luisant répulsif de la chaleur. Un silo rutilant dressé dans la poussière de la rive est.

Dieu avait accordé aux fidèles du Renouveau de l'Espoir une parcelle de huit cent cinquante mètres carrés dans un nouveau lotissement de l'autre côté de la vallée. L'église regardait les étendues de brousse qui s'étendaient au-delà de la rivière coulant dans la ravine. (Mais le bâtiment lui-même était entouré d'arbres abattus, de parcelles de terrains vides délimitées par des rubans fluo et des fondations de maisons en construction.) Les routes, à cette époque-là, n'étaient pas encore asphaltées, et les gravillons blancs rôtissaient au soleil en attendant les trottoirs, les caniveaux et le marquage au sol, indispensable à la bonne tenue de l'ensemble.

Tous les dimanches matin, M. et Mme Van Apfel conduisaient prudemment leur break bleu sur ces routes, leurs deux petites filles attachées sur la banquette arrière, afin d'assister à l'office du réveil de 8 heures. Quelques mois plus tard, ils ajoutèrent un siège pour bébé à l'arrière.

Alors que M. Van Apfel levait les yeux au plafond en chantant de tout son cœur *Lord, make me in Your image*[1] et en tapant des mains, on avait extrait Ruth du ventre contracté de Mme Van Apfel. Le bébé était en sang, les poings serrés, la lèvre fendue luisante dans la lumière aveuglante de l'hôpital.

C'était sept ans plus tôt.

Sept jours de création, sept jours à attendre le déluge pour Noé, sept mots solennels prononcés par le Christ sur la croix. Sept cents références au chiffre sept dans la Bible (dont cinquante-quatre dans la seule Apocalypse, où sont évoqués sept églises, sept anges, sept trompettes et sept étoiles).

M. Van Apfel avait eu trois filles en sept ans. À présent, trois ne faisaient plus qu'une en raison d'un tour de passe-passe mathématique, et, quel que soit le nombre de prières qu'il réciterait, rien ne pourrait résoudre cette énigme pour lui.

La dernière fois que nous sommes allées dans la maison des Van Apfel, c'était pour « garder les sœurs ». (« Hannah et moi sommes les baby-sitters, m'avait reprise Laura. Toi, tu es une des baby-sittées. »)

D'un pas lourd, nous avions toutes les deux gravi la pente jusqu'à la sombre maison située en haut du cul-de-sac ; au fur et à mesure de notre ascension, le bitume se collait à nos tongs. Ma sœur avait quatorze

1. « Seigneur, fais-moi à Ton image. »

ans, et trois ans d'avance sur moi à l'école. Elle était dans la même classe que Hannah Van Apfel. Cependant, tout le monde savait que c'était Cordie qui faisait la loi.

Cordelia Van Apfel, la fille du milieu. Avec ses yeux écartés et ses lèvres violettes. L'air vibrait quand Cordie traversait la pelouse, comme si on avait laissé s'échapper un souffle retenu sans qu'on y ait pris garde. Cordeli. *Aaah.*

Tout le monde avait quelque chose à dire sur Cordelia Van Apfel.

Il y avait cette fois où les sœurs Van Apfel jouaient le rôle des anges dans la crèche vivante de Mme Blunt. Le bruit courut que Cordelia ne portait pas de culotte sous son costume. J'étais la narratrice du spectacle, et je devais marquer le début et la fin de la pièce en récitant un poème de mon cru. (C'était la raison pour laquelle j'avais été incluse dans la production alors que je n'étais qu'en CE2, dans la classe de M. Simpson.) Mon poème était bon, et cela m'avait valu une place dans la crèche vivante – pas assez, toutefois, pour que j'aie droit à un déguisement. Le narrateur devait se contenter de son banal uniforme scolaire (l'étiquette du mien arborait l'inscription ~~*LauraCordelia*~~*Tikka*, et on y ajouterait sans doute bientôt *Ruth*, puisque nos vêtements faisaient la navette entre nos deux maisons).

Les sœurs Van Apfel se tenaient donc sur la scène. (Comme les degrés d'une échelle. En une disposition parfaite.) Elles portaient des tuniques cousues dans des draps blancs. Cordie avait raccourci la sienne, et les agrafes qu'elle avait fixées le long de la pliure formaient un sourire dément. Cordie était un mélange entre la femme du tableau *American*

Gothic, de Wood, et la chanteuse Kylie Minogue. (Mais sûrement pas l'ange de Botticelli.)

D'où je me trouvais, dans les coulisses, il était impossible de distinguer si elle portait une culotte ou pas.

Et puis, il y avait eu ce jour de rentrée scolaire où on avait vu Cordie sortir du bureau de l'administration de l'école, la main dans celle de sa mère. (Même de loin, cependant, on voyait que c'était Mme Van Apfel qui lui tenait la main. Cordie était tellement unique, tellement autosuffisante, qu'elle ne semblait pas éprouver le besoin de toucher les autres.)

On jouait au téléphone arabe dans la cour de récréation, mais dès que Cordie apparut, les mains tombèrent des bouches, le silence s'abattit, comme si continuer « à passer le message » risquait de dissiper l'apparition. Ce n'était pas tant l'entrelacement des mains entre la mère et la fille qui avait abasourdi tout le monde, mais le fait que Cordie, âgée de treize ans et censée commencer le collège, portait le même uniforme que nous.

Dans la cour, on lâcha les cordes à sauter avec déférence, les ballons finirent de rebondir tout seuls et personne ne songea à courir après. On regarda la mère et la fille s'avancer vers la salle de classe de CM2, liées uniquement par la main.

— Cordie redouble le CM2 ?

— Pourquoi on l'obligerait à faire ça ?

À peine l'idée de son redoublement nous eut-elle traversé l'esprit qu'elle ne nous étonna plus et s'imposa à nous. Ses parents, à l'évidence, étaient parfaitement capables d'empêcher Cordie d'entrer au collège. De toute façon, elle en savait davantage que nous, elle avait davantage d'intuition. Au sein de son indifférence, elle gardait des secrets étranges, intimes, trop compliqués pour que nous les élucidions. Bien sûr qu'elle reviendrait nous jeter ça à la figure. C'était tellement évident après coup !

Ce premier jour de la rentrée scolaire, donc, Mme Van Apfel amena sa fille jusqu'à la classe de CM2, au coin de la cour de récréation, sans que cette dernière trahisse qu'elle était consciente de nos regards. La tête haute, elle fixait un point invisible à l'horizon. On se remit à jouer au téléphone arabe.

— Moi la première, ordonna Melanie Firth.

Le clin d'œil qu'elle m'adressa en disait long. Elle était décidée à récupérer le pouvoir. Elle en fit trois tonnes quand elle souffla sa phrase au creux de l'oreille de sa voisine, puis elle me sourit gentiment. Quel que soit le message qui était en train de faire le tour du cercle, il était à mon intention. Sauf qu'une fois qu'il eut parcouru les deux tiers de la distance, son contenu s'était presque volatilisé. Jodi McNally n'en comprenait pas la signification.

— Répète, demanda-t-elle à la fille sur sa gauche.

— C'est contre la règle.

— D'accord.

Jodi se pencha vers moi et chuchota. Son haleine chaude et lourde me picota le tympan.

— Adole caudy vo-sab-da, baragouina-t-elle.

Je la dévisageai, en quête d'un indice.

— Dis-le à voix haute ! s'écria Melanie. Dis-le tout haut.

— Ça n'a pas fait le tour, protestai-je.

— On s'en fiche. Dis-le tout haut. C'est quoi, le message ? Dis-le !

— Très bien. J'adole caudi vo-sab-da, marmonnai-je.

— Répète.

Levant le menton, j'obtempérai. Plus fort, cette fois.

— Tu adores Cordie ! s'exclama Melanie. Tu le reconnais ! C'était le message et tu l'as dit tout haut : *J'adore Cordie, vous le savez bien.*

Je croisai les bras.

— N'importe quoi. Cordie est une fille. Ton message est idiot.

— Ce n'est qu'un jeu, se défendit Melanie, même si elle savait très bien que ça allait plus loin.

À ce moment-là, Cordie et Mme Van Apfel avaient rejoint la classe de CM2. Avant d'entrer dans la salle, Cordie, qui ne nous avait adressé aucun signe de reconnaissance, leva sa main libre derrière son dos et nous fit un doigt d'honneur avec son majeur.

Le jour du baby-sitting chez les Van Apfel, on nagea dans la piscine. Creusé derrière la maison et occupant la moitié de la surface du jardin – tout en buissons taillés et allées couvertes de petits cailloux blancs –, le bassin était orné d'un vinyle d'un bleu intense pour conférer une impression tropicale. Du moins M. Van Apfel l'avait-il affirmé lorsqu'il avait posé la brochure sur la table de la cuisine, d'une manière qui n'était pas sans rappeler le chat de la famille. Madonna, en effet, levait la tête et semblait attendre des félicitations chaque fois qu'elle déposait des carcasses d'opossums sur le paillasson.

On fit des concours compliqués de poirier dans la piscine. Premier round, deuxième round, la meilleure des meilleures. Les battements de nos jambes maigrichonnes pointées vers le ciel d'un bleu céruléen évoquaient les archets d'un orchestre pris de démence.

— Tikka a triché, se plaignit Ruth.

C'était un appel à Cordie, la juge du bord de la piscine.

— Ben voyons ! C'est quoi, tricher à ce jeu, de toute façon ? objectai-je.

Mais Cordie était trop occupée à discuter avec Hannah pour s'intéresser à Ruth.

Plus tard, on s'allongea sous le poivrier sauvage, dont l'ombre morcelait nos visages en pièces de puzzle. Madonna s'approcha de nous, nous renifla mollement, et Cordelia leva un bras paresseux – celui en bon état –, laissant la chatte rousse frotter sa fourrure contre le duvet de sa peau de pêche. Les sœurs lui avaient donné le nom de leur idole (et n'avaient pas souhaité détromper leurs parents, persuadés qu'il s'agissait de la mère de Jésus). Laura et Hannah étaient couchées sur le dos, une main sur le ventre, l'autre bras tendu et se tenant le petit doigt. Cordie, redressée sur un côté, pointait sa hanche ronde vers le ciel.

Après avoir étalé sa serviette plus près de la mienne, Ruth s'assit en tailleur et s'attaqua aux fourmis avec un bâton.

— Qu'est-ce que vous voulez faire ? demanda Laura.

— Sais pas, ai-je répondu. Qu'est-ce que *tu* veux faire ?

— J'ai demandé la première, objecta ma sœur.

— On prend un canoë ? suggéra Hannah.

Elle parlait de ceux du hangar à bateaux, au bord de la rivière. En louer un coûtait 2 dollars, qu'on n'avait jamais. Ou alors il faisait trop chaud. Ou alors Laura n'en avait pas envie.

— Super ! m'exclamai-je.

— Deux par canoë, nous rappela Ruth.

C'était inscrit sur le panneau peint à la main accroché au hangar.

Ruth nous compta : Laura-Hannah, Tikka-Cordie. Puis elle désigna du pouce son buste rose :

— Et moi alors ?

De toute façon, on ne loua pas de canoë.

Ruth se remit à taper sur les fourmis.

— Si tu étais bouddhiste, tu renaîtrais peut-être sous la forme d'une fourmi, commenta ma sœur.

— Si je l'étais, je brûlerais en enfer, rétorqua machinalement Ruth.

Une tondeuse vrombit dans un jardin du voisinage, Madonna jeta un regard méprisant en direction du bruit.

— M. Avery dit que l'enfer n'existe pas, assura Cordie.

— Ah bon, il l'a dit quand ? voulut savoir Hannah.

— Moi, je ne l'ai jamais entendu dire ça, intervins-je.

Cordie eut un claquement de langue empathique, voulant signifier que c'était vraiment dommage pour ma pomme.

— C'est là que tu vas quand tu es somnambule ? la taquina Laura. Chez M. Avery, pour lui parler de l'enfer ?

La remarque déclencha la fureur de Hannah, qui s'exclama :

— Cordie, tu n'es qu'une pute !

Levant la tête le plus haut possible sans que cela lui coûte trop d'effort, elle jeta un regard désapprobateur à sa sœur.

— Jade est de ton avis, attestai-je.

C'était vrai. Jade avait traité Cordie de pute au club de natation, un jour où Cordie, au lieu de se rendre au vestiaire pour se mettre en maillot, s'était changée au bord de la piscine, devant les garçons.

— Qu'ont fait les garçons ? a voulu savoir ma sœur.

Je lui ai expliqué qu'ils avaient attendu tout l'après-midi au même endroit, au cas où elle se rhabillerait après avoir nagé.

— Tu l'as fait ? a demandé Laura à Cordie.

— Non, je suis rentrée à la maison en maillot.

Hannah, cependant, n'était pas indifférente à ce qu'avait dit Jade Heddingly.

— Je suis la seule autorisée à traiter ma sœur de pute. Tu le diras à Jade de ma part, m'avertit-elle.

Ruth réclama une glace à l'eau. On l'expédia jusqu'au garage – primo, c'était la plus petite, par conséquent notre esclave ; deuzio, c'était son idée. Sa mission : exhumer cinq glaces Sunnyboy[1] du fond du congélateur, où Mme Van Apfel conservait de gros morceaux de viande à prix réduit. On attendit donc patiemment que Ruth parvienne à séparer les blocs de glace. Puis on les dégusta en écoutant gémir la tondeuse. M. Avery et son existence privée d'enfer étaient oubliés.

Après quoi, on se dirigea vers la maison. On monta l'escalier menant à la véranda. On entra dans le vestibule aux carreaux marron et jaunes. *Ici règne l'amour*, prévenait le paillasson. Les effluves d'herbe coupée, s'infiltrant par les fenêtres fermées et la lourde porte d'entrée, nous suivirent dans le salon du rez-de-chaussée.

1. Célèbre marque australienne, qui n'existe plus.

À l'étage régnait une odeur de moisi et d'eau de Javel. Il était facile d'imaginer Mme Van Apfel à genoux, le samedi après-midi, occupée à récurer les placards où les spores ennemies avaient germé au cours de la semaine. À bannir les péchés rongés de pourriture.

On fit le tour de la cuisine avant de s'installer à la table, dressée pour le retour de Mme Van Apfel. Cinq couverts, cinq verres de couleur ambrée et un pot de sauce tomate resté au soleil toute la journée. Et aussi cinq sets en plastique, sur lesquels étaient représentés des légumes ou des fruits encore trop exotiques pour qu'on les trouve à Macedon Close. Aubergines, artichauts, grenades. Avec le nom de chacun inscrit sur le plastique pour notre information, dans une écriture cursive exotique.

— Qu'est-ce que les souris font ici ? demandai-je, remarquant le bocal sur le comptoir du petit déjeuner.

En temps normal, elles restaient dans la buanderie. Là, quatre petits corps blancs se tortillaient dans l'aquarium. Queues roses, yeux rouges. Une par fille, plus une en remplacement. (D'après Cordie, Mme Van Apfel l'avait décidé pour le cas où l'une mourrait. Une souris s'entend, pas une fille.)

— Je leur apprends à compter, dit Cordie.

Elle n'expliqua pas comment elle s'y prenait. Ni pourquoi.

Dehors, la tondeuse laissa échapper un ultime gémissement avant de s'arrêter. Le silence régna dans le monde, puis retentit le cri surnaturel de l'oiseau-lyre, qui devait avoir une nouvelle fois fait un sort aux haricots verts de Mme Tierney, deux maisons plus loin.

— On dirait un bébé humain, commenta Hannah.

Assise à côté d'elle, ma sœur examinait le bout de sa queue-de-cheval, en quête d'un signe que ses cheveux avaient poussé depuis la veille. Ruth posa la joue sur la table.

Quelques minutes plus tard, nous entendîmes M. Van Apfel garer dans l'allée son break usagé couleur d'un ciel dégagé. Une portière claqua, puis une autre, après qu'il eut pris son porte-documents sur le siège passager. Il monta deux par deux la volée de marches de la véranda – à croire que perdre du temps sur les impaires était une insulte au Seigneur –, puis il fit irruption à l'intérieur de la maison, vainquit l'escalier en colimaçon et surgit sur le seuil de la cuisine, telle une tache noire sur la rétine quand on a regardé trop longtemps le soleil.

Malgré sa corpulence et sa tignasse blonde, on avait le sentiment que M. Van Apfel se démenait pour qu'on le remarque.

— Mesdemoiselles ! C'est un jour que le Seigneur a créé ! Qu'est-ce que vous faites là, assises à ne rien faire ?

On ne s'en était pas rendu compte.

— Votre mère est à la maison ?

Ruth secoua la tête sans la relever, un mouvement qui lui écrasa la joue puis étira sa bouche en une sorte de sourire forcé.

— Nous avons donc suffisamment de temps, estima M. Van Apfel.

Il fit le tour de la cuisine, bouscula un vase de pensées en plastique, ouvrit d'un coup sec la porte du frigidaire en jetant un regard plein d'espoir à l'intérieur, et conclut :

— Suffisamment de temps pour une lecture de la Bible avant le dîner.

Ma sœur me lança un regard noir.

— Il vaudrait mieux qu'on y aille, déclara-t-elle, sinon maman sera furieuse.

Tout en parlant, Laura déplaçait son index d'elle à moi. Oui, c'était nous, les filles aux bras nus, vautrées à la table de sa cuisine, qu'il allait devoir excuser.

— J'étais venue aider Hannah à surveiller les petites pendant votre absence et celle de Mme Van Apfel, poursuivit-elle. Alors, maintenant que vous êtes rentré…

Elle ne termina pas sa phrase.

Je n'en revenais pas que ma sœur s'accroche à cette histoire de baby-sitting. M. Van Apfel parut la gober.

— Je comprends, opina-t-il avec gravité.

Il s'approcha d'un guéridon proche de la porte, y prit une bible posée à côté du téléphone, telle une deuxième ligne reliée à Dieu, et revint sur ses pas.

— Cependant, même les baby-sitters ont besoin de la parole de Dieu, n'est-ce pas ? « Toute Écriture est inspirée de Dieu, et utile pour enseigner, pour convaincre, pour corriger, pour instruire dans la justice[1]. »

J'avais beau trouver que Hannah et Laura n'avaient pas besoin d'être instruites dans la justice à cet instant – par le Seigneur ou qui que ce soit –, ce n'était pas l'avis de M. Van Apfel, qui, tapotant l'air de ses paumes, nous obligea à rester assises.

— D'autant, mesdemoiselles, qu'il s'agit du Livre d'Ézéchiel, chapitre 36, précisa-t-il. Ce serait dommage de rater ça.

1. Deuxième épître à Timothée, chapitre 3, verset 16 (traduction de Louis Segond).

Cordie se balança sur sa chaise, resta en équilibre entre la table et le mur, défiant l'univers de la faire tomber.

— Tu veux dire le chapitre 37, rectifia Ruth, toujours sans lever la tête. On a fait le 36 hier.

— Sans blague, souffla Cordie, sarcastique.

Elle se projeta en avant, de sorte que les pieds de sa chaise claquèrent sur les lattes du parquet, puis elle plaqua sa joue sur la table à l'instar de Ruth, comme si ces deux mots avaient suffi à l'épuiser.

— Ah bon ? s'étonna M. Van Apfel. Je me suis trompé, mesdemoiselles. Le Livre d'Ézéchiel, chapitre 37, donc.

— Bien sûr, on peut rester un petit moment, monsieur Van Apfel, assurai-je.

— Fayotte, m'insulta ma sœur à voix basse.

— C'est parfait, se réjouit M. Van Apfel, qui ouvrit sa bible et se mit à en lire les mots étranges et magiques : « La main de l'Éternel fut sur moi, et l'Éternel me transporta en esprit, et me déposa dans le milieu d'une vallée remplie d'ossements. Il me fit passer auprès d'eux, tout autour ; et voici, ils étaient fort nombreux à la surface de la vallée, et ils étaient complètement secs [...] Il me dit : Prophétise sur ces os, et dis-leur : Ossements desséchés, écoutez la parole de l'Éternel. Ainsi parle le Seigneur, l'Éternel, à ces os : Voici, je vais faire entrer en vous un esprit, et vous vivrez ; je vous donnerai des nerfs, je ferai croître sur vous de la chair, je vous couvrirai de peau, je mettrai en vous un esprit, et vous vivrez. »

Je frissonnai, rien que de penser à tous ces os. Mais M. Van Apfel n'en avait pas terminé :

— « Je prophétisai, selon l'ordre que j'avais reçu. Et il y eut un bruit, et voici, il se fit un mouvement, et les os s'approchèrent les uns des autres. Je regardai, et voici, il leur vint des nerfs, la chair crût, et la peau les couvrit par-dessus […] Ainsi parle le Seigneur, l'Éternel : Voici, j'ouvrirai vos sépulcres, et je vous ferai sortir de vos sépulcres, et je vous ramènerai dans le pays d'Israël. Et vous saurez que je suis l'Éternel, lorsque j'ouvrirai vos sépulcres… »

M. Van Apfel s'interrompit, satisfait, et nous enveloppa d'un regard interrogateur. Toutes les cinq, nous scrutions le grain de la table. Nos genoux nus calés en dessous. Nos mollets encore plus bas. Nous examinions la peau de nos talons, segmentée comme un ver de terre.

En fin de compte, Cordie eut pitié de lui. Cordie l'insaisissable. Avec ses yeux d'extraterrestre très espacés, ses lèvres virant au violet. Cordie, celle qui déroutait, celle qui, ressemblant peu à sa mère, et pas du tout à son père, devait par conséquent être une véritable enfant de Dieu. Offerte à M. Van Apfel. Pour devenir sa préférée.

— Ézéchiel a redonné vie aux os, répondit-elle avec lassitude.

Elle croisa les bras, nullement impressionnée par Ézéchiel et ses vieux ossements – pas plus que par son père.

Fichtre, M. Van Apfel réagit avec enthousiasme :

— Ézéchiel a fait ça, Cordelia ! C'est vrai ! Ézéchiel devait dire aux ossements qu'ils reprendraient vie. C'est juste. Mais si nous écoutons attentivement la fin de ce verset – qui a écouté ? Quelqu'un ? Laura, tu peux me le dire ? Non ? Eh bien, ce n'est pas Ézéchiel qui a fait entrer la vie dans les os. Oh non – et c'est là un point essentiel –, Ézéchiel a reçu ce pouvoir du Seigneur ! De Jéhovah ! Du

Tout-Puissant ! « Les ossements n'étaient ramenés à la vie que par la grâce de Dieu. »

M. Van Apfel était remonté à présent :

— Ézéchiel exécutait le travail du Seigneur quand il parlait de donner des nerfs et de la chair à ces os, de les couvrir de peau. C'étaient les os des enfants du Seigneur, mais ils s'étaient montrés corrompus et idolâtres. Ils s'étaient dévoyés. Ils avaient ignoré les prophètes envoyés par Dieu pour les avertir. Ils avaient refusé de se repentir, alors Dieu les avait anéantis par le truchement de Nabuchodonosor et, à présent, il demandait à Ézéchiel de les ramener à la vie en son nom ! Alors, mesdemoiselles, qu'est-ce que vous en dites ?

Aucune d'entre nous n'avait la moindre idée de la réponse à donner, surtout Laura et moi.

M. Van Apfel reprit sa bible, tourna les pages aussi fines que du papier à cigarettes, faisant des pics de liasses jusqu'à ce qu'elles s'aplatissent comme des plaines.

— Ézéchiel a prophétisé que Dieu ferait entrer l'esprit dans les os de la même manière qu'il avait soufflé la vie dans Adam. Dans la Genèse, ajouta M. Van Apfel à l'intention de Laura et de moi, les païennes du bout de la rue.

S'arrêtant de feuilleter la bible, il nous dévisagea et déclara d'un ton solennel :

— Vous saviez que *Apfel*, dans *Van Apfel*, signifie « pomme » ? La pomme du paradis. De l'arbre de la connaissance. En mangeant le *malus*, Ève a contracté *malum*, cita-il. Ce qui signifie qu'Ève est devenue pécheresse en mangeant la pomme.

On s'approchait du moment où tout serait la faute d'Ève.

— Bon, récapitulons, mesdemoiselles. Qu'est-ce que le chapitre 37 du livre d'Ézéchiel nous a appris ?

Il s'exprimait lentement, un grand sourire aux lèvres.

— Que les ossements sont revenus à la vie ? hasardai-je.

— Parfait, parfait, se réjouit M. Van Apfel. Et qui a ramené ces os à la vie ? Qui a couvert les ossements de nerfs, de chair et de peau ? Qui les a ressuscités ? Allons, allons, petites demoiselles… Vous en êtes capables.

Sauf que sa voix suggérait le contraire. À croire qu'il aurait eu plus de chances de demander aux souris de compter que d'obtenir de ses filles une sensibilité à la parole de Dieu.

— Ézéchiel, finit par lancer Ruth.

Elle avait répondu sans lever la tête, mais elle changea d'avis et se redressa, la nuque raide, mal à l'aise, attendant qu'on la félicite. Car elle savait qu'elle avait raison – elle venait d'entendre Cordie donner cette réponse. Cependant, elle aurait dû réfléchir davantage avant de vouloir rivaliser avec sa sœur. Surtout quand il s'agissait de son père. Surtout devant le Seigneur.

— Qu'est-ce que tu as dit ? lâcha M. Van Apfel.

— Ézéchiel ? répéta Ruth, d'un ton moins ferme.

Elle observait quelque chose qui voltigeait au-dessus de la table.

— Après tout ce dont nous venons de discuter, tout ce que j'ai expliqué sur Ézéchiel qui recevait son pouvoir du Seigneur, du Tout-puissant, tout ce que j'ai dit sur la grâce de Dieu, tu crois toujours que c'est Ézéchiel qui a ressuscité ces ossements ?

— Oui ? fit prudemment Ruth, changeant d'avis presque aussitôt. Non, je veux dire.

— Ézéchiel, répéta M. Van Apfel.

Cette fois, le nom sortit de sa bouche en un murmure effroyable. Il baissa le menton et plissa tellement les yeux qu'on faillit entendre sa peau craquer autour des orbites. Il se leva et se pencha en avant, plaquant les manches de sa chemise sur la table où il serrait ses deux poings. Le frigo fredonna puis se dégonfla et baissa d'un ton.

— Ézéchiel ? Ce serait lui notre Seigneur, notre Sauveur, notre Rédempteur ? énonça-t-il avec lenteur. C'est ce que tu as dit ? Ce que tu *veux* dire ? Ézéchiel a rendu la vie aux ossements ?

Ruth se figea tel un chien qui attrape quelque chose dans le vent.

— Le Tout-Puissant : Ézéchiel ?

Ruth garda le silence.

— Ézéchiel est le Seigneur ? C'est ce que tu me dis ? Ézéchiel ? Ézéchiel ?

Il continua de répéter le nom, encore et encore. Toujours debout, toujours penché au-dessus de la table, usant de cette voix effroyable. Soudain, il s'arrêta.

On était aux aguets.

— Blasphème ! hurla-t-il en tapant du poing. C'est un blasphème ! Et un péché ! Je ne tolérerai pas que tu commettes des péchés chez moi !

Ruth était abasourdie, ce qui n'avait rien d'étonnant. Elle pensait avoir donné la bonne réponse. Or, en l'espace d'un instant, ses paroles étaient devenues blasphème, péché mortel, et elle devrait payer pour ça.

— Tu ne prendras point le nom de l'Éternel en vain, grommela M. Van Apfel d'un ton lugubre. Tu ne prendras point le nom de l'Éternel en vain. Tu ne prendras point le nom de l'Éternel en vain.

Il ne cessa de ressasser cette phrase, si bien que je finis par me pencher vers Laura pour lui demander si, par « tu », M. Van Apfel parlait de nous. La nervosité me gagnait et je craignais de me tromper comme Ruth si je formulais tout haut mes pensées. L'expression de Laura me fit comprendre qu'il valait mieux attendre qu'on se retrouve à la maison pour ouvrir la bouche.

D'ailleurs, j'étais plus que désireuse de m'en aller. J'en avais par-dessus la tête du cours d'étude biblique.

Le marmonnement cessa enfin. M. Van Apfel s'assit sur sa chaise, dont les pieds raclèrent le carrelage, lequel protesta. Ruth se mordilla la lèvre, un de ses tics. Encore aujourd'hui, je me demande si ce n'est pas ce qui déclencha la fureur de son père, ou si cela lui pendait au nez de toute façon.

Quoi qu'il en soit, M. Van Apfel se remit debout, se projeta vers le bout de table où se tenait Ruth, à une vitesse qui m'éberlua étant donné sa corpulence. Il leva le bras. Il le baissa. Il l'abattit sur la joue de Ruth. Le coup fit un bruit sourd.

Elle se voûta.

Elle s'effondra sur le côté, sursautant quand son corps cogna le mien, puis elle se redressa, s'agrippant à sa chaise comme dans un autocar lors d'un virage. C'est la force avec laquelle son buste, court et épais, cogna mon épaule qui me convainquit que j'étais bien ancrée dans la réalité.

Personne ne bougea. En face de moi, ma sœur s'était littéralement coulée dans son siège.

M. Van Apfel retourna s'asseoir.

— Voyons, où en étions-nous ? fit-il, ajoutant d'une voix plus animée : Adressons-nous à Dieu.

Les quatre têtes des Van Apfel se baissèrent, comme actionnées par une ficelle. Laura et moi nous empressâmes de les imiter. Mais l'univers que M. Van Apfel s'était efforcé de convoquer pour nous – un monde d'ossements blancs et de squelettes en mouvement, de résurrection miraculeuse – lui avait glissé entre les doigts. Pour de bon.

— Jésus tout-puissant, Agneau de Dieu qui enlève les péchés…

Il ne s'interrompit pas lorsque, quelques minutes plus tard, la voix de maman résonna dans l'escalier en colimaçon :

— Ohé ! Laura ? Tikka ? Tout va bien, les filles ?

Je lançai un coup d'œil à ma sœur, laquelle lança un coup d'œil à la porte, sauf qu'aucune de nous deux n'osa bouger. À force d'agripper la table, mes doigts la maculaient d'empreintes humides. En face de moi, Cordelia décrivait par terre des arcs de cercle avec un orteil. Ruth pleurait doucement. Hannah était pétrifiée.

M. Van Apfel continuait de prier.

Maman appela de nouveau, ce qui me soulagea tout en me donnant un peu mal au cœur. Malgré son trouble et son affolement évidents, la peur nous empêchait de lui répondre.

— Laura ! Tu m'entends ? Tu es là ?

Cette fois, M. Van Apfel dut détecter l'inquiétude vibrant dans sa voix, parce qu'il ouvrit un œil, le darda sur moi et, sans endiguer le flot de mots qui dégringolait de sa bouche, il hocha la tête.

La permission de partir.

— Tikka ! s'écria maman quand j'apparus en haut des marches. Où étais-tu ? Je vous ai appelées ! Tu ne m'as pas entendue ?

Elle commença à monter l'escalier ; je lui fis signe de s'arrêter et désignai du doigt le plafond.

— Quoi ? Qu'y a-t-il ? Et où est Laura ?

Je descendis et la pris par le coude. Puis, levant les yeux au ciel, je mimai la prière de M. Van Apfel.

— Qu'est-ce que tu fabriques avec ta bouche ? s'énerva-t-elle. On dirait un poisson.

— Chut, ils sont dans la cuisine et le…

— Tikka Malloy, je ne sais pas à quel jeu vous jouez, toi et ta sœur…

— Ils prient.

Elle s'immobilisa.

— Qui ?

— Les Van Apfel. Ils prient là-haut. C'est une leçon de religion en famille et M. Van Apfel prie.

Maman leva le menton et haussa les sourcils car, à présent, elle pouvait entendre M. Van Apfel.

— Ah, très bien, commenta-t-elle, déconcertée. Bon, c'est l'heure de rentrer à la maison.

— D'accord.

— Laura et toi, vous êtes ici depuis une éternité.

J'eus envie de décrire à maman, séance tenante, le coup que Ruth avait reçu. Mais les mots me manquèrent.

Dans la cuisine, la prière s'interrompit et, pendant une horrible minute, je crus que Ruth allait de nouveau écoper. Puis la voix de M. Van Apfel se mit à dévaler l'escalier en colimaçon jusqu'à la marche où maman et moi nous tenions :

— Nous prions en famille, madame Malloy. Souhaitez-vous vous joindre à nous ?

Maman réagit au quart de tour :

— Merci, lança-t-elle à l'adresse du ciel, mais j'ai un hachis au four. Laura, je t'attends dehors.

Laura et moi, main dans la main, traversâmes le cul-de-sac avec maman. Poupées de papier se détachant sur le ciel incendié.

Plus tard, on tenta toutes les deux de se rappeler ce qui s'était exactement passé. Je dis que M. Van Apfel avait giflé Ruth avec sa paume, mais ma sœur me détrompa : au dernier instant, accablant, M. Van Apfel avait refermé sa main, de sorte que c'était un coup de poing qu'il avait donné à sa fille.

Voilà ce qu'affirma Laura.

De toute façon, on ne raconta rien à maman. On rentra à la maison dans un silence brisé uniquement par le *pschitt* du tuyau d'arrosage de Mme McCausley. On aurait dit le bruit d'un bouchon de boisson pétillante juste avant qu'il saute.

5

On voyait souvent les sœurs après leur disparition. Plus même qu'avant. Bien sûr, elles ne collaient plus le nez à la porte moustiquaire de la cuisine, leurs lèvres sanguinolentes sur les minuscules carrés du grillage tandis qu'elles nous appelaient pour aller nager. Elles ne sortaient plus la tête du congélateur du milk-bar quand on se retrouvait dans le bunker en béton pour aller acheter des glaces.

Pourtant, on les voyait partout.

Sur les visages affligés de nos voisins. Au journal télévisé. Leurs cravates d'uniforme en satin brillant, leurs sourires mouillés de salive. Fourrées dans notre boîte aux lettres sur des prospectus où figuraient la date et l'heure approximative de leur disparition et un numéro à appeler. Prospectus qui s'enroulaient ensuite autour des poteaux télégraphiques de la grand-rue comme du papier alu autour des œufs de Pâques.

La semaine qui suivit leur disparition, la police reçut la première d'une série de fausses demandes de rançon. Toutes écrites au Bic bleu sur le dos de reçus d'un magasin qui n'avait pas encore compris le moyen d'y mettre des publicités. Ces reçus correspondaient à des achats sans conséquence : vaporisateur insectifuge et boîte de maïs (total : 4,80 dollars). Des montants toujours dérisoires, alors que la rançon s'élevait à 750 000 dollars par fille.

Puis il y eut ceux qui les avaient aperçues. Au début, la police fut submergée de rapports de témoins. Trois filles entre sept et quatorze ans, blondes, repérées dans un train à destination de la côte sud avec un homme (blanc, environ vingt-quatre ans). Trois filles aperçues en train de patauger dans une rivière au crépuscule. (Mais aucune d'entre nous n'aurait jamais nagé à cette heure de la journée à cause des requins-bouledogues.) Trois filles qui faisaient de l'auto-stop depuis la scène de crime ou ramaient sur un canot. Repérées au sud, à quelques heures de route – une fausse piste, ainsi que les policiers le découvrirent : il s'agissait de routardes allemandes qui cueillaient des fruits et avaient au moins dix ans de plus que Hannah, l'aînée des Van Apfel.

Tout le monde avait aperçu les sœurs.

Comme si elles étaient infiniment plus visibles qu'avant de se volatiliser.

Dans les heures suivant leur disparition, la police installa un poste de commandement mobile dans l'aire de pique-nique de Coronation Park. Les abris aux toits rouge carmin pareils à des taches de Mercurochrome étaient plantés au sud, près du parking. L'inspecteur principal Justin Mundy, du district voisin, était responsable de la coordination des forces locales. Il arriva en tenue de rugby parce que l'entraînement de l'équipe des Minnows avait lieu le vendredi soir ; quand il avait reçu l'appel, ils étaient en pleine séance de sprints.

Il fut sur les lieux en une vingtaine de minutes. Les gars sous ses ordres étaient rassurés qu'il ait la tenue de l'équipe : on pouvait faire confiance à un type qui se pointait au travail en short de rugby, même si son équipe portait le sobriquet de « menu fretin ».

Plus tard, l'inspecteur divisionnaire Craig Malone débarquerait en costume, lui, pas en short, à la tête d'une équipe choisie dans la brigade des homicides de la ville. Des inspecteurs de la brigade spécialisée dans les crimes sexuels, des agents de la police scientifique et du département des enquêtes spéciales lui succéderaient, ainsi que des policiers de l'unité nautique. En fin de compte, treize inspecteurs, deux analystes criminels de la ville, des légistes, sans oublier tous les agents de la région et les volontaires du service d'intervention d'urgence seraient dépêchés sur les lieux de la disparition. S'exprimant en code, et munis de cartes, de listes et de surligneurs de couleurs dont j'ignorais l'existence, tous incapables de trouver le moindre indice malgré la proportion de cent hommes pour une fille disparue.

Mais avant ça ? Avant ça, nous n'avions que l'inspecteur principal Justin Mundy dans son short de rugby arborant un dessin de petit poisson comme logo.

Le soir de la disparition, mes parents durent fournir une déclaration de témoins – comme tous les parents. Cela semblait bizarre, puisque personne n'avait été le témoin de quoi que ce soit.

Autant que je pus en juger, c'était bien là le problème.

Tous les flics (à part l'inspecteur Mundy) portaient des combinaisons bleu marine qui ressemblaient à s'y méprendre à notre survêtement du cours d'EPS. On devait l'enfiler tous les vendredis, qu'on ait été choisis pour jouer dans une équipe ou pas. (Notre code en matière d'uniforme n'établissait aucune discrimination entre les gosses capables d'attraper un ballon et les autres.) Certains élèves se retrouvèrent donc en survêtement dans l'aire de pique-nique, ce fameux vendredi soir. Évidemment, cela ne fit qu'ajouter à la confusion. Ils erraient dans leur tenue bleu marine et casquette assortie, telles de mauvaises doublures des flics.

L'inspecteur principal Justin Mundy, lui, on ne le confondait avec personne. Il se démarquait. Et pas seulement à cause de son short. C'était à l'évidence le patron. Il écouta en silence les renseignements qu'on lui fournit, rugit ses consignes d'une voix de stentor, puis regarda, en retrait, les doigts entrelacés sur sa nuque, des escouades de flics et de bénévoles accompagnés de nos parents hocher la tête d'abord, froncer les sourcils ensuite et, enfin, s'élancer dans la direction qu'il leur avait indiquée, battant le sol avec des bâtons en bois et criant les prénoms des filles Van Apfel dans leurs mains placées en porte-voix.

Il y avait aussi les chiens. Trois chiens de chasse au pelage poivre et sel débordant d'énergie, et un berger allemand à l'air féroce.

— Des springers anglais, me précisa un flic, désignant les premiers. Un haut degré d'enthousiasme et d'endurance.

Il avait perçu mon intérêt pour les chiens. Cela faisait un moment que je les regardais.

— Ils viennent de la brigade canine ?

— Ce sont des chiens renifleurs de cadavres, répondit-il fièrement. Ils sont capables de flairer un corps en décomposition dans un cours d'eau.

— Ils vont sous l'eau alors ?

— Quoi ? Les cadavres ? On en trouve partout, ma petite, dit-il avec gravité.

— Non, les chiens. Est-ce qu'ils peuvent aller sous l'eau ?

— Bien sûr. Mais dans les faits, ils sentent les corps depuis la surface.

Comment s'y prendraient-ils dans notre rivière, qui puait déjà la mort ?

— Vous les dressez comment ?

— Du sang. Des os. Des dents.

Hochant la tête d'un air entendu comme si j'avais compris, j'enchaînai :

— C'est quoi, son nom ?

Je parlais d'un des chiens bondissants, qui reniflait mon genou droit. Prête à le caresser, je tendis le bras, mais le policier secoua la tête.

— Alligator. Attention, il mord.

J'enlevai ma main comme si je l'avais posée sur du feu.

— Je plaisante. Mais tu ne peux pas le caresser quand il est en service.

— Pourquoi ?

— C'est un membre de la police, pas vrai ? Comme moi. Tu n'essaierais pas de me faire des câlins pendant mon service, n'est-ce pas ?

Même pas en rêve, pensai-je.

— Pourquoi il s'appelle Alligator ?

— Tu veux savoir pourquoi on lui a donné ce nom alors qu'il ne mord pas vraiment ?

— Non, pourquoi il s'appelle Alligator s'il vit ici ? On n'a que des crocodiles en Australie. D'eau salée et d'eau douce. On n'a pas d'alligators. C'est Mme Laguna qui nous l'a appris.

Mme Laguna était ma maîtresse de CM2.

— T'en connais un bout sur des tas de choses, hein, ma petite.

Je savais que s'y connaître, c'était la ramener, et qu'il était en règle générale plus prudent de la fermer.

— Y faut que je rejoigne ma maman, marmonnai-je.

Abandonnant le flic et ses chiens excités, je partis voir si mes parents avaient terminé de donner leur témoignage.

— Ce sont des springers anglais, informai-je maman quand je l'eus trouvée.

Laura et elle se tenaient à gauche des abris de pique-nique, d'où elles m'avaient surveillée pendant ma conversation avec le flic.

— Le gros est un berger allemand comme Samson, le chien de M. Daniel, mais ceux qui sautent partout sont des springers anglais, répétai-je. Ils viennent de la brigade des cadavres.

— D'où ça ? demanda distraitement maman, qui cherchait maintenant papa, puisque j'étais là, à portée de main.

Son regard passa au crible les abris.

— Bon, où est passé ton père ? On a assez de disparus sans qu'il faille le rajouter sur la liste... Qui était ce policier à qui tu parlais, Tikka ? Je veux que tu sois toujours dans mon champ de vision, compris ?

Je restai donc avec maman et Laura, dans l'attente que papa réapparaisse.

Quatre jours plus tard, le mardi, une médium débarqua et nous dit où chercher. La rivière reflétait le ciel couleur de thé froid.

— C'est quoi, une médium ?

— Un genre de diseuse de bonne aventure, répondit maman.

— Une baratineuse, précisa papa. Une toquée.

Faute de connaître le sens de ces derniers mots, je me contentai de la définition de maman.

La médium avait des cheveux ondulés tellement longs qu'on aurait cru qu'elle ne les avait jamais coupés. Et ils étaient tellement fins qu'on n'en distinguait pas les pointes ; ils s'effilaient entre le haut des cuisses et l'arrière des genoux, sans qu'on sache exactement où. C'était curieux : son boulot consistait à retrouver les choses disparues alors qu'elle-même donnait l'impression de se dissoudre.

Elle recommanda à la police de vidanger la fosse septique derrière le bloc sanitaire, près du terrain de sport. Un énorme camion-citerne argenté, de la taille et de la forme de ceux qui transportent de l'essence, entreprit donc de négocier les virages en épingle à cheveux pour atteindre la gorge. Trois hommes en combinaison mirent presque une heure à enlever la plaque, laquelle, une fois sur l'herbe, ressembla à une gigantesque pièce de monnaie en ciment. La dîme pour ce qui se trouvait peut-être à l'intérieur.

Alors se propagea une telle puanteur qu'on aurait dit que tous les œufs du monde étaient rassemblés là, pourrissant. Même les hommes en combinaison, qui devaient avoir fait ça une centaine de fois auparavant, grimacèrent en déroulant le tuyau dans le trou. La pompe de vidange se mit en marche, et le vrombissement résonna dans la ravine, comblant chaque fissure de son *teuf-teuf* lugubre.

Ma sœur me dit de m'éloigner du trou.

— Ce n'est pas prudent ! Reste derrière moi !

Nous attendions près du terrain de sport comme tout le monde, tandis que nos parents participaient aux recherches. En l'absence de papa et de maman, Laura se prenait pour la patronne (alors qu'en théorie la responsable était Mme Lantana).

— Tikka, recule ! m'ordonna-t-elle.

J'obéis. Un pas en arrière. Puis j'avançai un peu. Ma sœur ne comprenait pas que je devais voir de mes yeux. Comment être sûre, sinon, que Cordie, Hannah et Ruth ne se trouvaient pas au fond ? Dans la fange et les immondices, elles risquaient d'échapper à l'attention des vidangeurs. Sauf que mon estomac tomba avec le tuyau qu'on déroulait dans la fosse septique, une chute molle et vertigineuse.

— Recule ! aboya Laura.

Je me tournai à moitié vers elle et lui montrai mes oreilles.

— Quoi ? Je ne t'entends pas, articulai-je en silence.

Levant les yeux au ciel, Laura m'imita :

— Attends un peu que je le dise à maman.

Autour de nous, personne ne parlait. Personne n'avait beaucoup d'espoir. De toute façon, qu'aurions-nous pu espérer ? Cloués sur place, nous nous laissâmes donc assourdir par le bruit comme s'il pouvait colmater certaines de nos propres brèches. Puis quelqu'un cria : « Rien ! », et la pompe fut débranchée, laissant place à un silence choquant, juste troublé par le *bip* du camion à vidange qui faisait marche arrière.

Le reste de la matinée, ma sœur et moi, ainsi que les autres enfants, nous nous obstinâmes à rester dans l'aire de jeux, près du terrain de sport. C'était là qu'on avait attendu la veille, l'avant-veille et l'avant-avant-veille, lorsque nos parents participaient aux recherches et refusaient de nous abandonner à la maison sans surveillance, comme ils l'auraient fait sans y penser plus que ça la semaine précédente. Ils ne réfléchissaient alors pas à deux fois avant de filer dans les magasins sans nous. Ou de nous laisser tout seuls à la maison après la classe, livrés à nous-mêmes, libres de manger des céréales, de regarder des dessins animés et de ne pas faire nos devoirs, des heures exquises jusqu'à leur retour du boulot.

Ça, c'était avant. À présent, un psychopathe se baladait dans la nature.

— Qui raconte ça ? demandai-je un jour à Laura.

— Jade Heddingly, reconnut-elle. C'est Mme McCausley qui le lui a dit.

Assises parmi des copeaux de bois sous les balançoires, nous jetions des bouts d'écorce sur la pelouse et, parfois, l'une sur l'autre, mais sans enthousiasme. Maman avait donné à Laura la consigne stricte de ne pas me perdre de vue. Jusqu'à présent, elle l'avait respectée, mais uniquement parce que sa meilleure amie avait disparu, et aussi parce qu'elle me préférait à Jade.

— C'est un psychopathe qui a enlevé les filles, répéta Laura.

— Comment elle le sait, Mme McCausley ?

— Elle n'en sait rien, évidemment. Sauf que ça pourrait être vrai. C'est ce que font les psychopathes, ça fait partie de leur psychose.

— Ah bon ?

— Absolument.

Laura se doutait bien que j'ignorais le sens du mot « psychose », et elle se réjouit de ne pas me l'expliquer.

— Est-ce que la police est au courant…

— De quoi ?

— Ce truc sur la psychose. On devrait peut-être…

— On doit rien du tout, assena Laura. On reste ici comme on nous l'a ordonné, et on la ferme.

— Et les toilettes ?

— Quoi, les toilettes ?

— Je peux aller aux toilettes ?

En temps normal, je ne m'en remettais pas à Laura de la sorte – j'étais assez grande pour décider seule de mes actions –, mais les règles avaient changé, et Lor et moi étions dans le même bateau. En plus, Mme Lantana avait disparu, et je ne pouvais m'adresser à elle.

Laura se résigna à me donner la permission.

Je m'étais éloignée de quelques pas quand elle me rappela :

— Ne t'évanouis pas dans la nature, sinon maman va piquer une crise.

Elle s'efforçait d'avoir l'air dure. Peine perdue.

C'était la fin de la matinée, et le soleil, haut dans le ciel, était implacable. Je le fixai un instant, ce qu'on n'est pas censé faire. (Brett Underwood m'avait prévenue que mes rétines seraient réduites à l'état de chips.) Mais ce jour-là, l'astre était tellement blanc que l'envie de le toucher me tenaillait.

Je me dirigeai vers le terrain de sport et le bloc sanitaire ; l'herbe craquelait sous mes tongs, la sueur picotait l'arrière de mes genoux et dégoulinait désagréablement le long de mes mollets. Arrivée au niveau du terrain et du marquage à la bombe, je me mis à marcher sur la pointe des pieds le long de chaque ligne, lentement, prudemment. Si je perdais l'équilibre, il me faudrait rebrousser chemin et recommencer. Il n'était pas question de tomber : un crocodile risquait de me choper. Ou un serpent.

Serpent, serpent sur ton dos. Quel doigt a fait cela ?

Au troisième coin, j'hésitai. J'avais beau me trouver à l'endroit le plus proche du bloc sanitaire, il me restait encore un des côtés du rectangle à parcourir. Oui, mais bon… j'étais presque arrivée aux toilettes. Mieux valait oublier ce quatrième côté.

Alors que je venais d'établir mon nouvel itinéraire – le versant de la vallée à ma droite, la rivière à ma gauche, le bloc sanitaire droit devant moi –, quelque chose bougea dans la mangrove et la vase. Je m'arrêtai, respirai un bon coup, et :

— Hannah ? Cordie ?

Un coucou koël roucoula quelque part dans la mangrove. Un cri mélancolique susceptible de durer des heures sans obtenir de réponse.

— Cordie ?

Le machin remua de nouveau. L'enchevêtrement des racines et l'obscurité de la mangrove m'empêchèrent de discerner ce que c'était. La main en visière sur mes yeux, je tentai de mieux voir en me balançant d'un pied sur l'autre. Je décidai d'aller aux toilettes, puis de descendre jusqu'au sable pour découvrir ce qu'il y avait là. Je devais regarder. Vraiment ? Non, pas vraiment… Il valait mieux chercher un adulte, je le savais. Mais pas avant d'avoir fait pipi…

J'esquissai trois pas rapides vers le bloc sanitaire, ce qui déplut à la créature cachée dans la mangrove. Cette fois, elle se déplaça plus rapidement. Un craquement. Un grondement sourd. Je reculai en trébuchant sur ma ligne peinte en blanc. Je n'avais aucune envie de l'énerver.

— Ruth ? C'est toi ? Je te vois, mentis-je.

Le machin s'esclaffa.

Ce rire dur n'était pas celui de Ruth, ni même de Hannah ou de Cordie. Il sortait de la gueule de quelque chose de bien plus gros. Le coucou koël, effrayé, s'envola et plana un instant dans le ciel, avant de s'éloigner.

— Monsieur Avery ? lançai-je, scrutant la pénombre envahie de branchages grêles.

C'était bien lui. M. Avery. Le soulagement et les remugles de la mangrove me tapissèrent la bouche.

— Vous pêchez des écrevisses ou quoi, monsieur ?

— Il me semble que ce que nous cherchons est sensiblement plus gros, Tikka.

M. Avery n'était pas le seul instituteur à m'appeler Tikka au lieu d'utiliser mon vrai prénom. Ils le faisaient tous, sauf Mme Tonkin, qui m'appelait Tic-Tac depuis que j'avais été dans sa classe de CE1, où nous avions appris à lire l'heure. À l'époque, elle me faisait l'effet d'être une sorte de colosse, son postérieur débordant du siège d'enfant, tandis qu'elle faisait avancer et reculer le temps à la pointe du doigt.

Cette fois, pourtant, quand M. Avery m'interpella par mon surnom, mon estomac se noua d'une façon très désagréable.

— Quelque chose de plus gros que les écrevisses ? Les sœurs Van Apfel, vous voulez dire ?

— Exactement.

— Ah, d'accord. En fait, vous ne les trouverez pas là. Je n'arrive pas à vous voir dans l'obscurité, monsieur… Les chiens de la brigade de cadavres ont déjà exploré la mangrove une centaine de fois. Vous saviez qu'on avait amené des chiens spécialisés ici ? Je croyais qu'ils venaient tout droit d'une ville nommée Cadavre, mais maman m'a dit que ce n'était pas ça du tout.

Et je poursuivis :

— En fait, ce sont des chiens détecteurs de cadavres. Pas le gros – lui, c'est un berger allemand, comme Samson, celui de M. Daniel. Vous connaissez Samson ? Il habite avec M. Daniel, dans la maison voisine des courts de tennis, et chaque fois qu'on envoie la balle au-dessus du grillage, on n'est pas censés aller la chercher parce que Samson mord. Sauf que moi, j'ai vu Joel Evans se faufiler dans le jardin de M. Daniel et renvoyer un tas de vieilles balles par-dessus le grillage, et Samson ne l'a pas mordu une seule fois.

J'hésitai avant de concéder :

— C'est vrai qu'il n'était peut-être pas dans le jardin ce jour-là. Samson, je veux dire. Joel Evans, par contre, si, je l'ai vu de mes propres yeux.

Tout en parlant, je m'avançais vers la silhouette sombre de M. Avery, enjambant le talus herbeux et foulant le sable. J'avais appris des trucs que j'avais envie de lui raconter. Faire pipi, ça attendrait.

— Les chiens de cadavres sont les petits gris et noir, expliquai-je. Alors, vous en avez attrapé ?

— Quoi donc ?

— Des écrevisses. Ah, mais c'est vrai, vous n'êtes pas en train de pêcher... Si j'étais vous, monsieur Avery, je reviendrais plus tard. Ça sent très mauvais, là. Vaudrait mieux revenir quand la marée est un peu plus haute, ça schlingue moins. Mes cousins, ils en ont, des écrevisses. Ils en ont gardé trois dans un aquarium, une chacun. Elles s'appellent Déchiqueteur, Pince et Jean-Claw-Van-Dan. Vivian – c'est ma cousine – voulait en appeler une Étoile du crépuscule, mais les garçons ont voté pour Jean-Claw-Van-Dan. Comme ils sont deux et que Vivian est toute seule, ils ont gagné. Sauf qu'ils ne les ont pas pêchées ici, ils les ont pêchées nulle part, en fait. Mon oncle Steve les a achetées à l'animalerie, près de son bureau.

J'avais rejoint M. Avery.

— Mince, pas étonnant que je ne pouvais pas vous voir de là-haut. Il fait noir comme la nuit ici. C'est chouette, n'empêche.

Nous nous trouvions dans l'obscurité d'un univers humide et visqueux. Où ça puait à plein nez.

— Tu sais, Tikka, les écrevisses, ça vit dans l'eau douce, finit-il par dire. Tu as étudié les vertébrés et les invertébrés dans ton cours de sciences de la nature ?

— Non.

— Les écrevisses sont des crustacés. Elles n'ont pas d'épine dorsale, et elles préfèrent l'eau douce à l'eau saline d'une rivière à marées comme celle-ci. Je ne crois pas qu'on en attrape beaucoup dans le coin.

— C'est vrai, je n'ai jamais eu beaucoup de chance…

— Tu sais comment on attrape une écrevisse, Tikka ?

J'aurais bien voulu qu'il arrête de m'appeler Tikka. *Appelez-moi par mon vrai prénom, ou m'appelez pas*… Mais je n'osai pas le lui dire.

— Pas exactement, répondis-je en touchant le sable mouillé du bout de l'orteil.

— Avec de la viande. Les écrevisses aiment la viande, tout ce qui contient du sang. Autrefois, on se servait de cœurs de mouton comme appâts.

Je le dévisageai, les yeux ronds.

— Des cœurs de mouton ? Des vrais de vrais ? C'est dégoûtant.

— C'est dégoûtant, mais ça marche. Et aussi du cantaloup. Elles aiment le sucré.

Nous gardâmes le silence un instant, puis il reprit :

— Avec mes frères, on passait notre temps à aller à la pêche à l'écrevisse dans le lac Eucumbene ; on était à peine plus âgés que toi.

— Vous aviez des frères ?

C'était une révélation encore plus incroyable que les cœurs de mouton. M. Avery rigola.

— Je les ai toujours. En fait, j'ai une maman et tout le reste ; il se pourrait même que je sois un être humain comme toi, Tikka.

— Et un papa ?

— Un papa ?

— Ben oui. Vous avez parlé d'une maman mais pas d'un papa. Vous n'en avez pas, monsieur Avery ?

— Au début, si.

Où était parti le papa de M. Avery ? Et pourquoi M. Avery faisait-il cette drôle de tête ?

— Je pourrais te montrer, enchaîna-t-il. Si tu en as envie, je peux te montrer comment attraper une écrevisse…

— Mais vous venez de dire qu'il n'y en avait pas, lâchai-je, méfiante.

Mes jambes me démangeaient et je craignais que ce ne soit à cause des phlébotomes. J'avais mal à la vessie, en plus.

— Oh, je te montre juste la technique. On ne va pas en attraper. Tiens, viens ici, comme ça…

Il ne bougea pas avant que je lève à moitié le bras, un geste qu'il prit pour un consentement. Là, il s'approcha de moi.

Je me tournai en face de la rivière dans l'espoir stérile de voir une écrevisse. Comme si le vent allait se lever, l'eau se scinder et laisser apparaître une kyrielle de corps bleutés et étincelants.

Sauf que la seule chose à apparaître fut l'haleine de M. Avery sur ma joue. Debout derrière moi, il se baissait pour être à mon niveau.

— Il faut sentir l'écrevisse tirer, m'expliqua-t-il, faisant le geste de lancer une ligne, d'en vérifier la tension, avant de placer une canne à pêche invisible dans ma main.

Immobile, ses bras au-dessus des miens, ses mains emprisonnant les miennes, les yeux rivés sur l'eau, il attendait le tiraillement.

Il avait une odeur d'étranger, comparable à celle des saucisses de l'épicerie fine des parents de Wade Nevrakis. Ses bras étaient couverts de poils noirs – tout son corps apparemment, même, parce qu'ils sortaient en tire-bouchon de l'encolure en V de sa chemise, comme pour atteindre sa barbe. Ceux de ses bras n'étaient pas frisés, ils s'aplatissaient sur sa peau à la manière d'un pelage. Remarquant que je les observais, il tira sur ses manches de chemise.

Je n'arrivais pas à situer M. Avery. Cet homme velu, ce professeur avec des frères.

— Ça ne tire pas.

— Non, en effet, concéda-t-il d'un ton morne.

Il nous libéra de notre quête imaginaire.

— Ils doivent tous se demander où je suis passée, ajoutai-je.

— Ils savent que tu es ici ?

L'insistance qui vibrait dans sa voix m'étonna.

— Non, fis-je, hésitante.

J'aurais donné la bonne réponse si j'avais su laquelle c'était. Exactement comme j'aurais attrapé une écrevisse si cela avait été possible.

— Laura le sait, enchaînai-je, mentant à moitié. Les autres non.

Tout en prononçant ces mots, je me préparai à partir. Le soleil au zénith transperçait par endroits le dais de la mangrove, et les taches de lumière mouchetant le sol me firent penser au pelage poivre et sel des chiens de cadavres.

— Où vas-tu ? demanda M. Avery.

Je me frayais un chemin vers le terrain de sport.

— Retrouver les autres, lançai-je par-dessus mon épaule.

Je fis un faux pas et me cognai le pied sur une branche cassée de palétuvier sortant du sable ; elle transperça ma tong puis se planta dans ma voûte plantaire.

L'espace d'un instant, la branche s'intégra à mon pied. Os de mon os, chair de ma chair. Je me dégageai d'un coup sec et ma sandale se cassa en deux. Crac. Un bruit presque comique.

Les lanières en caoutchouc étaient accrochées à mon pied, tandis que la semelle rose nacrée restait empalée sur la branche. J'eus le souffle coupé. À cause du choc. De ma sandale. De mon pied. De l'élancement douloureux qui vrillait ma voûte plantaire.

— Laura ! criai-je, paniquée.

Des vagues se brisaient doucement sur le sable, à ma droite, poussant vers moi les aiguilles de pin.

— Laura ! hurlai-je de nouveau.

J'avançais d'un pas chancelant, boitillant, vers la pelouse et le soleil. Les lanières de ma sandale glissèrent de mon pied et se perdirent dans la mangrove pleine de vase.

— Laura ! À l'aide !

Je trébuchai en remontant sur la berge, près du terrain, et rampai sur les genoux dans l'herbe rêche. Puis je me relevai et poursuivis mon chemin en boitant.

— Laura ! Laura !

Sur l'aire de jeux, je vis ma sœur se crisper et mettre ses paumes en cornet derrière ses oreilles.

— Laurr-ra !

Je levai le bras comme si j'étais coincée dans une fissure alors que je me tenais juste debout au milieu d'une pelouse desséchée. Dès que Laura m'aperçut, elle se mit à hurler. Elle se précipita vers moi tandis que je clopinais dans sa direction.

Au même moment, des volontaires émergèrent des broussailles à l'autre bout du terrain de sport et se dirigèrent vers les abris, avec l'intention de se regrouper et se ravitailler. Se préparer une tasse de thé. Faire le point sur ce qu'ils n'avaient pas trouvé. Une fraction de seconde, j'eus l'horrible impression qu'ils allaient entrer en collision avec ma sœur, mais ceux qui se trouvaient en queue de file se dispersèrent à la dernière minute, permettant à Laura de se faufiler dans la brèche et de continuer à courir vers moi. Je vis mes parents – ils ne m'avaient pas encore repérée – se rendre compte de la panique de Laura. Maman portait son chapeau de paille, dont le bord arrière m'adressa un signe timide lorsqu'une brise l'agita.

— Maman ! appelai-je avec un sanglot.

Mes parents se retournèrent vivement. Maman poussa un cri.

— Maman ! Maman, j'ai bousillé ma tong, pleurnichai-je, tandis qu'ils se ruaient vers moi.

Mes mots furent emportés par une bourrasque qui souffla dans la mangrove.

— Ta quoi ? lança ma sœur.

Elle n'était plus qu'à quelques mètres de moi : ses yeux se plissèrent, son pas ralentit.

— Ta tong ?

Elle haletait tellement que les mots se chevauchèrent et sortirent estropiés de ses lèvres.

Alors tout le monde se précipita vers moi. Y compris M. Avery, qui surgit des ombres de la mangrove, la semelle de ma tong rose à plat sur sa paume.

— Tikka ! Qu'est-ce qui s'est passé ? Où étais-tu ? s'exclama maman. Je croyais que Laura te surveillait. Laura, pourquoi tu ne surveilles pas Tikka ?

Ma sœur ouvrit la bouche, puis, fronçant les sourcils, elle désigna M. Avery derrière moi.

— C'est quoi ?

Du caoutchouc rose nacré pendait d'un des doigts de M. Avery. Un ongle impeccable et la première phalange de son index passaient au travers de la sandale.

Serpent, serpent sur ton dos. Quel doigt a fait cela ?

— Ma tong. Je l'ai bousillée. Il faut que je fasse pipi, ajoutai-je à l'intention de maman.

Debout sur une jambe, je tendais devant moi mon pied blessé.

— Qu'est-ce que tu t'es fait au pied ? voulut savoir maman.

— Pourquoi est-ce que vous avez la sandale de Tikka ? demanda papa à M. Avery.

— On cherchait des écrevisses, répondis-je. J'ai vraiment mal au pied. Est-ce que tu penses que je vais avoir besoin de béquilles ? ajoutai-je, pleine d'espoir.

L'une des bénévoles du service d'intervention d'urgence de l'État s'approcha et s'agenouilla devant moi.

— Je peux ? Qu'est-ce qui s'est enfoncé ?

— Une branche de palétuvier.

— Ouille ! s'exclama la dame, qui examina mon pied. La coupure est bien nette. On dirait que tout est ressorti.

— Des écrevisses ? répéta papa, perplexe. On n'en trouve pas dans cette rivière.

M. Avery était livide.

— On n'en a pas trouvé, il n'y a pas eu de tiraillement, confirmai-je. On s'est servis d'une canne à pêche invisible.

Papa fixa M. Avery, mais, à cet instant précis, M. Avery se passionna pour une touffe d'herbe que son orteil aplatissait puis redressait en un seul mouvement.

— Qu'est-ce qui était invisible ? insista papa.

Il fit un pas en direction de M. Avery, lequel se mit à parler à toute vitesse :

— Je décrivais à Tikka les vertébrés et les invertébrés, ce que les gosses apprennent en sciences de la nature. Je lui expliquais que les écrevisses sont des crustacés et qu'elles préfèrent l'eau douce à l'eau saline d'une rivière à marées comme celle-ci et qu'elle aurait peu de chances d'en pêcher beaucoup. Elle a eu envie d'essayer malgré tout, alors je lui ai montré comment on lançait une ligne.

Je fronçai les sourcils en entendant la dernière phrase : ce n'était pas tout à fait vrai.

Sauf que personne ne s'en rendit compte parce que, le nez presque plaqué sur mon pied, je surveillais le sang qui suintait.

— Les écrevisses ne se pêchent pas à la ligne, commenta papa, déconcerté.

— Je vais peut-être avoir besoin de béquilles, répétai-je.

La dame du service d'intervention d'urgence passa son bras sous le mien.

— Appuie-toi sur moi. Il vaut mieux t'emmener au poste de secours pour te soigner.

— Je peux aller aux toilettes avant ?

— Bien sûr. Les toilettes en premier.

Elle se tourna vers les autres membres du groupe.

— Quelqu'un me donne un coup de main pour la soutenir de l'autre côté ?

Maman, en plein interrogatoire avec Laura, leva les yeux et appela papa :

— Vas-y, Graham.

Papa était toujours en grande discussion avec M. Avery, mais, lorsqu'il entendit son prénom et le ton de maman, il leva la main et interrompit M. Avery au milieu d'une phrase :

— Nous le sommes tous, mon vieux, dit-il d'un ton sec, avant de me rejoindre. Bon, on te porte où, Tik ?

— Nous sommes tous quoi, papa ? lui demandai-je.

La dame lui indiqua de se positionner à ma gauche.

— Mettez-vous là.

— Ici ?

— Parfait.

— Nous sommes tous quoi ? répétai-je.

— Nous allons faire la chaise, comme ça, dit la dame.

Ils passèrent les bras sous moi, se tinrent les poignets de façon à former un berceau. Je m'agrippai à leurs épaules.

— À trois, on la soulève, reprit-elle. Nous allons au poste de secours…

Je la coupai :

— Les toilettes d'abord.

— Les toilettes d'abord, acquiesça-t-elle.

— Qu'est-ce que tu as dit à M. Avery, papa ? Qu'est-ce qu'il te racontait ?

— Le poste de secours se trouve dans quel abri déjà ? demanda papa.

— Le plus éloigné. Vous le voyez ? Celui du fond.

Ils mirent un instant à équilibrer mon poids. Tout le monde nous regardait. M. Avery se tenait en retrait, l'air tenté de proposer son aide, tout en sachant pertinemment qu'il valait mieux s'abstenir.

— Qu'est-ce que tu voulais dire par « Nous le sommes tous » ? m'enquis-je pour la énième fois. Et qu'est-ce que M. Avery t'a raconté ?

Est-ce qu'il avait révélé à papa que je l'avais interrogé sur sa famille, sur ses frères ? Ce n'était pas impoli, hein ? Il m'arrivait de sortir des choses que j'aurais mieux fait de garder pour moi, sauf que je ne m'en rendais jamais compte sur le moment. Et je posais toujours un tas de questions. Trop de questions…

Papa me répondit qu'il ne s'en souvenait pas et que cela n'avait pas la moindre importance. Il s'étonna que je pèse aussi lourd :

— Ils sont en quoi tes os, Tikka ? En fer forgé ?

— On vous accompagne au cas où vous auriez besoin d'un coup de main, intervint maman.

Elle n'avait pas l'intention de me quitter des yeux. Quelle aide s'imaginait-elle pouvoir fournir, je n'en sais rien… Je n'avais que deux côtés, qui étaient pris tous les deux.

— Merci, dit la dame.

M. Avery garda le silence et resta immobile. À part son pied qui continuait de taquiner l'herbe.

J'ai appris bien plus tard que papa se rappelait parfaitement sa conversation avec M. Avery. Il l'avait rapportée mot pour mot aux policiers, lesquels avaient versé la pièce au dossier avec les autres dépositions.

Le suspect a prétendu être bouleversé et ne pas avoir les idées claires.

Voilà ce qui était noté dans le rapport de la police.

— « Bouleversé » est un terme très fort ; c'est vraiment ainsi qu'il a décrit son état d'esprit ? s'était enquis le flic qui l'interrogeait.

— Absolument, avait confirmé papa.

— Et qu'est-ce que vous avez dit ?

— Qu'est-ce que j'ai dit ?

— Oui, que lui avez-vous répondu ?

Papa s'était frotté l'arête du nez avec son pouce et son index.

— Que nous l'étions tous. Qui n'était pas bouleversé par le sort de ces filles ?

Ce jour-là, près de la mangrove, lorsque papa et la dame me portèrent, mon pied levé en l'air entre eux, tandis que les participants aux recherches restaient plantés sur le terrain de sport à croire qu'ils attendaient le coup de sifflet de l'arbitre, un chien de cadavres vint voir ce qui se passait.

Il renifla les bottes à embout d'acier d'un volontaire, flaira la pelouse. Des poils trempés de sueur se plaquaient sur son corps.

— Le chien de Thommo, dit un type.

Au nom de son maître, l'animal leva les yeux. Puis il s'immobilisa, vacilla sur le côté, et ses pattes arrière flanchèrent d'une façon presque comique.

— Bon sang…, proféra un autre.

Le chien s'était écroulé. Stupéfait, les yeux écarquillés, les pupilles dilatées. Le disque noir central engloutissait presque le bleu autour. Il regarda ses pattes et bâilla sous le coup de la panique. Puis il gratta le sol comme s'il tentait de se propulser, de dépasser un fantôme. Des petites bulles jaunes se formèrent entre ses crocs, il esquissa un bond en avant et plaqua sa truffe dans la poussière.

— Nom de Dieu, il est mort ! s'exclama le type aux bottes à embout d'acier.

Horrifié, il s'empressa de retirer celle qui était restée coincée sous le ventre chaud du chien. Papa et la dame me posèrent par terre.

— Il a l'air mal fichu, en effet, constata un autre volontaire.

— Mal fichu ? Il est bel et bien clamsé, certifia l'homme aux bottes tout en frottant le bout de l'une d'elles sur son mollet.

— Tu es sûr ?

— Il n'est pas vivant, en tout cas.

— Putain, qu'est-ce qu'on fait ?

— C'est un serpent, à ton avis ?

— Bordel de merde !

— Y a un véto quelque part ? Un médecin fera l'affaire. Quelqu'un est médecin, ici ?

— Regarde comme son museau enfle. Tu as raison : il a eu droit à un baiser de serpent.

Tout le monde observa l'animal.

C'était Alligator. Le chien tout fou que j'avais vu en début de semaine. Celui au pelage poivre et sel qui s'était tortillé et agité dans tous les sens quand je racontais au flic ce que je savais sur les crocodiles. Celui qui avait virevolté devant mon genou droit et qui, désormais, gisait par terre. Son corps se convulsa deux fois. Des petits spasmes qui semblaient volontaires.

— Nom de Dieu, qu'est-ce qu'on fait ? lança quelqu'un.

— Faudrait aller chercher Thommo… Ça va le foutre en l'air.

Après mon passage aux toilettes et au poste de secours, je demandai à papa quel effet cela faisait de mourir.

— Je ne sais pas, Tik. Mais je suis sûr que tu vas t'en tirer. La secouriste est d'avis que tu n'as même pas besoin de points de suture…

— Je parle d'Alligator, papa ! Quand il a vu le serpent, est-ce qu'il a compris qu'il allait mourir ?

— Le veinard ne s'est rendu compte de rien. Il n'a rien vu venir, à mon avis.

Je ne lui fis pas remarquer qu'il y avait de bonnes chances, au contraire, pour qu'Alligator ait aperçu le serpent puisqu'il avait été mordu à la truffe. Par moments, papa était aussi sensible que n'importe qui, alors je ne le détrompai pas.

On croyait avoir vu le pire lors de la disparition des sœurs. Mais voir et ne pas voir, c'est un drôle de phénomène. Encore maintenant, j'ignore lequel est le plus cruel.

6

En réalité, tout commença par la chute de Cordie, quand elle tomba de l'arbre. Atterrissant sur un tas de racines et de drupes, elle se cassa le bras en deux endroits. Voilà quand tout commença. Bien longtemps avant sa disparition et celle de ses sœurs.

On cueillait souvent les baies de cet arbre. On les étalait sur le rebord des fenêtres de nos chambres en attendant qu'elles passent du vert au rose et au rouge violacé. Une fois qu'elles étaient vraiment mûres – au maximum de leur toxicité –, on en nourrissait nos poupées au visage dur, maculant leurs lèvres de plastique.

Mais ce jour-là, Cordie ne cueillait pas les baies. Elle ne faisait pas grand-chose. Assise sur une branche, elle regardait juste autour d'elle, tandis que les doigts de sorcière de l'arbre plongeaient dans sa chair. Jusqu'à l'instant où ce fut elle qui plongea. Dans le vide. Sa chair, ses os, ses cheveux et ses dents dans le vide. Ses orteils nus lâchés par la sorcière.

C'est là que tout commença.

Après la chute de Cordelia.

Selon Ruth, le Dr Adiga, à l'hôpital, avait procédé à tous les examens requis. Il avait examiné la tête de Cordie. Regardé dans son oreille avec une lampe. Appuyé une paume froide sur son ventre. Ruth avait accompagné Cordie et Mme Van Apfel, parce qu'on ne pouvait pas la laisser seule à la maison. Du moins si on voulait qu'il reste des provisions dans le frigo.

C'était pratique que Ruth ait fait partie du contingent de l'hôpital ; comme ça, elle avait pu me raconter ce qui s'était passé. (Cordie était avare de détails.) Le Dr Adiga avait posé des questions : Cordie avait-elle le vertige ? mal à la tête ? la vision trouble ? mal au ventre ? Et Cordie avait affirmé n'avoir pas mangé de baies.

— Tout le monde sait que c'est du poison, docteur. Je ne suis pas idiote.

Le Dr Adiga assura qu'il ne l'avait jamais trouvée idiote, qu'il s'intéressait surtout aux commotions qu'elle était susceptible d'avoir. Mme Van Apfel était là aussi, évidemment – elle n'aurait pas supporté de manquer une urgence. Quand Ruth me dit que sa maman avait déclaré : « C'est à cause du poivrier sauvage de notre jardin, docteur. J'ai demandé mille fois à mon mari de l'élaguer », je la crus sur parole : je savais que c'était précisément ce qu'aurait dit Mme Van Apfel. De même qu'on pouvait parier qu'elle s'était assise dans la salle d'attente de l'hôpital en lisant un numéro de la *Tour de garde*, comme si Moïse le lui avait apporté du mont Sinaï.

Le Dr Adiga était le seul médecin de cet hôpital à l'époque ; du moins nous en donnait-il l'impression. Il m'avait soignée quand j'avais eu la varicelle et de la fièvre en pleine nuit (papa avait même enfilé ses vêtements au-dessus de son pyjama pour m'emmener à l'hôpital sans perdre une minute). Le Dr Adiga s'était aussi occupé de Lor quand elle s'était brûlé la main avec une fusée de feu d'artifice à la fête de Crackernight[1] après que Carl Mannix l'avait mise deux fois au défi de la toucher. (Lor s'en était bien tirée, contrairement à Carl Mannix, privé de sortie pendant toute une semaine.)

Même si le Dr Adiga devait soigner nos fièvres, nos brûlures et tout un tas de fractures, il ne donnait jamais l'impression que cela le dérangeait. Il prenait toujours son temps. (C'est différent, aujourd'hui. L'hôpital a déménagé de l'autre côté de la crête. Il est bien plus grand et bien plus blanc, et le Dr Adiga a pris sa retraite.)

Lorsque l'hôpital était de notre côté de la vallée – une simple salle d'urgence, meublée de quelques lits dans le fond, au sol couvert d'un lino gris poussiéreux qui craquait sous nos pas –, le Dr Adiga paraissait être le seul médecin de la région.

— Le Dr Adiga a dit qu'elle s'est cassé le radius et le cubitus, précisa Ruth, le lendemain de la chute.

On se rendait à l'école à pied. Cordie se reposait à la maison. Laura et Hannah étaient parties depuis longtemps – elles se levaient tôt pour attraper le car qui les emmenait au collège.

— Et que c'était du bon boulot, ajouta Ruth.

— Du sale boulot, tu veux dire ?

— Non, du bon boulot.

1. « Nuit déchaînée » en Australie, durant laquelle tous ceux qui ont plus de dix-huit ans ont le droit d'acheter et de tirer des feux d'artifice.

— Ah oui, un bon boulot d'un mauvais truc. Il voulait se montrer sarcastique.

Elle comprendrait quand elle serait au CM2.

— Et le somnambulisme de Cordie ? demandai-je.

— Tu veux savoir si elle est toujours somnambule ?

— Ben oui. Le somnambulisme est peut-être lié. Le Dr Adiga lui a posé la question ?

— Lié à son bras cassé, tu veux dire ?

— Oui.

— Comment ça ?

— Je ne sais pas… Le Dr Adiga en a parlé ou pas ?

— Cordie ne dormait pas quand elle tombée de l'arbre, si c'est ce que tu penses.

N'étant pas sûre de ce que je pensais, j'avais du mal à l'expliquer à Ruth.

— En tout cas, elle continue de marcher dans son sommeil, reconnut Ruth. Elle se lève toutes les deux ou trois nuits.

— Elle sort de la maison ?

— Généralement, non. Sauf le matin où tout le monde l'a vue dans la rue. Sinon, elle ne va pas plus loin que le vestibule. Une fois, elle était recroquevillée dans la baignoire. Quand maman l'a réveillée, Cordie ne savait pas du tout comment elle était arrivée là.

On marchait, il faisait chaud. Le ciel semblait prêt à s'effondrer ; chaque chose, sur le point de fondre.

— Ce qui a intéressé le Dr Adiga, reprit Ruth, c'est comment elle s'était fait l'autre bleu.

— Lequel ?

— Celui autour du haut de son bras.

— Le bras qu'elle s'est cassé ?

— Oui.

— Cordie a un bleu autour du haut de son bras cassé ? répétai-je.

— Oui.

— Elle s'est fait ça en tombant, non ?

Ce n'était pas la peine d'être médecin pour le deviner !

Mais Ruth affirma que ce n'était pas l'avis du Dr Adiga, et qu'il avait interrogé Cordie sur l'origine de ce bleu.

— Et Cordie, qu'est-ce qu'elle a dit ?

— La même chose que toi. Qu'elle s'était sans doute cogné le bras en tombant. Mais le Dr Adiga a insisté : « Tu es sûre ? Cette ecchymose a l'air de remonter à un certain temps. »

— C'est vrai ?

— Comment je le saurais ?

— Ben, Cordie a dit où elle s'était fait ça ?

— Je ne crois pas qu'elle le sait. Et moi non plus, je ne le sais pas.

— Ce n'est pas ton bras. Tu le saurais si ça l'était.

— Je me fais sans arrêt des bleus, rétorqua Ruth, catégorique. Ce n'est pas pour ça que je me rappelle où et comment.

— Moi, si ça m'arrivait, je le saurais. Tu ne trouves pas ça bizarre que Cordie n'en sache rien ?

Ruth trouvait peut-être ça bizarre, mais elle ne le dit pas et se concentra plutôt sur le chemin. On continua de marcher, en silence cette fois. Il n'y avait pas un souffle de vent dans la rue.

— Le bleu était très jaune, reprit-elle finalement. Alors ce n'est pas étonnant que Cordie ne se souvienne pas.

Je hochai la tête.

— Il a sans doute disparu maintenant, ajouta-t-elle.

Et le seul qui aurait pu voir quelque chose n'avait rien vu. Trent Rainer taillait les haies de son jardin lorsque Cordie était tombée de l'arbre. Il inaugurait un coupe-bordure à lames dentées deux fois plus rapide que l'ancien mais dix fois plus bruyant, si bien qu'il n'avait même pas entendu le bruit sourd produit par Cordie quand elle avait atterri sur la pelouse de M. Van Apfel. Semblable à celui que ferait un ballon de basket rempli d'eau de pluie.

Cordelia revint à l'école le lundi et on faillit mourir de jalousie en découvrant son plâtre.

— Je peux le toucher ?

— Je peux signer dessus ?

— Ça fait mal quand je fais ça ?

On avait laissé tomber notre jeu, une variante de 1, 2, 3, Soleil, et on se bousculait autour de Cordie, dans l'espoir d'absorber une parcelle de sa douleur. On lui demanda combien de points de suture avait faits le Dr Adiga, si ça la grattait sous le plâtre, et elle répartit ses réponses de la même manière qu'elle aurait partagé son déjeuner.

Deux ou trois élèves – toujours figés, jambes pliées, poings fermés – attendaient qu'on les rejoigne pour recommencer à jouer à 1, 2, 3, Soleil. Pour être honnête, le jeu nous ennuyait déjà depuis un bon moment. C'était pour les petits. On y jouait encore de temps en temps, mais sans enthousiasme. Les profs en déduisaient qu'on s'y croyait et que la situation serait réglée quand on serait au CM2. Mais cela ne résoudrait pas tout. Car il y avait cette impatience, cette fébrilité, qui nous tenaillait. Comme si l'ennui qu'on éprouvait était le symptôme d'un changement plus important – d'un déplacement dangereux de l'axe de rotation de la Terre. Un phénomène plus considérable que le simple fait de grandir.

Ainsi, lorsqu'on traversait la cour de récréation, deux par deux, en rangs, sous le même soleil chaque jour, sous la même pergola à la peinture écaillée et étranglée petit à petit par la glycine, nous percevions l'odeur du changement à venir aussi nettement que les remugles de la mangrove.

Cette fois-là ne fit pas exception. Serrés les uns contre les autres autour de Cordie, on admira son plâtre jusqu'à la sonnerie, puis on rentra dans nos salles de classe. Il ne resta dans la cour de récréation qu'une casquette de légionnaire bleue, fichée sur le piquet d'une barrière, telle une sorte d'avertissement de l'ancien temps.

Deux événements se produisirent que – encore aujourd'hui – j'ai du mal à dissocier dans ma tête. Le premier était la chute de Cordie. Le second ? Eh bien, c'était l'arrivée de M. Avery à l'école.

Il débarqua un lundi, le même jour que Cordie avec son bras dans le plâtre : quand les élèves de CM2-H entrèrent dans la classe ce matin-là, prêts à sortir leur livre de maths et à souffrir une semaine de plus sur les fractions, ils apprirent que Mme Harrow était partie le vendredi précédent après le cours d'éducation physique, emportant avec elle les poufs poires du coin lecture et la fresque sur papier kraft de la *Première Flotte*[1]. À sa place, une énigme plus

1. Nom donné aux onze navires qui, en 1787, partirent pour établir la première colonie européenne – un établissement pénitentiaire – en Nouvelle-Galles-du-Sud.

mystérieuse et plus complexe que des nombres composés. À sa place, il y avait M. Avery.

Il se tenait devant le vide laissé par la fresque. Un vaste continent de mur nu flottait derrière lui. Les agents d'entretien avaient travaillé tout le week-end et peint le tableau noir en un vert couleur vomi – comme pour faire table rase du passé. Et à voir M. Avery échoué entre le mur vierge et le tableau repeint, on avait l'impression d'une béance.

Il portait une chemise à manches courtes, une cravate et des chaussures qui semblaient de confection étrangère. En cuir, sans lacets. Sa barbe foncée était bien taillée malgré son épaisseur. Elle avait exactement la couleur des poils couvrant ses bras. À part les employés chargés de l'entretien et le principal, M. Avery était le seul homme de notre école. Dès qu'il débarqua, les élèves de la classe de CM2-H de Mme Harrow furent immédiatement promus au rang de CM2-A.

L'arrivée de M. Avery coïncidant avec celle du plâtre de Cordie, les deux événements sont indissociables dans mon esprit. À tel point qu'il m'est impossible – encore aujourd'hui – d'avoir la certitude que M. Avery n'a pas été à l'origine des problèmes de Cordie.

À moins qu'il ne les ait révélés, seulement.

Toujours est-il que cela commença à ce moment-là. Fin novembre. Le ciel flambait, les jacarandas fanaient à peine éclos, et les scarabées se jetaient sur les fenêtres de nos salles de classe car ils préféraient périr sur le coup que brûler dans la touffeur de four.

Voilà quand cela commença. Il y a si longtemps. L'été s'amorçait tout juste. Cordelia Van Apfel n'avait pas encore disparu : c'était une fille réelle, douce, qui tombait des arbres.

— Non, ce n'est pas le cas, a objecté ma sœur, à qui je suggérais cette version vingt ans plus tard.

On était en train de faire des courses au nouveau supermarché – l'ancien milk-bar de notre enfance. À présent, il y avait une station de lavage pour voitures de grand luxe, un magasin proposant une expérience de shopping mains libres et un parking qui s'étendait sur des kilomètres.

— M. Avery est arrivé avant que Cordie se casse le bras, tu te trompes.

Tandis qu'elle parlait, elle poussait habilement le Caddie de la main gauche. Moi, j'aurais sûrement percuté les sauces en conserve, ai-je songé. Laura était capable de manœuvrer le chariot d'une main tout en lisant la liste de courses et en rectifiant ma version des faits.

— C'est normal que mes souvenirs soient plus précis, a-t-elle ajouté. Je suis plus âgée.

Ce matin-là, pendant le trajet jusqu'au supermarché, la banlieue défilant derrière la vitre m'avait semblé diminuée et étrange. Les routes, qui autrefois s'étiraient interminablement à l'aune de mes pas d'écolière, disparaissaient en un instant sous les roues de la voiture. Je découvrais une version réduite du quartier. Dans le parking, j'avais plus ou moins reconnu des gens, mais ils m'étaient apparus vieillis, gris de teint ou fatigués.

— Alors dis-moi, de quoi tu te souviens précisément ? ai-je lancé.

Laura a immobilisé le Caddie et s'est tournée vers moi.

— Il est arrivé le premier. M. Avery était déjà là quand Cordie est tombée de l'arbre. Il a rejoint l'école au début du quatrième trimestre[1]... Et Cordie ne s'est cassé le bras que deux mois plus tard, juste avant la fête de Hayley Stinson, en novembre.

— Comment tu peux te rappeler la date de la fête de Hayley Stinson ? C'était il y a vingt ans.

— Parce que Hayley avait exactement six mois de plus que moi. C'est toujours le cas d'ailleurs. Je ne cesse de la croiser au supermarché. Elle habite la maison blanche à deux pas de l'école. Avec la façade moche et les palmiers, tu vois ? Elle vient d'accoucher de jumeaux.

— Ah bon ?

— Oui. Tu peux attraper l'huile d'olive ? Non, pas cette marque. Celle d'à côté. La verte.

J'ai obéi et mis la bouteille dans le Caddie comme on me l'ordonnait. Cela faisait presque une semaine que j'étais arrivée à Macedon Close. Suffisamment longtemps pour que la vie ici me soit redevenue familière, et pour que Laura ait toujours raison.

— Donc, ai-je repris, M. Avery est arrivé au début du quatrième trimestre, et Cordie s'est cassé le bras presque à la fin ?

— Absolument.

— À peu près en même temps que la soirée pyjama de Hayley Stinson.

— Absolument. Hayley a eu quinze ans en novembre, et moi, j'ai dû attendre le mois de mai de l'année suivante. N'empêche qu'on faisait partie de la même classe d'âge au club de natation, et tout

1. L'année scolaire se divise en quatre trimestres en Australie.

le monde se demandait pourquoi elle me battait tout le temps…

— Ravie de voir que tu as lâché prise sur le sujet !

— J'étais désavantagée.

J'ai observé ma sœur en souriant. Ses cheveux étaient d'une blondeur presque improbable sous les lumières du supermarché. Ils avaient toujours été plus clairs que les miens, mais là, avec cette nuance, elle aurait pu être une quatrième sœur Van Apfel.

— Tu décolores tes cheveux ?

Je les comparais aux miens, châtain terne, striés de quelques fils gris.

— Oui, dit-elle en me jetant un regard bizarre. Tu croyais que c'était naturel ?

À la caisse, j'ai sorti les produits et les ai disposés sur le tapis roulant dans l'ordre où Laura souhaitait qu'on les range.

— Hé, tu te rappelles qu'on a fait une séance de spiritisme, pendant la soirée pyjama de Hayley ? ai-je lancé. Tu te rappelles ? Et…

— Le gobelet a bougé ! nous sommes-nous exclamées en chœur.

La jeune caissière nous a regardées avec méfiance, puis elle s'est remise à scanner nos articles.

— Il a bougé jusqu'à la carte de Caisse de Communauté du Monopoly, ai-je ajouté, le regrettant aussitôt après.

— Mince, Tik, comment peux-tu te souvenir de ça ?

— Je ne sais pas, ai-je assuré tout en tripotant un sac de riz sur le tapis roulant. Sans doute que j'y pense parfois.

« Il faut que tu trouves un moyen de vivre avec ça, m'avait conseillé Laura un jour, de sa voix la plus apaisante. Je ne dis pas qu'il faut oublier, mais que tu dois dépasser tout ça, te lever le matin, te bouger et vivre ta vie. Continuer. »

Se lever. Se bouger. Continuer.

On aurait dit des exercices musculaires à destination de ses patients.

À présent, elle me dévisageait d'un air sceptique : *Tu y penses « parfois » ? Ouais, c'est ça.*

Nous avons payé et sommes sorties du supermarché. Le ciel était sans nuages, il faisait chaud. La rue commerçante grouillait de monde, en majorité des retraités ou des parents avec des poussettes. À l'arrêt de bus, une vieille femme, courbée sur un chariot de courses à motif écossais, en réarrangeait le contenu. Sa robe à fleurs, du même rouge que les carreaux de son chariot, lui arrivait juste au-dessous du genou. Un mi-bas marron clair avait glissé sur sa cheville et tire-bouchonnait, telle une ride de bronzage.

— Voilà Mme McCausley, a dit Laura, dont les épaules se sont soudain voûtées comme si sa vue suffisait à l'épuiser.

— Où ça ? Je ne la vois pas.

Laura a montré l'arrêt de bus.

— Cette femme est Mme McCausley ?!

— Chut, Tik !

J'avais haussé la voix, mais nous étions entourées du vrombissement des voitures.

— Oh, ça va…, ai-je dit. Ça m'étonnerait qu'elle m'ait entendue.

— Elle entend tout, s'est agacée Laura. On va devoir passer devant elle pour rejoindre la voiture.

— Ce n'est pas grave, je lui ferai la conversation.

J'étais curieuse de revoir Mme McCausley après tout ce temps.

— Motus et bouche cousue sur ma maladie, me recommanda ma sœur. Je n'ai aucune envie qu'elle cancane à mon sujet.

— D'accord.

— Je le dirai à qui bon me semble, quand je le voudrai, et seulement quand je serai prête. Compris ?

— Compris.

Laura a poussé le Caddie dans la rue commerçante, veillant à ne pas se pencher en avant ni à s'appuyer sur la poignée. (J'avais envie de la rassurer : « Personne ne s'imaginera que tu es une invalide si tu fais ça. »)

— Madame McCausley ! ai-je lancé lorsque nous avons été assez près. C'est moi, Tikka. Tikka, du bas de la rue.

J'ai désigné Laura, restée prudemment derrière moi :

— Et vous connaissez Laura.

Mme McCausley a levé sa tête grise et, me jetant un coup d'œil perspicace, a lâché d'un ton sec :

— Je sais qui tu es, Tikka Malloy.

J'ai éclaté de rire :

— Vous n'avez pas changé, madame McCausley.

— Toi non plus.

Elle a ostensiblement détaillé du regard ma queue-de-cheval négligée, mon tee-shirt informe. La montre Swatch que j'avais reçue à neuf ans pour mon anniversaire était toujours à mon poignet droit.

— Très juste.

— Bonjour, Laura, a-t-elle lancé à ma sœur.

— Bonjour, madame McCausley, je suis contente de vous voir.

Laura a souri, sans s'avancer pour autant. Devant le marchand de journaux, une queue se formait au comptoir du loto.

— Eh bien, Tikka, qu'est-ce que tu fais ici ? m'a demandé Mme McCausley, allant droit au but comme à son habitude.

Franchement, c'était comme retarder une horloge de vingt ans. À ceci près que Mme McCausley a tendu un bras et que j'ai cru un instant qu'elle voulait m'étreindre. Mais non, elle voulait juste s'agripper à moi le temps de retrouver son équilibre.

— La famille, ai-je répondu. Je suis revenue voir mes parents.

— Un bien long voyage pour une visite de courtoisie, a-t-elle fait observer, me lâchant le bras.

Je me suis un peu déplacée pour regarder Laura à la dérobée. Son visage était impassible ; elle ne m'aiderait pas.

— En effet, ai-je concédé. Mais ça ne m'ennuie pas de prendre l'avion.

— Tu voyages seule ?

— Oui.

— Tu vis toujours en Amérique ?

— Oui, à Baltimore en ce moment.

— Tu travailles toujours dans le domaine des sciences ? Dans quoi déjà ? Les microbes ou quelque chose dans ce goût-là ? a-t-elle ajouté, non sans ironie.

— En un sens.

Je n'ai pas développé. Mon poste d'assistante technique de laboratoire n'en valait pas la peine.

— Tes parents sont certainement ravis que tu sois revenue.

J'ai acquiescé.

— Ils le seraient davantage encore si tu restais, a-t-elle ajouté d'un air narquois.

Personne dans le coin ne partait pour longtemps ; et ceux qui le faisaient avaient en général une bonne raison.

— Comment allez-vous, madame McCausley ?

— Ma hanche, tu veux dire ?

Ce n'était pas vraiment ce que je voulais dire, mais sa hanche ferait l'affaire. Plantée derrière son Caddie, Laura poussa un profond soupir.

— Quel tourment, crois-moi, ma petite !

Mme McCausley s'est assise sur le banc de l'arrêt de bus, s'apprêtant à nous raconter toute l'histoire de sa hanche.

— J'ai passé des moments effroyables…

Elle s'est lancée dans la description de son épreuve : treize mois d'attente pour une opération et, une fois l'opération passée et la hanche remplacée, celle-ci s'était de nouveau luxée au bout de seulement trois mois (« elle est sortie de sa cavité ! »), de sorte qu'il lui avait fallu retourner à l'hôpital pour tout recommencer.

Un bus est passé devant nous, tellement près que j'aurais pu le toucher. Je me suis effondrée sur le banc à côté de Mme McCausley, rien que pour m'écarter de sa trajectoire maladroite.

— Cela arrive rarement, tu sais.

J'ai cru qu'elle parlait du bus, mais non, elle parlait toujours de ses problèmes de hanche.

— Je suis désolée pour vous, madame McCausley. C'est horrible.

— Ça a été horrible, vraiment horrible, oui.

Sûrement pas autant que le lymphome de Hodgkin, ai-je pensé sans en faire part à Mme McCausley.

Nous avons gardé le silence quelques instants, elle réfléchissant aux tourments de sa hanche, moi luttant contre l'envie irrépressible de me pencher et de remonter son mi-bas tire-bouchonné. À plusieurs mètres de nous, derrière son Caddie, Laura s'appuyait, lourdement désormais, sur la poignée. J'ai croisé son regard : il fallait qu'on s'arrache.

— Nous devons y aller, madame McCausley, ai-je repris, espérant avoir rendu un hommage adéquat à sa hanche. Ça m'a fait plaisir de vous voir.

— Tu me rendras visite avant de reprendre l'avion, n'est-ce pas ? Viens prendre le thé.

— Chez vous, vous voulez dire ?

Quand étais-je allée chez Mme McCausley pour la dernière fois ? Je devais être au lycée.

— C'est très gentil de votre part, madame McCausley. Mais vous n'y êtes pas obligée.

— Je le sais bien, a-t-elle répliqué avec agacement. Viens jeudi après-midi, Tikka. Avant 16 heures. C'est l'heure où je nourris les kookaburras derrière la maison, et ils n'apprécient pas que je sois en retard.

Je n'avais aucun mal à l'imaginer sur sa terrasse, distribuant des bouts de saucisse aux volatiles, ou extrayant des languettes de bœuf d'un Tupperware pour les disposer sur la balustrade. Quoi qu'on puisse penser de Mme McCausley, cette femme avait bon cœur.

— Entendu, je viendrai vous voir jeudi.

— Avant 16 heures.

— Avant 16 heures.

— Tikka…

— Oui ?

— J'ai quelque chose à te dire, a-t-elle expliqué en me jetant un regard éloquent.

— Ah bon ?

— Oui.

J'ai attendu sa révélation. En vain. Elle me regardait en silence.

— Oh, vous voulez dire jeudi ? Vous avez quelque chose à me raconter jeudi ?

— C'est ça.

Derrière moi, je pouvais sentir Laura qui se balançait d'un pied sur l'autre, s'impatientant de plus en plus.

— Eh bien, j'ai hâte de savoir de quoi il s'agit, madame McCausley.

Me levant, j'ai épousseté l'arrière de mon jean.

— Je sais pourquoi tu es revenue, Tikka, a-t-elle alors lâché.

— Vraiment ? me suis-je étonnée.

Elle s'est courbée, au point que sa bouche était au niveau de mes genoux.

— Tu sais, je suis au courant pour le mariage de Jade Heddingly. (Elle a jeté un coup d'œil de côté pour s'assurer que personne n'avait l'oreille à la traîne, puis, satisfaite, elle a poursuivi.) Les Heddingly m'ont confié la préparation du repas.

— Ah bon ?

J'ai regardé Laura, en quête d'un signe. Est-ce que Mme McCausley perdait la boule ? Elle m'avait paru tellement lucide jusque-là.

— Mme Lantana s'occupe des fleurs, tu dois le savoir, Tikka.

Non, pas du tout, je ne savais rien. Certes, je n'avais pas prêté attention aux discussions familiales autour de cet événement.

— Je suis contente que tu sois revenue pour le mariage de Jade, en tout cas. Les Heddingly sont très touchés.

Le mariage de Jade Heddingly n'était pas une raison, tant s'en fallait, pour parcourir seize mille kilomètres en avion, mais je me suis bien gardée de détromper Mme McCausley, déjà assez perturbée comme ça.

Je l'ai observée. Elle était là, avec son chariot écossais, ses cheveux gris mis en plis et coiffés. Ses bas qui refusaient de rester en place. Toute sa personne évoquait un temps très ancien… Il faut dire que, déjà quand j'avais onze ans, elle me paraissait vieille…

Mme McCausley me dévisageait elle aussi, dans l'attente probablement de mon commentaire sur le mariage de Jade Heddingly. La seule chose qui m'est venue à l'esprit a été :

— Comment lui a-t-il demandé sa main ?

— Quoi ? Son fiancé ?

— Oui.

— J'imagine qu'il a posé un genou au sol. Demande à Jade.

— Bien sûr, ai-je marmonné.

Je *dremanderai* à Jade un jour. Je lui dremanderai comment il a dremandé sa main.

— Au revoir, madame McCausley, a lancé Laura, faisant valoir son droit d'aînesse à couper une conversation.

— Oui, au revoir, madame McCausley. Ça m'a fait plaisir de vous revoir, ai-je répété.

Et la vieille dame d'opiner du chef, puis de se remettre à sa tâche de ranger ses produits dans son chariot de courses.

Laura a poussé le Caddie, nous faisant passer devant la station de lavage de voitures et le magasin mains libres, et nous sommes arrivées – ô miracle – là où elle s'était garée une heure plus tôt.

— Je ne sais pas comment tu fais, ai-je dit. Je n'arrive jamais à retrouver ma voiture dans ce genre de parking.

Laura a levé les yeux au ciel.

— Les rangées sont par ordre alphabétique !

J'ai tenté de la convaincre de s'asseoir côté passager le temps que je mette les courses dans le coffre. Peine perdue. Elle a pris cela pour un affront, le signe que je voulais la dominer ou je ne sais quoi encore. Il a fallu qu'elle supervise l'opération.

— Laisse-moi te décharger un peu…

— Je n'ai pas besoin qu'on me décharge ! a-t-elle répliqué sur un ton catégorique.

Nous avons donc rangé les courses dans le coffre, puis elle a ramené le Caddie à sa place.

Sur le trajet du retour, Laura a fait défiler les stations de radio avec impatience avant de se résoudre au silence.

— Mme McCausley n'est pas en charge du banquet de Jade Heddingly, j'imagine ?

— Non, Tikka.

— Elle est… ?

— Sénile, tu veux dire ?

J'ai acquiescé.

— Ça m'en a tout l'air, a-t-elle répondu. Maman lui rend parfois visite. Elle doit avoir plus de quatre-vingts ans, maintenant.

J'ai été contente que quelqu'un prenne soin d'elle.

Laura s'est tue, se concentrant sur la route. Pensait-elle à l'âge honorable de Mme McCausley ?

Se demandait-elle si elle l'atteindrait, elle aussi ? Il y avait pire que de devenir gâteux. Ce n'était pas très grave, comparé au fait de se choper un cancer à trente-quatre ans.

Laura a interrompu le cours de mes pensées :

— De toute façon, il est impossible que M. Avery soit arrivé à l'école en novembre, quand Cordie s'est cassé le bras.

Ma parole, elle était sérieuse ? Notre discussion à ce sujet n'était pas terminée ?

— Tu aurais dû être avocate, Laura…

Ma sœur a fait semblant de n'avoir pas entendu.

— Bon, vas-y, ai-je enchaîné. Pourquoi aurait-ce été impossible ?

— Quel professeur commencerait à enseigner en plein milieu de trimestre ?

Laura n'avait pas tort. Pourtant, la fresque et les poufs poires du coin lecture de Mme Harrow s'étaient volatilisés en un week-end, je l'aurais juré. Au fond, peut-être avait-elle raison. Peut-être M. Avery était-il arrivé avant que Cordie tombe du poivrier sauvage. Cela n'avait plus beaucoup d'importance aujourd'hui, de toute façon.

— D'autant qu'il y a autre chose…, a repris Laura en négociant le virage dans l'allée.

Elle a dit cela sur un ton neutre, comme si elle se rappelait un article qu'on aurait oublié d'acheter au supermarché.

— Cordie n'est pas tombée, elle a sauté.

7

Lors de la canicule de l'été 1992, les bulletins d'information du journal télévisé disaient tous que les autorités avaient conclu un pacte avec le diable. Soir après soir, c'était l'effervescence. Fascinée, je regardais le gouvernement du Territoire du Nord verser des dédommagements de plus de 1 million de dollars, sans compter le demi-million de frais de justice et la somme de 19 000 dollars pour le démantèlement d'une voiture servant de pièce à conviction qui ne serait jamais réassemblée – tout comme les vies gâchées des membres de la famille.

Le diable était une femme aux cheveux courts, qui portait la plupart du temps une robe à fines bretelles.

— Papa, pourquoi elle reçoit de l'argent si elle est coupable ?

— Justement, elle n'est pas coupable, Tik, répondit-il sans quitter l'écran des yeux. On a beau l'avoir mise sous les verrous, Lindy Chamberlain n'est pas coupable. Voilà pourquoi elle reçoit des dommages et intérêts. Non que ces bons à rien cherchent à nous convaincre de son innocence. C'est révoltant, la façon dont ils s'y prennent.

Papa était assis devant la télé, une cheville posée sur le genou opposé – formant de ses jambes un triangle, où il étalait son journal pour l'avoir sous les yeux en même temps, comme s'il rejouait le tout. Il portait une chemise à manches courtes et un bermuda. Depuis qu'il avait quitté sa salle de classe, dans l'après-midi, il n'avait pas desserré sa cravate. En revanche, il avait ôté souliers et chaussettes, laissant apparaître la bande de peau blanche à l'endroit du tissu.

Maman entra dans le salon, apportant deux verres remplis de liquide et de glaçons, qui tintèrent. Elle en tendit un à papa, plaqua l'autre sur sa joue et, la main sur la hanche, regarda le petit écran.

— Elle est trop séduisante pour eux, dit-elle. Trop sensuelle. Ils ne le supportent pas.

— Qui ça, maman ? Lindy Chamberlain ?

— Ce n'est pas un crime, intervint papa. Ce n'est pas encore passible de pendaison.

— Maman, tu parles de Lindy Chamberlain ? C'est elle qui est trop séduisante ?

— Ce n'est pas un crime, répéta papa.

— Ah oui ? Dis-le à ces mecs. (Maman désigna la télé de son verre. Un groupe d'hommes en cravate marron se tenait devant le tribunal.) Si la décision avait dépendu d'eux, ils l'auraient laissée en prison.

— Elle a la démarche de Cordie, commenta Laura, allongée sur le canapé, ses jambes posées sur l'accoudoir.

— Enlève tes pieds de là, ordonna machinalement maman.

J'attendis que ma sœur proteste : il s'agissait de ses jambes, non de ses pieds. Et d'ailleurs, pourquoi avait-on le droit d'y mettre les bras et pas les jambes ?

Trop absorbée par la télé, Laura obéit sans quitter l'écran du regard.

— Maman, c'est bientôt le spectacle de l'école, dis-je. Et Mlle Elith veut bien que je fasse un sketch. Y en a qui dansent, d'autres qui jouent d'un instrument ou des trucs comme ça. Moi, je peux inventer un sketch.

— On s'en fiche, murmura Laura assez bas pour que papa et maman ne l'entendent pas. Le spectacle a lieu tous les ans, de toute façon.

— Peut-être, sauf que personne n'a jamais fait de sketch. Mlle Elith me l'a dit. Elle a dit que j'étais la première à le demander.

— Tu sais écrire un sketch ? lança Laura, sceptique.

— Oui !

Est-ce que j'en étais capable ? J'avais des doutes. (Du genre qu'on gardait pour soi et qu'on ne révélait pas à sa sœur.) Pourtant, j'avais déjà écrit une pièce de théâtre, intitulée *Réunion du personnel*, où j'avais noté tout ce que j'avais entendu en écoutant à la porte de la salle des profs. C'était une comédie, et excellente avec ça, à en croire les professeurs. J'avais aussi inventé le poème qui m'avait valu d'être choisie pour la crèche vivante.

Avec tout ça, je devais bien pouvoir rédiger ce sketch pour le spectacle de l'école. Il me fallait simplement trouver le sujet.

— Mlle Elith pense que mon sketch sera poignant.

En fait, c'était moi qui avais promis du « poignant », et Mlle Elith avait assuré qu'elle n'en doutait pas.

Mlle Elith nous enseignait la musique et les arts de la scène tous les jeudis. Pendant son cours, on devait partager un instrument à deux… Aucun problème s'il s'agissait de castagnettes, qui se présentaient par paires. En revanche, le triangle n'était marrant que si on avait la chance de récupérer la tige. Mlle Elith avait du mal à maintenir la discipline : « Les yeux à votre gauche, les yeux à votre droite, les yeux droit devant vous, les yeux sur moi », répétait-elle désespérément, sans obtenir de résultats probants. La plupart du temps, les élèves posaient les yeux où bon leur semblait.

— Je dois réfléchir à des costumes pour mon sketch, enchaînai-je.

Le juge à la télé m'y avait fait penser, avec sa toge noire flottante et sa perruque blanche en crins de cheval.

— Et j'ai besoin de 2 dollars pour l'autocar, maman. Maman, tu peux me donner 2 dollars ? On a une répétition générale dans l'amphithéâtre.

— L'amphithéâtre ? s'étonna maman.

— Oui. À Coronation Park. Tu sais, l'amphithéâtre de la vallée ?

— Pourquoi organisent-ils le spectacle là-bas cette année ? D'habitude, c'est dans la grande salle de l'école.

— L'amphi peut contenir davantage de parents, expliqua ma sœur avec cynisme. Ce qui signifie plus d'argent pour l'école.

— Ah, c'est pour collecter des fonds ?

— Vous pourriez baisser le ton ? fit papa.

C'était drôle parce que, quand il élevait la voix, c'était toujours pendant le journal télévisé et pour nous demander de mettre la nôtre en sourdine. Il lissa les feuilles du journal étalé sur ses genoux.

— Oui, maman, c'est pour collecter des fonds, répondis-je. Ce sera un vendredi soir. Du coup, papa et toi, vous pourrez venir.

— À l'amphithéâtre ?

— Oui.

La vallée était le seul endroit de la région où on pouvait organiser un concert à l'extérieur. Cependant, on le faisait rarement. La scène en béton, maculée de taches, donnait sur des gradins également en béton et tout autant maculés de taches, et était flanquée d'un côté de toilettes publiques, de l'autre d'un parking au sol gravillonné.

Le véritable mystère de l'amphithéâtre, toutefois, c'était l'arcade gothique qui enjambait le chemin à partir du parking et servait d'entrée à la scène. Elle était en béton et en métal tordu, rouillé par le temps. Personne ne connaissait son histoire ni la date de sa construction. Personne ne se rappelait la vallée sans cette arcade, qui n'était reliée à rien et ne s'intégrait à aucun mur, se contentant de se dresser au milieu du gravier et de l'herbe. Tel un élément de décor d'une tout autre pièce.

On n'y touchait pas parce que, à part la scène, c'était le seul signe indiquant qu'on était non plus sur le parking mais dans un lieu culturel.

— Au spectacle…, commençai-je.

— Chut, m'intima papa.

Il montra du doigt l'écran, où une robe de bébé avait remplacé l'image du juge. Une robe de coton noir, aux manches ballons, avec un col de dentelle et un ruban en satin rouge qui soulignait les bords du bavoir.

— C'est moche ! s'exclama Laura. Qui met du noir à un bébé ? Ça donne la chair de poule.

— Laura…

— Tu es de mon avis, maman, reconnais-le.

Mais maman se contenta de dire :

— Enlève tes pieds de ce canapé, Laura. Je ne le répéterai pas.

— C'est quoi, le rapport de la robe avec le crime ? demandai-je.

Papa daigna me répondre : même s'il n'appréciait pas de parler pendant les nouvelles, il appréciait encore moins la désinformation.

— Tikka, ces idiots considèrent que cette femme est une meurtrière uniquement parce qu'elle habillait son bébé de la sorte, parce que sa famille avait une allure particulière et que ses idées n'étaient pas celles de tout le monde.

— Oh.

— Et qu'il est impossible qu'un dingo ait enlevé le bébé, même si c'est le scénario le plus plausible.

— Oh.

La première fois que je les avais vus à la télé, c'est vrai que j'avais trouvé que les Chamberlain ne ressemblaient pas à tout le monde. La mère avec ses robes à fines bretelles. Le père, un pasteur adventiste du septième jour, avec ses favoris et sa cravate. En fait, ils étaient bien plus élégants que la moyenne des habitants de la région. Je n'arrivais pas à les imaginer en train de camper dans l'*outback*[1]. De monter une tente dans les spinifex et sur la terre rouge. (Cela dit, ils n'avaient sûrement pas imaginé non plus qu'un dingo viendrait kidnapper leur fille.)

— Tu comprends, Tikka, tout le monde n'est pas forcément d'accord avec la décision du tribunal..., intervint maman.

— La conclusion d'une commission royale n'est pas objet de débats, Suze, la coupa papa sans quitter l'écran des yeux.

— Ce n'est pas ce que je suggérais, je donnais juste l'autre version des faits à Tikka.

— L'autre version des faits n'est pas la vérité ! Merde, ça n'a rien à voir !

— Papa a dit « merde », lâcha Laura pour faire diversion.

Ses jambes écrasaient de nouveau l'accoudoir.

Mais maman était trop scotchée à la télé pour s'en apercevoir. On garda le silence jusqu'à la fin des infos.

Le lendemain, on fit un détour par le milk-bar après la classe. Cordie nous accompagna, son bras dans le plâtre couvert de gribouillages au marqueur. Ruth était là, bien sûr. Ainsi que ma sœur et Hannah qui, juste descendues de l'autocar, rigolaient en citant des noms inconnus et agitaient leurs cheveux comme les poneys font avec leur queue.

— Salut, Hannah, lançai-je. Hannah, est-ce que Cordie t'a parlé du spectacle de l'école ? Cordie, tu lui en as parlé ? Hannah. Je vais écrire un sketch.

— Ah oui ? dit Hannah.

1. Brousse de l'intérieur de l'Australie.

Elle regardait ma sœur, qui, une hanche appuyée contre le congélateur, coinçait le couvercle et tenait une glace dans chaque main, tels des poissons morts accrochés à leur hameçon. Hannah désigna le bâtonnet *Bubble O'Bill*. Laura approuva d'un hochement de tête solennel avant de laisser tomber l'objet du rejet dans le congélateur.

— Bon choix. Il y a une glace et un chewing-gum à la fois, approuva Laura.

Elle prit la même crème glacée que Hannah.

Ayant déjà choisi la mienne, je sautillais avec impatience devant le comptoir, où le jeune caissier semblait s'ennuyer ferme. Il effleura son menton comme en quête d'un poil unique.

— Maman t'a filé de l'argent ? me demanda Laura.

— Oui.

— Assez pour deux ?

— Oui, concédai-je en soupirant.

Je tendis la main pour qu'elle y mette sa glace et elle esquissa un sourire triomphant. Laura avait un boulot désormais. Elle tenait la caisse du supermarché le samedi après-midi ; elle avait un uniforme et tout et tout, comme une véritable grande personne, même si elle ne pouvait pas encore s'offrir sa crème glacée.

— Comment on appelle l'été précoce ? s'enquit Hannah auprès de Laura tandis que je payais les glaces. L'été indien, c'est ça ?

— Non, ça, c'est quand il s'attarde, certifiai-je. Quand il se prolonge en automne.

— Et quand il arrive tôt ? Comme maintenant. Au printemps.

— Une vague de chaleur, suggéra Laura. Je ne crois pas qu'il y ait un nom particulier.

— Il en faudrait un, s'entêta Hannah. Qu'est-ce qui est aux antipodes de l'Inde ?

— Géographiquement ? lui demandai-je.

— Oui.

— Le Mexique.

Personne ne mit mon affirmation en doute.

— Alors, c'est l'été mexicain, décida Hannah. Dorénavant, on va l'appeler comme ça.

Vers la porte, Ruth me rejoignit.

— Je peux être dans ton sketch, Tikka ?

Sa glace dans une main, une gourde éraflée dans l'autre, elle fit un long bruit de succion en aspirant le liquide.

— Non, désolée, dis-je en pinçant les lèvres. Les petits n'ont pas le droit d'être dans le spectacle – c'est une consigne de Mlle Elith. Toi, Cordie, tu peux, si t'en as envie…

Cordie portait son sac d'école rose (genre musette) devant elle, à la manière d'un ventre de grossesse. Elle avait passé les deux bras dans les courroies – le bon et le cassé – et ils reposaient sur la toile décorée avec des dessins de cœurs noirs transpercés de flèches.

— Je vais y réfléchir, répondit-elle, évasive.

— Qu'est-ce qu'elle devrait y faire, dans ton spectacle ? voulut savoir Hannah, méfiante.

Elle veillait toujours sur Cordie d'une manière qui n'apparaissait pas dans sa relation avec Ruth, pourtant la plus petite de la fratrie.

— Je vous tiendrai au courant. Je suis en train d'apporter la touche finale au texte, mentis-je.

Je me représentai la tonne de feuilles de papier empilées dans ma chambre. Toutes blanches, dans l'attente que je commence à écrire.

Nous sortîmes lentement du magasin et nous retrouvâmes sous le soleil de l'après-midi, tellement éblouissant que ma vision en fut troublée. Je voyais encore des taches noires, lorsqu'une ombre plus grande, plus sombre, oscilla devant moi.

L'ombre fit un signe sans lever le bras. Elle remuait une main coupable le long de sa cuisse.

— C'était qui, ça ? s'enquit Hannah.

— M. Avery, répondit Cordie.

— C'est lui, M. Avery ? insista Hannah.

— Qui est-ce ? s'immisça ma sœur.

— Mon professeur.

— Depuis quand ?

— Depuis que Mme Harrow est partie et que M. Avery est notre nouveau professeur, dit Cordie avec nonchalance.

— Ça ne date pas d'hier, complétai-je.

Laura m'ignora et interrogea Cordie :

— Où est allée Mme Harrow ?

— J'en sais rien.

— Pourquoi est-elle partie ?

— J'en sais rien.

— Il est comment ?

— Pas mal.

— T'auras des tas de profs hommes quand tu seras au collège. Comme nous, conclut Laura.

L'inquisition était terminée.

Nous prîmes le chemin de la maison, crème glacée en train de fondre dans une main, casquette de légionnaire dans l'autre. Sauf Ruth, qui, coiffée de la sienne, tenait en plus sa gourde et traînait la patte en fermant la marche. Une fois nos glaces englouties, on mâchonna les bâtonnets jusqu'à ce qu'ils se cassent et jaillissent de nos bouches comme autant de dents brisées. Et tandis qu'on marchait en silence, on fuma ces pseudo-mégots fichés entre nos lèvres poisseuses.

On avait dépassé les courts de tennis lorsque la voiture nous rattrapa. Elle roula furtivement près de nous, sans accélérer. Le soleil vespéral se reflétait sur sa carrosserie couleur bronze. Enfin, la vitre latérale du chauffeur s'abaissa.

— Je vous ramène, les filles ?

— Mince alors, madame McCausley ! Vous savez bien qu'on ne doit pas parler aux inconnus ! Vous avez failli nous donner une crise cardiaque !

— Des inconnus ? ironisa-t-elle. Vous n'en trouverez aucun par ici.

Pas tant qu'elle gardait tout le monde à l'œil.

Nous nous entassâmes sur la banquette arrière de sa voiture caisse à savon, postérieurs en feu et jambes brûlées dès qu'ils effleurèrent le cuir craquelé. Nous nous serrâmes les unes contre les autres. Sac sur les genoux. Casquette à la main. Les crocs formés par les bâtonnets sortant toujours de nos bouches.

— Comment ça s'est passé à l'école, les filles ? lança Mme McCausley.

De sa main libre, elle tapota sa permanente, l'admira dans le rétroviseur tout en conduisant.

— Bien, répondîmes-nous en chœur.

— Quelle horrible chaleur, se plaignit-elle. C'est épouvantable. Même mes zinnias ne la supportent pas. Le jardin se dessèche. Moi aussi.

Elle eut un rire d'autodérision, puis nous jeta un regard. D'un ton complice, elle ajouta :

— Je prendrai peut-être une glace, ce soir.

Elle passa devant une succession de culs-de sac, chacun ressemblant à s'y méprendre au nôtre. Elle marqua un arrêt à un carrefour désert, le traversa, puis on descendit la côte en direction de notre rue.

— Comment va ton bras, Cordie ?

— Bien.

Là, je retirai le bâtonnet de ma bouche et entrepris de faire un récit détaillé à l'intention de Mme McCausley. Sur Cordie, à qui le Dr Adiga avait dit qu'elle avait fait du bon boulot en se cassant le bras ; sur M. Avery, le nouveau professeur ; sur le spectacle, qui aurait lieu cette année dans la vallée et non dans la grande salle de l'école.

— Mais je ne peux pas y être..., me coupa Ruth.

— Exactement, Ruth ne peut pas y jouer parce qu'elle n'est qu'en CP et que seuls les élèves du CE1 au CM2 ont le droit de le faire. Et si certaines filles de CM2 veulent participer, c'est tout à fait possible, terminai-je en décochant un regard éloquent à Cordie.

Le vent chaud qui s'engouffrait par la fenêtre souffla les cheveux de Cordie sur ses joues. Elle repoussa ses mèches et me scruta gentiment.

— Je vais y réfléchir.

— Vous avez dit « M. Avery » ? reprit Mme McCausley. Un nom inhabituel. Il est marié ? De quelle école vient-il ?

— Elle fait chier avec toutes ses questions, marmotta Cordie.

— Je sais pas, répondis-je quant à moi. Il est marié, Cordie ? D'où il vient ? Il enseigne dans la classe de CM2-A en tout cas. C'était CM2-H avant, mais c'est devenu CM2-A depuis qu'il est arrivé. Il est très poilu.

Je supposai que Cordie ne savait rien sur M. Avery, puisqu'elle n'ouvrit pas la bouche alors que Mme McCausley continuait son interrogatoire : quel âge avait-il ? avait-il l'air plus âgé ou plus jeune que nos parents ? était-il de la région ?

— Il vient d'emménager, précisai-je. Comment pourrait-il être d'ici ?

— Est-ce qu'il ressemble à quelqu'un qui est né ici ou à quelqu'un qui pourrait être né outre-mer, voilà ce que je veux dire, Tikka.

— Les deux, madame McCausley.

En fait, je ne comprenais pas la distinction.

Je jetai un regard suppliant à Cordie, mais celle-ci devait songer à mon sketch, parce qu'elle me lança :

— Le spectacle, ce serait une tragédie si j'en étais ?

Je crus d'abord qu'elle me demandait si sa participation en tant qu'actrice posait un problème, puis je me rendis compte qu'elle parlait du genre de la pièce.

— Une tragédie ?

— Oui, ton sketch, il pourrait être triste, je mourrais, et tout le monde pleurerait après que j'aurais quitté la scène.

— Comme c'est morbide, Cordelia ! la réprimanda Mme McCausley.

N'empêche, il fallait le reconnaître : c'était une bonne idée. La mort de Cordie impressionnerait certainement le public. Et concernant la tragédie, j'avais une intrigue toute prête. Il me suffisait de regarder les infos à la télé.

On bifurqua dans Macedon Close. Mme McCausley laissa tourner le moteur devant son allée, le temps qu'on descende. Comme j'étais derrière Hannah et Laura, je dus attendre qu'elles se recoiffent avant qu'elles sortent de la voiture et me libèrent. Cordie était la dernière, elle poussa mon sac à dos de ses pieds, et son plâtre cogna la portière avec un bruit sourd.

— Merci de nous avoir ramenées.

— Oui, merci.

— Merci, madame McCausley.

Les sœurs Van Apfel traversèrent le cul-de-sac jusqu'à leur maison, située en face. Cordie marcha seule en chantonnant. Hannah attrapa la casquette de Ruth, l'agita juste hors de la portée de sa sœur pour l'attirer à l'intérieur comme si c'était un chien.

Mme McCausley fit entrer sa voiture en cahotant dans le garage et coupa le contact. Je l'interpellai par sa fenêtre ouverte ; une pensée m'avait traversé l'esprit :

— Vous savez, il était au magasin. Vous l'avez raté à quelques minutes près.

— Qui ça ?

— M. Avery. Si vous étiez arrivée un peu plus tôt, vous l'auriez vu.

Voilà qui eut l'air de décevoir Mme McCausley.

À peine changées, Laura et moi ressortîmes pour aller nager dans la piscine des Van Apfel. Après quoi, on s'allongea sous le poivrier sauvage – il faisait trop chaud pour se faire bronzer. Cordie avait posé sur sa serviette une de ses souris domestiques.

Le petit animal la flairait en décrivant des cercles à toute vitesse.

Des corbeaux étaient perchés dans l'arbre – trois corbeaux, au dos d'un noir presque bleuté, dont les becs étincelaient sous l'ardeur du soleil. Lorsqu'ils croassaient, le duvet de leurs cous tremblait. *Ah-ah-ahhh, ah-ah-ahhh.*

Laura mit Cordie en garde :

— Attention. Les oiseaux attaquent les souris. Tu devrais faire gaffe que les corbeaux ne lui crèvent pas les yeux.

— Vraiment ? m'étonnai-je. Ils crèvent les globes oculaires ?

Les oiseaux dévoraient les souris, c'était bien connu, mais je n'avais jamais entendu dire qu'ils leur crevaient les yeux.

— Elle en a d'autres, des souris, intervint Ruth, pragmatique, montrant du pouce la porte de buanderie, où Cordie gardait trois autres bestioles dans un bocal.

— Ne les écoute pas, va.

Cordie s'adressait en gazouillant à sa souris, au creux de sa paume maintenant. Elle embrassa son pelage, sa queue. Elle lui lécha le museau.

— Tu seras à l'abri ici.

Sur ces mots, elle la fourra dans son maillot de bain, où elle forma une boule de la taille d'un abricot. L'animal paniqua. Se débattit en se tortillant sous l'étoffe luisante. Ravie, Cordie ferma les yeux et ordonna :

— Ne me chatouille pas.

— Cordie, c'est dégoûtant. Sors ça de là, décréta Hannah.

— C'est un péché ! s'écria Ruth d'une voix stridente en se levant de sa serviette.

Ma sœur regarda Ruth avec scepticisme.

— C'est un péché de mettre une souris dans son maillot ? La Bible dit ça ?

— Ils crèvent vraiment les globes oculaires ?

Personne n'avait répondu à cette interrogation cruciale.

— Ouais, c'est vrai, la Bible dit que c'est dégoûtant. Arrête de jouer à la tarée, intima Hannah à sa sœur. Allez, Cordie, et si papa te voyait ?

— Qu'est-ce que ça peut me foutre, ce qu'il dirait ? fulmina Cordie. De toute façon, ça n'aura bientôt plus d'importance.

— Parfait, continue à n'en faire qu'à ta tête. Comme toujours.

— Pourquoi ça n'aura bientôt plus d'importance ? demandai-je.

Hannah foudroya du regard sa sœur, laquelle haussa les épaules.

— Pourquoi ça n'aura bientôt plus d'importance, Hannah ? répétai-je. Et est-ce que les corbeaux crèvent les globes oculaires des souris ? Pourquoi tu ne me le dis pas, si tu le sais ?

Je n'obtins pas davantage de réponse. Hannah se contenta d'échanger un coup d'œil complice avec ma sœur.

— Qu'est-ce qui se passe ? Laura, dis-le-moi ! Cordie ? Pourquoi vous refusez de me le dire ? les tannai-je.

Un sourire hypocrite aux lèvres, Cordie baissa le menton. Manifestement satisfaite d'avoir semé le trouble. La souris, calmée, était blottie sur son buste, de sorte que le maillot de bain formait un monticule au milieu.

— C'est comme si j'avais trois nichons, commenta-t-elle, tapotant la petite bête avec affection à travers le tissu.

Un corbeau croassa, plus fort cette fois. Il prit son envol, plana une seconde au-dessus d'un arbre le temps de capter le vent, puis s'éloigna en battant des ailes.

— Tu vois ? lança Cordie en direction de son buste. Tu es en sécurité ici. Aucun corbeau n'ira te choper là, n'est-ce pas ? En plus, tu pourrais les battre n'importe quand, pas vrai ? Pas vrai ? ronronna-t-elle.

La souris se retourna, commença à descendre vers le ventre de Cordie, qui se tortilla pour lui faire de la place.

— Un corbeau l'emporterait nettement sur une souris, corrigeai-je avec mépris.

Comment ces grandes filles osaient-elles me cacher quelque chose ?

— Un corbeau est bien plus gros. Et il est omnivore. Il battrait une souris à plate culotte.

Un silence s'installa, au cours duquel tout le monde réfléchit à mon affirmation.

— Tu as dit « à plate culotte » ? demanda prudemment Hannah.

Son ventre fut secoué de spasmes, et je devinai qu'elle s'efforçait de retenir son rire. Ses yeux brillèrent de larmes, elle avança la bouche et détourna son visage. Quant à Laura, elle lâcha un *Oups*, puis toutes deux se gondolèrent en tapant du pied.

— Quoi ? Qu'est-ce qui vous fait rigoler ? Arrêtez ! m'écriai-je.

Elles tombèrent dans les bras l'une de l'autre, se serrant les épaules, s'essuyant les yeux. À peine avaient-elles récupéré un minimum de contrôle qu'il suffisait d'un regard pour que leur fou rire reparte.

— Où est-ce que tu as capté ça, Tik ? finit par éructer Laura.

— C'est vrai, t'as entendu ça où ? ajouta Hannah, reprenant son souffle.

— C'est ton ami M. Avery qui lui a appris ça ? demanda Laura à Cordie.

Et Hannah et elle de rire de plus belle. Je me rebiffai en remontant mon maillot de bain :

— Quoi ? C'est certain qu'un corbeau gagnerait !

— À plate culotte ! s'égosillèrent à l'unisson les deux grandes.

Dégoûtée, je leur tournai le dos.

— C'est « à plate couture », qu'on dit, Tik, m'expliqua Hannah, enfin apitoyée.

L'indignation me brûla les joues.

— Je ne connais pas beaucoup de corbeaux qui portent une culotte, enchaîna ma sœur.

— Je ne connais pas beaucoup de corbeaux qui font de la couture, répliquai-je.

Dans l'arbre au-dessus de nous, les corbeaux arrachaient des feuilles à coups de bec. Ils jetaient des brindilles par terre en croassant.

— Ouste ! leur ordonna Ruth. Ouste, ouste ! Foutez le camp.

Voilà qui mit Laura en mouvement ; elle prit sa voix de grande personne :

— Je pense que l'on devrait se mettre à l'abri de ce groupe de volatiles. Allons manger quelque chose à l'intérieur.

Tandis qu'on se levait et ramassait nos serviettes, tandis que Cordie glissait doucement les mains sous sa souris toujours à l'intérieur de son maillot, les corbeaux s'envolèrent en un seul battement d'ailes noires et prirent le large dans le vent.

— De toute façon, conclus-je sur un ton où perçait la révolte, quand on voit des corbeaux ensemble, on appelle ça une nuée, pas un groupe.

Vaine tentative de récupérer un peu de l'estime des grandes…

8

Lorsque je suis retournée au bord de la rivière bien des années plus tard, c'était la période de marée de mortes-eaux qui dégageait les berges, dénudait le littoral, exposait la progression de la mangrove dans la vase.

Pourtant, aucune puanteur ne flottait.

La vallée ne sent plus vraiment mauvais depuis vingt ans. Comme si le sacrifice des sœurs l'avait apaisée.

À chacun de mes retours de Baltimore, je perçois un nouvel effluve. Fleurs d'acacia mêlées à l'air frais des montagnes en août. Herbe coupée et jasmin étoilé au printemps. Pétrichor exhalé par la terre en mars quand les nuages s'accumulent, que le ciel se déchire et qu'il pleut des cordes.

Ce jour-là, les phlébotomes s'élevaient en colonnes presque invisibles de la vasière et s'attaquaient à ma peau nue. J'ai marché le long de la rivière en flanquant des tapes inutiles sur mes jambes.

Dans certaines régions des États-Unis, on les appelle « brûlots ». Comme si le problème était leurs piqûres, plutôt que le fait qu'ils ne vous fichent jamais la paix.

J'ai avancé jusqu'au coude de la rivière, et un tronçon entièrement nouveau est apparu. D'un bleu miraculeux. J'ai reculé de quelques pas et la vue a disparu. J'ai avancé pour qu'elle réapparaisse.

Dans un palétuvier se trouvait une fourche d'où je pouvais me pencher pour que le tronçon bleu se matérialise quand bon me semblait. Mais l'arbre était fragilisé par la pourriture et l'âge – comme moi –, et la branche s'est cassée. Je me suis adossée au tronc.

La marée descendait ; j'ai regardé les vagues battre en retraite et se mêler à l'eau saumâtre. Après quoi, j'ai écrit mon nom sur le sable dur avec un bout de bois. À la manière d'un compte à rebours : *Tikka. Tik. Tik. Tik.* Je me suis approchée d'une bande de sable mouillé, et j'ai inscrit *Cordie, Cordie, Cordie.*

Hormis l'absence d'odeur, la vallée n'avait pas changé. Pas vraiment. Pas assez. Elle était toujours desservie par la même route étroite à deux voies qui menait à la rivière, la contournait, l'enjambait. Même si le viaduc zébrait désormais le ciel, telle une correction sur une feuille de papier.

Ce pont, il avait fallu dix-huit mois pour l'achever. On avait d'abord abattu les arbres de part et d'autre de la ligne de crête pour créer une nouvelle autoroute, puis on l'avait déployé dans l'air, une dalle de béton après l'autre, si bien qu'au lieu d'entrer dans la vallée on la survolait à quatre-vingts kilomètres-heure.

La vallée regorgeait toujours de térébinthes et d'arbres à thé à l'âcre senteur de citron. De graciles filaos contenaient toujours la marée. Et si, de la maison de mes parents située sur le versant ouest, on regardait à l'est, la brume de chaleur créait toujours deux horizons : le vrai et son double.

Ce jour-là, j'ai décidé de chercher le repaire de notre enfance. Plus haut le long de la rivière, au sud de l'amphithéâtre. Une balafre dégagée dans les broussailles, une fente en réalité. Où les filaos s'enracinaient dans la terre, non dans du sable, où des poissons pailletés morts étaient parfois rejetés par la marée, leurs yeux vitreux agrandis de surprise. Ce n'était ni la mangrove ni le bush. Quelque chose de plus retors, entre les deux. De là, on apercevait les toits rouges des abris de pique-nique qui s'embrasaient sous le soleil.

On avait l'habitude d'y aller pour y trouver des trésors. Coquilles de moules et de bulots qu'on déterrait. Arêtes de poissons. Coquilles de pipis[1]. Pierres lisses aiguisées en pointes de lance. Nos trésors n'étaient jamais complets. Il manquait le corps mou des pipis et des moules, le bois des lances… Un tertre aborigène devait avoir existé à proximité, car nous découvrions toujours une nouvelle coquille, un nouvel os d'oiseau juste sous la surface. C'était notre Vallée de la mort à nous.

Un jour, Ruth s'était blessée dans cette clairière. Elle essayait d'ouvrir une moule noire, et la membrane entre son pouce et son index s'était coincée dans la coquille. Au hurlement qu'elle avait poussé, on aurait cru qu'elle s'était tranché les deux doigts.

— Une ampoule, avait diagnostiqué Hannah d'un ton dédaigneux.

— Une ampoule ? avait répété Ruth, rassérénée puisque son bobo avait un nom. Tu entends, Tikka ? J'ai une ampoule. Ici. Tu veux voir ? Tu sais, avait-

1. « Pipi » est le nom aborigène d'un mollusque bivalve : *Paphies australis*.

elle ajouté, lentement, tandis que l'idée lui venait à l'esprit. Si t'en avais une, toi aussi, on pourrait les frotter comme ils font à la télé, et on serait des frères de sang pour toujours.

— Des sœurs de sang, l'avais-je corrigée.

— Ouais !

— C'est seulement si on saigne.

Ruth avait paru tellement déçue que je m'étais pincé la peau et avais frotté ma main contre la sienne pour qu'on devienne sœurs de sang. Des sœurs d'ampoule pour la vie.

La clairière, c'était là que les sœurs Van Apfel auraient dû retrouver ma sœur le soir de leur fugue. Laura a toujours prétendu qu'elle les avait ratées de quelques minutes seulement. Elle a toujours insisté sur ce point. Ce n'était pas sa faute – elle, elle s'était rendue au point de rencontre à l'heure convenue. On ne sait pourquoi, mais c'était trop tard : Hannah, Cordie et Ruth étaient déjà parties. Laura ne les a jamais revues.

L'ironie de la chose, ce n'est pas qu'elles aient disparu à l'endroit où elles étaient censées rejoindre Laura. Ni que la clairière ait été jonchée de coquilles vides et de bris de lance – c'était notre clairière, où il était normal que des choses manquent. Non, l'ironie de la chose, c'est qu'elles se soient volatilisées à découvert, en pleine vue des abris de pique-nique, où la police n'allait pas tarder à établir son poste de commandement mobile.

9

Le présentateur météo du journal télévisé annonça qu'un système de haute pression sur la mer de Tasman était à l'origine de la vague de chaleur qui sévissait au sud-est de l'État. Sur une carte, il désigna une masse toute en longueur, en forme de pistolet dont le magasin épousait le tracé de la côte et dont le canon était braqué vers la mer. Plaquée à la surface, la chaleur faisait office de couvercle, précisa-t-il. Quoi qu'il en soit, ça n'expliquait pas la claustrophobie qui régnait à Macedon Close. (« Claustrophobie » : lexique de la neuvième semaine. Ainsi que « prémonition », « fantomatique » et « païen ». La liste de mots liés à Halloween s'était étirée en novembre – les Van Apfel n'auraient pas approuvé.)

Ce jour-là, j'allais à l'école avec Ruth, comme tous les jours, mais sans Cordie, restée à la maison.

— Elle est malade ? demandai-je.

— *Pffft*… Je suis sûre que non ! Son bras ne lui fait plus mal, alors je sais pas ce qu'elle a trouvé comme excuse.

Ruth était sortie de chez elle d'un pas lourd, la visière de sa casquette de légionnaire lui tombant sur les yeux. Le soleil était de plomb malgré l'heure matinale, et la puanteur de la rivière était atroce.

— Si seulement j'avais une pince pour mon nez, dis-je.

— Si seulement j'avais le droit de rester à la maison comme Cordie, enchaîna Ruth, dégoûtée.

L'odeur ne semblait pas l'incommoder.

— Allez, viens, l'encourageai-je, repoussant le panneau indicateur de notre rue où je m'étais adossée pour l'attendre.

La peinture de ce panneau antédiluvien était tellement délavée que certaines lettres de *Macedon Close* n'étaient plus visibles.

On s'engagea dans la rue qui menait à l'école. Ruth haletait légèrement.

— C'est quoi, ton goûter pour la récré ? voulut-elle savoir.

Elle déballait le sien, soigneusement enveloppé dans du papier sulfurisé. D'un œil critique, elle l'examina avant de le fourrer dans sa bouche, de mastiquer d'un air morose, de répandre des miettes sans cesser de marcher.

— Rien, maman m'a donné de l'argent pour la cantine, mentis-je.

Maman ne m'en donnait jamais, même pas la petite monnaie du fond de son sac. Mais je n'avais aucune envie de partager mon goûter du matin avec Ruth. Je n'obtenais rien en échange.

On continua d'avancer. Ruth se rassasiait tout en veillant à ne pas perdre l'équilibre du fait de son énorme sac à dos.

Une pensée réconfortante la traversa soudain :

— Papa et Cordie ont eu une dispute maousse hier soir.

— Ah bon ? À quel sujet ?

— Il nous interdit de participer à la soirée pyjama de Hayley.

— Vraiment ? m'étonnai-je.

— Aucune de nous n'a le droit d'y aller.

Hayley Stinson faisait partie du club de natation, tout comme Laura et moi et les sœurs Van Apfel. Nous allions nager tous les samedis après-midi. Même si Hayley allait avoir quinze ans (elle était un peu plus âgée que Hannah et Laura), toutes les filles du club étaient invitées à sa soirée pyjama.

— Même pas Hannah ?

— Même pas Hannah, confirma Ruth. Cordie accuse papa d'être méchant.

En fait, Laura et moi, on ne passait que la soirée chez Hayley Stinson. On n'y restait pas la nuit, parce qu'on devait se lever de bonne heure le lendemain pour aller sur la côte, chez notre grand-mère, dont c'était l'anniversaire. J'étais triste, mais force me fut de reconnaître que les sœurs Van Apfel avaient encore moins de chance que Laura et moi.

— Qu'est-ce qu'il a dit, ton père ?

— Qu'on devait aller à l'église le lendemain matin. Mais Cordie est sûre que c'est qu'un prétexte. Papa et maman pourraient tout à fait venir nous chercher chez Harley. C'est pas comme si c'était trop loin.

Effectivement, rien n'était loin, chez nous.

— C'est parce qu'elle a dit que c'était qu'un prétexte qu'ils se sont disputés ?

Ruth acquiesça, puis ajouta :

— Elle a dit aussi que papa n'était pas son patron.

Je poussai un long sifflement.

Ce n'était pas étonnant que la dispute ait été énorme. Ça n'avait pas dû plaire à M. Van Apfel, ça.

— De toute façon, papa répète sans arrêt que Dieu est le patron. C'est le patron de tout le monde. Même de papa, conclut Ruth.

Pour le prouver, elle fredonna quelques paroles d'une chanson que je ne reconnus pas.

— Qu'est-ce qui est arrivé à Cordie, ensuite ?

— Sais pas, répondit Ruth, qui, l'air songeuse, se mordilla la joue. Maman nous a envoyées nous coucher, Hannah et moi. Mais elles ont un secret, ajouta-t-elle.

— Qui ça ?

— Hannah et Cordie. Elles mijotent quelque chose. Demande à Laura… elle est au courant, elle aussi. Toi et moi, on est les seules à être mises à l'écart.

— N'importe quoi ! Elles n'ont pas de secret, me moquai-je. Tu te goures. Elles nous l'auraient dit.

En mon for intérieur, cependant, j'étais blessée : comment se faisait-il qu'elles ne m'aient pas mise dans la confidence ?

On se rapprochait de l'école, là où les maisons étaient plus hautes, plus en retrait de la rue. Les jardins étaient plus grands. Les arbres projetaient davantage d'ombre. (Sauf que les pelouses impeccables se desséchaient quand même – le soleil impitoyable n'épargnait personne.) On slaloma entre les arbres majestueux du bas-côté. La chaleur était telle que j'en avais la chair de poule et que je tapais sur des mouches inexistantes.

Soudain, je sentis quelque chose. Qui piqua ma peau nue. Qui claqua à mon oreille. Me mordit le poignet.

— On nous attaque ! brailla Ruth.

Elle baissa la tête et se mit à courir, jambes raidies par le poids de son sac, bras en balancier. Elle était quelques pas derrière moi ; elle me dépassa, me bouscula, me saisit la main et m'entraîna. Des boulettes dures rebondirent sur moi, ricochèrent sur mon bras, égratignèrent ma cheville, s'enfoncèrent dans la chair vulnérable.

Je jetai un coup d'œil par-dessus mon épaule : il n'y avait que des ombres et la lumière mouchetée du soleil. Aucun mouvement dans la rue déserte. Ce qui nous avait agressées s'était volatilisé, fondu dans la touffeur.

Oh là là, cette chaleur ! Ruth me tenait toujours par la main, mais on avait ralenti l'allure ; on trottait côte à côte. J'entendais sa respiration laborieuse, ses légers grognements dus à l'effort. La sueur transperçait le tissu de sa robe.

Puis, sans crier gare, les boulettes nous assaillirent de nouveau. Plus fort cette fois. Un jet rapide et précis. Comme si la grosse bouche – ou quoi que ce fût – qui les crachait se rapprochait de nous.

— Fonce ! m'intima Ruth.

J'obéis. Au même instant, une forme sombre passa, fit un bond et atterrit avec souplesse devant nous. Ruth et moi nous cabrâmes tels des chevaux pris de frayeur.

L'ombre poussa un hurlement à vous glacer le sang – un cri de guerre – et braqua son arme en bois sur moi.

— Barre-toi, Jason Kenny ! s'égosilla Ruth d'une voix stridente.

Il ricana.

— « Barre-toi, Jason Kenny », se moqua-t-il avant de balancer une poignée de noix d'eucalyptus dans le visage de Ruth.

Elles rebondirent de ses joues et de son col soigneusement repassé puis crépitèrent, inoffensives, sur le trottoir. Jason Kenny était dans la classe de Ruth. Celle-ci, indignée, s'avança vers lui, ouvrit la bouche, prête à l'interpeller de nouveau, mais, la battant de vitesse, il fourra une noix dans sa bouche. Ruth postillonna, puis la recracha :

— Beurk !

La noix d'eucalyptus tomba dans une motte de gazon, y resta coincée. Au beau milieu. Comme si elle en avait eu l'intention. Comme si Ruth avait joué à cracher des pépins de melon et atteint sa cible. Ce qui aurait été impossible en temps normal, même en s'y reprenant à deux fois.

— Ferme ton clapet, Bouche de poisson.

C'était le sobriquet dont les garçons affublaient Ruth. « Un poisson, ça a une bouche ?! » lui lançaient-ils dans la cour de récréation. Ou alors, ils l'appelaient Rouf parce que sa lèvre l'empêchait de prononcer correctement le *th* de son prénom. « Rouf, Rouf ! », criaient-ils dès qu'ils la voyaient, tentant d'infléchir l'intonation en aboiements de chien : *Ouaf, ouaf.*

Les yeux de Ruth se remplirent de larmes prêtes à couler.

Elle s'essuya le nez sur la manche courte de sa robe.

— Fiche-lui la paix, Jason Kenny.

J'avais beau le dominer de toute ma taille, la force de conviction de Ruth me faisait défaut.

Jason Kenny dut sentir mon hésitation, parce que, coinçant l'arme en bois sous son bras, il fit les cent pas devant Ruth et moi, nous bloquant le passage et sifflant l'air de la pub à la télé du Cottee's Cordial[1]. Un air que tout le monde connaissait. À la fin du refrain, il s'arrêta et, au repos, tapota sa paume avec son bout de bois... clac-clac-clac... *to make the cordial that I like best*[2].

— Va te faire voir, Jason Kenny.

Comme j'avais haussé le ton, il me visa avec son fusil.

— T'es fichue.

— Tu iras en enfer ! fulmina Ruth. Tu ne sais pas que tuer est un péché ?

Après s'être de nouveau essuyé le nez sur son avant-bras, plus sec que sa manche, elle passa devant Jason Kenny et balança son postérieur violemment à la dernière seconde, de sorte que son sac à dos le cogna et lui fit perdre l'équilibre. Il se retrouva au sol.

— T'es nulle, s'énerva-t-il en essayant de lui faire un croche-pied.

Peine perdue. Ruth l'enjamba avec détermination et continua d'avancer.

— C'est toi le nul, dis-je, contournant sa jambe tendue.

Tandis que je pressais le pas derrière Ruth, un jet de noix d'eucalyptus mitrailla mon sac à dos.

— Ça suffit ! criai-je en direction du ciel.

J'entendis Jason Kenny donner des coups de bâton à un arbre, assaillant des ennemis invisibles

1. Marque australienne de jus de fruits.
2. « Pour faire le jus... que je préfère. »

et chantonnant tout bas. Il ne s'intéressait déjà plus à nous.

Je rattrapai Ruth et lui lançai un coup d'œil admiratif à la dérobée, mais elle se concentrait sur le chemin, songeuse.

Cet après-midi-là, je m'assis à la table de la cuisine pour rédiger mon sketch. En face de moi, Laura bossait sur un exercice d'algèbre qui, vu de l'endroit où j'étais, ressemblait à un tas de cœurs gribouillés dans les cases de son livre de maths. Des branches à fleurs de couleur claire oscillaient devant la fenêtre ouverte ; leur parfum se mêlait à la puanteur de la rivière.

— C'est quoi ? demanda Laura, fixant mon texte.

Je feuilletai à rebours les pages de mon cahier jusqu'à la première.

— Mon sketch pour le spectacle de l'école ; tu veux que je te le lise ?

— Non.

— Je pourrais le jouer pour toi.

— Quoi, tous les rôles ? se méfia-t-elle.

Il y en avait six jusqu'à présent, mais seules quatre personnes avaient accepté de s'impliquer. Pourtant, j'avais essayé de recruter par la méthode la plus infaillible qui soit : faire passer le message en classe. « Fais circuler », avais-je donné comme consigne à Jai Fordham, assis à côté de moi dans la classe de CM1-L de Mme Laguna. Je lui avais remis le double écrit à la main, où j'esquissais ma trame littéraire. Jai avait commencé à lire et poussé un grognement dégoûté. « T'inquiète, il n'y a pas de rôle pour les garçons. Sauf s'il me faut un assassin. » Là, Jai s'était redressé, intéressé. « Si le rôle s'impose, je te préviendrai », lui avais-je promis. Un jour ou l'autre, Jai ferait un assassin génial.

Pour l'instant, je n'avais pas besoin de tueur, toutefois. Bien sûr, je n'avais pas encore résolu tous les problèmes du scénario. Ni du casting… Sharrin Helpman et Jodi McNally étaient d'accord pour jouer. Melanie Firth et sa meilleure amie Carly Sawtell aussi, même si elles me détestaient toutes les deux. Mais Melanie prenait des cours d'art dramatique après la classe, ce qui était un sacré atout. Sans oublier Cordie pour le rôle principal. Il faudrait que je la revoie pour lui en reparler, sauf qu'elle avait manqué tellement de jours d'école que je n'en avais pas eu l'occasion jusque-là.

— Pourquoi ne pas en faire un monologue ? m'avait suggéré Mlle Elith quand je lui avais confié mes problèmes de casting. Si cela n'intéresse pas Cordie et si tu as du mal à t'en sortir avec les autres filles, tu n'as qu'à l'interpréter seule.

— Cordie est intéressée. C'est juste qu'elle ne s'est pas encore engagée.

— Essaie d'écrire un monologue dans ce cas.

— Un mono-quoi ?

— Un monologue. C'est quand tu récites le texte toute seule. Quand tu racontes l'histoire de ton point de vue.

Une idée tentante, je devais le reconnaître. Comme ça, il y aurait moins de discussions. Lorsque j'en fis part à ma sœur en train de faire son exercice de math, elle décréta :

— Non, il faut que ce soit un groupe.

Et voilà, rien de plus… Vivre avec Laura, c'était comme un monologue. Aucun point de vue autre que le sien ne pouvait exister.

Maman fit irruption dans la cuisine, au milieu d'un nuage de sacs en plastique blanc.

— Donne-nous un coup de main, Tik, m'intima-t-elle en les balançant sur le comptoir.

Elle retourna en chercher d'autres dans la voiture et je pris le temps de contempler avec nostalgie mon cahier bien-aimé. Puis je me levai pour vider les sacs de provisions, paquets de sucre, de café instantané, conserves d'ananas Golden Circle. Pour les aligner.

— Donne-nous un coup de main, Lor, dis-je, mimant maman.

— Je ne peux pas, c'est vraiment difficile, Tik.

Et elle se replongea dans ses gribouillis. Si seulement j'avais eu quatorze ans comme elle !

Quand maman revint, chargée d'autres sacs, la bretelle de son débardeur avait glissé de son épaule.

— Quelle chaleur ! s'exclama-t-elle. Ça rend fou de guetter la pluie toute la journée !

Elle enleva ses chaussures, les abandonnant sur le carrelage, pour se déplacer avec rapidité et aisance dans la cuisine. Ça faisait du bien de la regarder. Appuyée sur le plan de travail, j'entrepris d'ouvrir un paquet de petits gâteaux encore caché à l'intérieur d'un sac pour que maman ne le remarque pas. Celle-ci brandit une boîte de Weet-Bix enrichies aux vitamines :

— Tu te souviens comment tu appelais ça quand tu étais petite, Tik ?

J'avais beau avoir entendu la question une centaine de fois, je jouai le jeu :

— Des céréales aux briques.

Maman sourit.

— De toute façon, ça convient mieux, ajoutai-je. On a vraiment l'impression de manger des briques !

Maman mit la boîte dans un placard, puis continua de vider les sacs.

— J'ai travaillé sur mon sketch pour le spectacle.

— J'ai hâte de le voir, m'assura-t-elle, sans cesser de ranger des produits parmi les Tupperware qui s'entrechoquaient, telles des coquilles vides. Quel est le sujet déjà ?

— C'est un mystère, répondis-je. (C'en était un à ce moment-là, tout du moins la fin.) Une tragédie mystérieuse.

— D'accord, approuva maman, comme si ça réglait tout. Eh bien, ton père et moi, nous serons là.

Elle sortit une planche et se mit à découper une citrouille avec un couteau dont la lame avait la largeur de mon poignet.

— J'ai vu Carol Van Apfel et Cordie au supermarché, reprit maman. Cordie n'était pas à l'école aujourd'hui ?

— Non.

L'emballage du paquet de petits gâteaux se froissa d'une manière suspecte.

— Carol m'a affirmé que Cordie était malade, mais elle n'en avait pas l'air. J'imagine que c'est son bras qui la tourmentait.

Vu que maman nous enverrait à l'école, Lor et moi, même s'il nous manquait un membre, sa perplexité n'avait rien d'étonnant.

— D'après Ruth, c'est du chiqué, répondis-je.

Maman ouvrit le frigo et fouilla dans le bac à légumes.

— Quoi qu'il en soit, j'ai proposé à Carol de passer prendre ses filles à la soirée pyjama de Hayley en même temps que Lor et toi. Vous n'y restez pas la nuit, tu te rappelles ?

— Quoi ? Mais elles ne vont pas chez Hayley !

Je cessai de tripoter les petits gâteaux.

— Eh bien si, maintenant... Carol m'a parlé de l'office religieux, le lendemain matin, mais je lui ai dit que, puisqu'on allait vous chercher, ce n'était pas un problème pour nous de prendre les filles en même temps... La question est réglée. J'ai promis à Carol qu'on vous ramènerait à 22 heures, alors Laura et toi, vous êtes priées d'être prêtes à cette heure-là.

— Bien sûr.

Comment maman était-elle parvenue à convaincre Mme Van Apfel ? Et l'église ? Et M. Van Apfel ? J'aurais aimé voir la tête de Cordie au supermarché.

— Tu as entendu, Laura ? insista maman. Prêtes à partir à 22 heures tapantes.

Laura ne leva pas les yeux de ses gribouillis.

— Oui.

— Quant à toi, Tikka... Ne touche plus aux petits gâteaux, je sais ce que tu fabriques dans ce sac. Sinon, tu n'auras plus faim pour le dîner.

Et maman me donna un petit coup avec son postérieur pour que je dégage.

Je m'assis à la table pour reprendre l'écriture de mon scénario. J'étais en pleine inspiration lorsque les sœurs Van Apfel apparurent à la fenêtre. Écarlates et hors d'haleine.

— On a couru...

— Tout le trajet...

— Il y a un homme...

— Il y a un homme ! confirma Ruth, hystérique.

Maman se figea, interrompant net la préparation de ses boulettes de viande hachée, dont des serpentins s'insinuèrent entre ses doigts.

— Comment ça ? Quel homme ? lança-t-elle d'un ton inquiet. Venez, rentrez les filles, ça vaudrait mieux.

Elles longèrent la maison et réapparurent à la porte moustiquaire.

— Entrez !

Maman ouvrit la porte, la maintint entrebâillée avec sa hanche, tout en retirant la viande hachée de ses doigts, tortillant habilement un torchon autour de chaque jointure.

— Merci-madame-Malloy-Merci-madame-Malloy-Merci-madame-Malloy.

La porte se plaignit trois fois avant que maman ne la lâche. Elle grinça et claqua.

— Venez vous asseoir, dit maman en désignant la table où Laura et moi travaillions. Qu'est-ce qui s'est passé ? Vous allez bien ?

— Oui, répondit Hannah au nom de toutes les trois.

Maman haussa un sourcil, regarda Cordie et Ruth, lesquelles firent signe que, oui, elles allaient bien. Hannah posa une main protectrice sur le bras de Cordie. Ruth suça les pointes de ses cheveux.

— Où sont vos parents ?

— M. et Mme Van Apfel ne sont pas là le mercredi après-mi…

Maman m'imposa silence d'un geste, les yeux rivés sur Hannah.

— Ils ne sont pas à la maison, répondit Hannah. Papa est au bureau et maman est à l'office Louange et Adoration. Alors je suis responsable de mes sœurs.

Elle se tourna vers Ruth et Cordie, installées à côté d'elle. L'air très éprouvée, Ruth avait le visage marbré de rouge par l'effort – elle avait dû courir aussi vite que ses sœurs… Cordie, elle, paraissait plutôt amusée, à croire qu'elle connaissait la chute de la blague.

— Bon, reprit maman. Racontez-moi ce qui s'est passé exactement ? Qui est cet homme ?

— On ne sait pas…, commença Hannah.

— Bien sûr que si ! Il venait nous tuer, l'interrompit Ruth.

— En fait, on n'en est pas certaines…

Hannah affichait un air penaud maintenant qu'elle se trouvait en sécurité dans notre cuisine. Devant la fenêtre, un cassican, perché sur une branche, inclinait la tête d'un côté. On aurait dit qu'il nous jaugeait.

— On a juste cru, vous savez…

Hannah ne termina pas sa phrase.

— Nous savons, corrigea Ruth, qui récita : « Nous savons que nous sommes enfants de Dieu et que le monde entier est sous la puissance du Malin », première épître de Jean, chapitre 5, verset 19…

— Je n'ai jamais dit ça, s'énerva Hannah.

— Si, tu l'as dit !

— Ce n'est pas toi qui as répondu au téléphone…

Gênée à présent, Hannah examinait la nappe, passant ses doigts sur les marguerites jaunes brodées. Cordie tendit le bras pour l'arrêter et concéda :

— Ç'aurait pu être un assassin.

— Un assassin ! m'exclamai-je, frissonnante.

Au bout du compte, j'aurais peut-être besoin de Jai Fordham…

Un truc fit *floc* dans la casserole sur la cuisinière, et maman y jeta un coup d'œil. Puis, les sourcils froncés, elle s'adressa de nouveau à Hannah :

— Au téléphone, tu dis ?

Hannah acquiesça :

— Il a téléphoné juste à ce moment-là. Quand on était seules à la maison. Je n'ai pas reconnu la voix quand j'ai décroché. Il était plutôt bizarre. Et il ne m'a pas donné son nom.

— Qu'est-ce qu'il a dit ?

— Hum… Il voulait savoir quelle station de radio on écoutait…

— Ça donne la chair de poule, intervint Laura.

— 2GB, lâcha maman.

Le truc sur la cuisinière glouglouta encore, avec impatience.

— Quoi, 2GB ? fit Hannah, troublée.

— Il s'agit d'un jeu, les filles ! Personne ne cherchait à vous agresser, voyons – le type du téléphone voulait juste vous récompenser ! Si vous dites que vous écoutez leur station de radio, 2GB donc, ils vous envoient un cadeau. Qu'est-ce qui a pu vous faire croire que c'était un assassin ?

Le cassican n'avait pas bougé de sa branche. Il ouvrait et fermait son bec recourbé au rythme des rayons que dardait le soleil.

— On a cru que… On a regardé des films effrayants, avoua Hannah.

— Pas moi ! protesta Ruth.

— C'est vrai… Cordie et moi, c'est tout : on a regardé des films interdits aux mineurs, convint Hannah.

— Quand bien même…, objecta maman.

Elle alla tourner la molette de la cuisinière, puis revint s'occuper de la viande hachée sur le plan de travail.

— 2GB donne de l'argent ou, parfois, une voiture, précisa-t-elle. Tu as dit que ta mère était occupée ? Tu lui as demandé de rappeler à un autre moment ?

L'air contrite, Hannah secoua la tête.

— Ça fait une éternité que j'attends ce coup de fil, moi, plaisanta maman.

Hannah ne trouva pas ça drôle. Un cadeau ? Annoncé comme un canular au téléphone ? Comment était-elle censée savoir ça ? Elle ignorait que cela existait. Elle avait pensé bien faire en mettant ses sœurs à l'abri chez nous. (Elle avait cru qu'elles allaient mourir.) Personne ne l'avait prévenue de la possibilité de gagner un prix. Ses parents n'écoutaient pas de station de radio privée.

— Moi, je me suis bien dit qu'il s'agissait d'un truc de ce genre, intervint Cordie avec insouciance.

— Ce n'est pas vrai ! s'indigna Hannah, qui, le rouge aux joues, donna des coups de pied à sa sœur sous la table. Toi aussi, tu as cru que c'était un assassin.

— L'important, c'est qu'il ne vous soit rien arrivé, les calma maman. Vous voulez rester dîner, les filles ? J'ai préparé des boulettes de viande.

— Des boulettes de viande, beurk, marmonna Laura. Je vous filerai les miennes.

Mais Hannah considéra qu'elles devaient être chez elles avant le retour de leurs parents.

Cette nuit-là, je sortis furtivement de mon lit et allai chercher de l'eau à la cuisine. J'en profitai pour écouter papa et maman discuter. Leurs voix, ponctuées par le son de la télé, me parvenaient depuis la cage d'escalier. J'aimais les entendre parler alors qu'ils me croyaient couchée.

— Les filles Van Apfel étaient terriblement bouleversées tout à l'heure. Tu aurais dû les voir, Graham. Dieu sait avec quoi ils leur bourrent le crâne.

— Dieu, répliqua papa. Ils leur bourrent le crâne avec Dieu.

« Le tribunal prévient : c'est un mélange dangereux… » commenta le présentateur à la télé.

— J'ignore ce qu'ils leur racontent, mais elles ne devraient pas avoir peur ainsi, poursuivit maman. Ce sont des gamines, pour l'amour du ciel, qu'est-ce qui peut les effrayer à ce point ? Comment un film peut les mettre dans cet état ? Sans compter que Cordie ne m'a pas paru très malade.

— Elle devrait ?

— Elle n'était pas en classe aujourd'hui.

— Peut-être que son bras lui fait mal.

— Peut-être, convint maman, pensive.

— Elle est de nouveau somnambule ? suggéra papa.

— Qui sait ? Qui peut deviner ce qui se passe dans cette maison ?

10

Mes rêves d'incendie ont commencé au moment où les recherches furent abandonnées. Ils s'engouffraient par la porte moustiquaire avec le vent plein de sable. Ils s'enchevêtraient dans mon pyjama et nouaient les vrilles de mes cheveux. Des flammes dansantes léchaient mon sommeil.

Des rêves de feu.

Comme si nous pouvions forcer les sœurs à revenir en les enfumant.

Quand je me réveillais – au milieu de l'incendie –, maman ou papa, ou parfois Lor, étaient accroupis à mon chevet. Ils me tenaient le bras. Ils m'appelaient. Ils repoussaient les mèches de mon visage. Ils murmuraient : « Ce n'est qu'un rêve. Rendors-toi, Tik. Ce n'est qu'un rêve. Personne ne peut plus te faire de mal. » Puis ils desserraient les doigts de ma main droite – pouce, index et majeur, collés les uns aux autres, agrippant un stylo invisible. Si c'était maman ou papa, ils lissaient les draps humides, s'asseyaient sur le bord de mon lit et me caressaient les cheveux. Ils me parlaient jusqu'à ce que je sombre dans un profond sommeil. (Si c'était Laura, elle attendait que je sois complètement réveillée, mais pas jusqu'à ce que je me rendorme.)

Un rêve récurrent pendant vingt ans. Je voyais des orbites et des marques de griffes. Je marchais sur la terre calcinée et à vif, tel un animal écorché. Le monde sentait le brûlé. La rivière débordait parfois, avec une écume rose, aussi mousseuse que le Creaming Soda[1], une eau rouge cerise foncé.

Mais ce n'est que lorsque j'ai commencé à habiter seule – à Baltimore, où ni mes parents ni Laura ni qui que ce soit n'était là pour me réveiller – que j'ai vu comment le rêve se terminait. Que j'ai découvert que ce que je tenais dans la main était une allumette.

1. Boisson gazeuse australienne au parfum de framboise ou de vanille.

11

Quand Ruth tenta de me révéler le projet de ses sœurs, je refusai d'abord de l'écouter. À l'instar des oiseaux de paradis du parterre derrière nous. La rangée de fleurs se détournait pour regarder de l'autre côté. Tel un corps de ballet réprobateur.

— Parle-m'en après, sifflai-je.

— Après la première période ?

Dans notre école, l'heure du déjeuner était partagée en deux périodes – la première pour manger, la seconde pour jouer. C'était comme séparer le blanc du jaune d'œuf.

— Non, après la classe ! Sur le chemin du retour.

Ruth aurait dû avoir assez de bon sens pour ne pas chercher à me parler dans la cour de récréation. Elle était en CP, tout de même.

— C'est important, geignit-elle.

— Alors, tu me le diras après la classe.

— Hannah et Cordie vont fuguer ; Laura les aide.

Les mots jaillirent, à la manière d'une boisson qui se renverse au soleil.

J'ai une photo de nous prise à cette époque-là. Des taches brunes la maculent par endroits, comme si quelque chose s'était infiltré par le verso. Sur le cliché, Hannah et Cordie portent des robes assorties de différentes couleurs, ce qui me fait penser qu'elles avaient été achetées pendant les soldes. Hannah en rose fuchsia, Cordie en orange fluo. Coincée entre elles, un bras autour de leurs épaules, Laura penche du côté de Cordie, plus petite que sa sœur.

Ruth est agenouillée et constitue le premier rang à elle toute seule. Elle s'appuie sur l'herbe d'une main et, de l'autre, protège ses yeux du soleil. La personne qui a pris la photo projette une ombre qui masque la plus grande partie de son visage.

Debout derrière Ruth, sur la gauche, je louche dans la lumière. Je suis plus jolie (mais également plus triste) que dans mon souvenir. Sur la photo, il y a un fossé entre les trois filles plus âgées et moi, assez large pour contenir une autre version de moi-même. Je me penche vers elles, essayant d'être cette personne. Mais une vallée de ciel bleu nous sépare.

Le jour où Ruth me parla du projet de fugue dans la cour de récréation, je l'entraînai dans le cagibi de l'agent d'entretien pour qu'elle me raconte tout ce qu'elle savait. On serait tranquilles, là-bas. Personne ne mettait les pieds dans ce réduit rempli de Dettol et de ramasse-poussières.

Je lui fis répéter la conversation qu'elle avait entendue entre ses sœurs. *Laquelle avait eu cette idée ? Quand comptaient-elles s'enfuir ? Où fugueraient-elles ? Combien de temps resteraient-elles parties ?*

Comme le reste du bloc sanitaire, le plafond du cagibi était colmaté par endroits avec de l'essuie-tout, humidifié pour que ça colle. Cela avait séché, formant une sorte d'enduit gris et grumeleux. Une telle crasse devait horrifier l'agent d'entretien, à moins que cela ne lui fût égal.

Tout en regardant les tampons d'essuie-tout, je tirai les vers du nez de Ruth. Je l'écoutai attentivement, sans parvenir à lui poser la seule question qui me tenait à cœur : pourquoi les grandes m'avaient-elles tenue à l'écart ?

Ruth m'expliqua que l'idée, c'était de partir le soir du spectacle, lorsque tout le monde serait occupé à regarder les numéros. Disparaître serait facile. Surtout l'été. Surtout au crépuscule. Surtout quand toutes les personnes qu'elles connaissaient, dont Mme McCausley – capable de vous repérer et de vous dénoncer à vos parents avant même que vous ne soyez arrivé au bout de la rue –, seraient réunies au même endroit, tournées dans la même direction. Les yeux rivés sur la scène de l'amphithéâtre.

Quitter la vallée à pied n'était pas difficile. À condition de rester sur la route bordée de part et d'autre de broussailles, où il était possible de se cacher. Et une fois de l'autre côté elles feraient du stop sans problème. À moins qu'elles ne prennent un car. Ou un train. La gare n'était pas loin, et de là elles pourraient aller n'importe où. Disparaître au sud. Longer la côte. Prendre l'autoroute. Ou se rendre au nord et se perdre dans la ville.

C'était un bon plan, je devais le reconnaître. Je n'en aurais pas imaginé de meilleur. Et ça me resta en travers de la gorge comme de l'essuie-tout roulé en boule.

— Laura leur file l'argent.

— Quel argent ?

— Elles en ont besoin pour fuguer.

Ce que Laura gagnait le samedi après-midi à la caisse du supermarché, pensai-je avec amertume. Pas étonnant qu'elle n'ait plus de fric pour s'acheter une glace.

— N'empêche que tu ne peux rien dire.

Ruth s'affola tout à coup, se rappelant qu'elle n'était pas censée être au courant.

— Ne dis pas que je t'en ai parlé. Promis ? Tu me le promets ? Hannah et Cordie ne savent pas que je les ai entendues, elles me croyaient endormie.

— Comment puis-je les aider si je ne suis pas au courant ?

Ruth me dévisagea, déconcertée.

— Comment tu pourrais aider Hannah et Cordie ? Mais pourquoi tu veux les aider ? Elles sont plus grandes que nous, je te rappelle !

— Et alors ? Je pourrais leur fournir un alibi ou, mieux encore, une diversion ! Comme ça, elles auront plus de temps pour s'enfuir ! affirmai-je en reniflant.

Je pensais aux « alibis » et « enquêtes en cours » mentionnés aux bulletins d'informations que papa regardait à la télé. Une diversion, voilà ce dont Hannah et Cordie avaient besoin. Je leur fournirais la couverture leur permettant de fuguer.

Mes pensées s'évadèrent vers mon sketch, susceptible de devenir un élément primordial pour faciliter l'évasion de Cordie.

— Mon sketch ! m'exclamai-je. Elles pourraient… s'enfuir… pendant que je… détourne l'attention…

Les idées se précipitaient dans mon cerveau et mes paroles n'arrivaient pas à suivre. Ruth me fixa comme si j'étais possédée.

— Cordie pourrait être la vedette, continuai-je, et… elle pourrait se volatiliser par une coulisse.

— Et Hannah ?

— Hannah ?

— Oui, qu'est-ce qui se passera pour elle ?

— Elle attendra Cordie dans les coulisses. Comme machiniste ! Elle serait tout en noir et porterait des accessoires pour compléter le déguisement…

— Hannah ne fait même plus partie de notre école !

L'injustice de la situation indigna Ruth, à qui j'avais dit qu'elle était trop petite pour participer.

— Tu as raison, concédai-je. Hannah n'aura qu'à attendre dans le public, puis elle rejoindra furtivement Cordie au moment décisif.

— Elles peuvent très bien se tailler à n'importe quel moment pendant la soirée comme elles l'ont prévu, lâcha Ruth d'un air suffisant.

— Ce serait mieux pendant mon sketch, expliquai-je. Elles se feraient moins remarquer.

Loin d'être impressionnée, Ruth m'avertit :

— Tu ne devrais pas les aider, Tikka. Tu ne devrais pas les aider, et elles ne devraient pas partir. C'est mal. C'est un péché.

À sa façon de le dire et de s'essuyer les yeux du dos de la main, je compris que la question du péché n'était pas le réel problème.

Le problème, c'est qu'elles l'abandonnaient.

— Elles ont fait leurs bagages ? demandai-je.

— Je n'ai rien entendu là-dessus.

— Elles ont décidé ce qu'elles allaient emporter ?

Ruth n'en savait rien non plus.

Je dressai mentalement la liste de ce que je choisirais. (Une lampe électrique. Le volume WXYZ de ma *Britannica Junior Encyclopaedia*, à cause des cartes regroupées à la fin.) Puis, tout à coup, je me rappelai : je n'allais nulle part. On ne m'avait pas invitée. On ne m'avait même pas jugée digne d'être dans la confidence.

Dehors, des filles de CM2 faisaient le poirier contre le mur du cagibi où Ruth et moi nous tenions. Avec leurs chaussures en cuir, elles tapaient sur les briques, puis les raclaient en dérapant latéralement quand l'enthousiasme faiblissait. Je me demandai si Cordie faisait partie du groupe, si ses pieds s'envolaient tels des oiseaux prenant leur essor. Si elle partirait vraiment avec Hannah. Si elles concrétiseraient leur plan et s'enfuiraient de chez elles. Ou si l'enthousiasme faiblirait avant.

Bien des années plus tard, j'ai pris conscience de la question capitale que j'avais oublié de poser à Ruth ce jour-là, dans le cagibi. J'étais tellement focalisée sur mon sketch et la possibilité de jouer un rôle dans le projet de fugue que je n'avais même pas demandé à Ruth pourquoi...

Pourquoi Hannah et Cordie voulaient-elles s'enfuir de chez elles ? Que s'était-il passé, qui les poussait à partir maintenant ? En réalité, cela semblait tellement inéluctable – de l'ordre de la prédestination – que l'idée de poser la question ne m'avait même pas effleurée.

Le samedi soir, maman nous déposa toutes les cinq chez Hayley Stinson. Lor et Hannah étaient serrées l'une contre l'autre devant. (Elles avaient beau avoir quatorze ans, leurs corps l'ignoraient : leurs quatre fesses tenaient parfaitement sur le siège passager.) Cordie, Ruth et moi étions assises sur la banquette arrière ; Cordie reposait son plâtre frais sur ma jambe.

— C'est papa qui viendra vous chercher, précisa maman devant chez Hayley. Ne le faites pas attendre, parce que si vous n'êtes pas rentrées à 22 heures, M. et Mme Van Apfel me feront la peau.

On se précipita hors de la voiture en promettant d'être prêtes.

La peau de maman comptait beaucoup pour nous.

La fête de Hayley se déroulait dans le jardin, où la piscine s'étirait sur un côté. Au fond, une clôture de barbelé le séparait de la rue. Une table posée sur des tréteaux croulait sous les gâteaux et les friandises. Le souffle d'un vent chaud faisait tournoyer par à-coups un petit carton arborant le nombre 15, suspendu par une ficelle et un crochet au plafond de la véranda.

Cet après-midi-là, à la fête de Hayley, on mangea, on nagea, on joua à Marco Polo dans la piscine. Tout le monde, sauf Cordie, qui, assise au bord, les pieds dans l'eau, avait enveloppé son plâtre dans un sac en plastique et le gardait sur ses genoux pour qu'il reste au sec. On fit des couronnes avec nos serviettes, laissant traîner le bout en tissu éponge sur nos dos nus. On se mit debout et, formant un fer à cheval, on chanta *Joyeux anniversaire* tandis que la mère de Hayley essayait de prendre une bonne photo. On suça des bonbons Redskin et on mangea du pop-corn de toutes les couleurs de l'arc-en-ciel. On orna nos doigts de Cheezels[1]. On s'installa sur les dalles sous l'arbre de corail, les jambes tendues, pour en comparer les poils, les marques de bronzage, les grains de beauté. On joua à être des femmes élégantes,

1. Biscuits salés en forme d'anneau.

relevant en torsades nos cheveux mouillés, plaquant des fleurs de l'arbre de corail sur nos lèvres.

— Bonjour, je me présente : Pearl.

— Bonjour, Pearl, je m'appelle Shirl.

On parlait comme des ventriloques, nos sourires écarlates, figés jusqu'à la chute des fleurs abîmées. Enfin, on rentra dans la maison, où le crépuscule nous suivit.

— « Action ou vérité », lança l'une de nous avec espoir.

On s'affala un peu partout. En maillots de bain. Les serviettes enroulées en turban. Les épaules nues. Le ventre soyeux.

Assise à même le sol, j'effleurais les dalles de liège du plat de la main. Dans le coin, Cordie et Hannah se partageaient un fauteuil : la première occupait toute la place, et la seconde était juchée sur un accoudoir, telle une conscience de dessin animé perchée sur son épaule. Le fauteuil, recouvert d'un tissu orange genre velours côtelé, était absolument affreux, et sa vue suffisait à me donner chaud.

— J'en ai une, dit Jade Heddingly. (Jade avait été invitée uniquement parce qu'elle était membre du club de natation…) Hé, Cordie, psalmodia-t-elle, c'est vrai que tu es amoureuse de M. Avery ?

Sans m'en rendre compte, j'enfonçai mes ongles dans le liège, où ils laissèrent de minuscules demi-lunes, tandis que, sourire aux lèvres, Cordie répondait :

— Non, je ne suis pas amoureuse de M. Avery. N'empêche que je me le taperais bien.

Sur ce, bras croisés, menton relevé, elle nous défia du regard.

— Beurk ! s'écria Jade d'une voix perçante tandis que les autres filles s'esclaffaient. Elle coucherait avec un prof ! Vous avez entendu ça ? Cordie a dit qu'elle coucherait avec M. Avery ! C'est dégueu ! Il est trop poilu !

Comme si la question des poils était déterminante dans l'affaire.

— Quoi ? T'aimes pas ? fit Cordie. C'est mignon, les poils.

Elle caressa mollement son plâtre, et on resta un instant muettes de stupeur.

— J'ai entendu dire qu'il préférait les garçons, affirma Jade.

— Et moi, qu'il a été en prison, enchaîna Hayley.

Personne n'ayant d'infos là-dessus, on réfléchit en silence à l'identité de M. Avery, tout en regardant Cordie passer la main de haut en bas sur son plâtre. Elle s'arrêta et chatouilla la pulpe de ses doigts, comme si le bras appartenait à une autre.

— Tu as mal ? lui demanda Hannah à contrecœur.

Hannah n'appréciait pas qu'on couche avec des profs, ni même qu'on plaisante à ce sujet.

— Ça signifie qu'il va pleuvoir, certifia ma sœur. Les os cassés font toujours mal avant qu'il pleuve.

— Non, objecta Cordie. C'est parce que je l'ai cogné contre le rebord de la piscine.

Dehors, le vent s'était levé. Il avait tourné au sud et baissé de quelques degrés. Quand les rafales s'engouffraient par la porte arrière laissée ouverte, elles ébouriffaient nos cheveux et nous donnaient la chair de poule. De la musique s'échappait d'un lecteur de CD depuis le début de la soirée, mais un morceau plut particulièrement à Cordie, qui se cambra au-dessus du fauteuil orange pour monter le son.

— Écoutez ça, nous ordonna-t-elle.

Elle se leva. Sa serviette tomba au sol tandis qu'elle traversait la pièce pour éteindre les lumières. Bien qu'elle roulât à peine les hanches – une suggestion de balancement, rien de plus –, c'était presque obscène parce qu'elle ne portait qu'un maillot de bain. On détourna toutes le regard.

À l'extérieur, la lampe de la véranda formait un halo. Cordie sortit, se plaça en dessous et se mit à danser, avec de plus en plus de détermination et d'intensité.

Elle se mut d'abord lentement, oscillant et traînant les pieds. Elle s'étreignit les hanches, se déplia, s'étira, son bras valide s'enroula autour du plâtre, puis elle leva les deux en l'air. Elle se contorsionna et virevolta, tapa du pied.

— Ne faites pas attention à elle, nous dit Hannah avant de prendre la place laissée par Cordie. Elle finira bien par rentrer.

Voilà qui fit rire Cordie. Renversant la tête en arrière, elle ouvrit la bouche et aspira la nuit, jusqu'à être comblée de crépuscule, de stridulations des cigales, du parfum des bougainvillées qui étranglaient la clôture. C'est alors qu'un faisceau lumineux brilla au milieu de l'obscurité et des barbelés du fond du jardin. Il balaya l'arrière de la maison, éclairant Cordie une fraction de seconde – à peine un battement de cœur – avant de chavirer dans la nuit.

— Vous avez vu ?

— Quoi ?

— Qu'est-ce que c'était ?

— Il y a des gens là-bas, affirma Hayley, affolée. Dans la rue, derrière ; ils nous illuminent avec leurs phares.

— Comment tu le sais ?

— Une voiture, tu dis ?

— Cordie, ferme la porte !

— Cordie ! Rentre !

Cordie éclata de rire.

— On s'en fiche. Ils ont qu'à regarder, si ça leur plaît.

Elle tournoya en claquant du pied.

— Rentre, Cordie ! répéta Hannah.

— Il faut allumer !

On sentait monter la fièvre dans la pièce. Les cris avaient beau fuser de toutes parts, personne ne se souciait d'éteindre la musique ou d'allumer. Nous étions pétrifiées.

— Cordie, arrête de danser ! Tout de suite ! hurla Hannah.

Mais Cordie ne lui obéit pas. Elle accélérait le rythme, précédant la musique. Pivotait. Pirouettait. Piétinait. Piaffait. Ses pieds nus faisaient tressauter les lattes du sol. Au moment du refrain, Cordie en répéta tout bas les paroles, les mains plaquées sur ses tempes.

— Cordie, arrête ça !

C'était Ruth, à présent. L'intonation dans sa voix fit réagir Hannah, laquelle se précipita dans la véranda, attrapa Cordie par son bras valide et l'entraîna à l'intérieur. Quelqu'un éteignit le lecteur de CD. Le silence régna dans la nuit.

Les lampes s'allumèrent dans la maison et noyèrent le faible halo de la véranda dans une mer jaune.

— Quand papa apprendra ça, il te réduira en bouillie, commenta Ruth.

Mme Stinson choisit ce moment pour entrer dans la pièce, un bol de pop-corn dans les mains.

— Les filles, vous voulez que M. Stinson mette le film ou…

Elle s'interrompit lorsqu'elle aperçut Cordie et Hannah, figées debout au centre de la pièce.

— Tout va bien ? demanda-t-elle.

— On n'est pas encore prêtes pour le film, lâcha Hayley.

— Eh bien, prévenez-moi quand vous le serez, je laisse ça ici.

Mme Stinson posa le bol sur une table, près de la porte, avant de quitter la pièce.

— On fait quoi maintenant ? dit Hayley avec nervosité.

Elle sentait que la fête échappait à son contrôle et en rendait Cordie responsable.

— Et le faisceau lumineux ? nous rappela une fille. Il y a peut-être toujours quelqu'un dehors ?

— C'était rien, à mon avis, dit ma sœur. Juste un conducteur qui faisait demi-tour dans la rue. De toute façon, nous sommes en sécurité à l'intérieur.

— On retourne dans la piscine ? On joue à Marco Polo, suggéra une autre.

— Pas encore !

— Pas dehors !

— On pourrait faire des blagues au téléphone ?

Hayley, anxieuse, refusa d'un signe de tête.

— Papa ne va pas tarder à venir nous chercher, intervint Laura.

Cela ne réussit qu'à perturber Hayley davantage, qui n'avait aucune envie que la fête de son anniversaire se termine.

Dehors, le vent projetait des feuilles, des brindilles et des noix d'eucalyptus sur le toit de la véranda. Ces dernières rebondissaient sans rythme sur la tôle ondulée.

— Hé, faisons une séance ! proposa une fille plus âgée.

C'était une amie de Hayley qui n'allait pas au club de natation, de sorte que j'ignorais son prénom. Bien plus grande que nous, elle avait de vraies rondeurs et des courbes sous son maillot de bain. En revanche, ses sourcils et ses cils étaient tellement clairs qu'on avait l'impression qu'ils étaient inexistants.

— D'après ma cousine, c'est facile, poursuivit-elle. Il nous faut juste une planche Ouija, un verre vide et l'obscurité.

— Pas question d'éteindre, s'insurgea Hannah.

La vedette du jour fixa sa copine privée de cils avec méfiance :

— De quoi s'agit-il exactement, Nicole ?

— D'une séance de spiritisme ! On s'adresse à des morts, on leur pose des tas de questions. Ils déplacent le verre autour de la planche pour épeler les lettres de leur réponse. On peut leur demander n'importe quoi : ce qu'ils font, ou comment ils sont morts… On va s'éclater.

— On peut parler à des vrais morts ? lâchai-je, incrédule.

Comment se faisait-il que je n'en aie jamais entendu parler avant ?

Non que je connusse beaucoup de morts. À vrai dire, je ne connaissais personne qui soit mort, à part Ralph, le mari de Mme McCausley. « Il était passé », disait-elle, comme s'il avait réussi un examen. Comme s'il connaissait vraiment bien son sujet.

Ralph était « passé » longtemps avant ma naissance. Je supposais donc qu'il comptait pour du beurre.

— On peut parler à n'importe quel mort ? insistai-je. Ou juste à ceux qu'on connaît ? On peut parler à des gens célèbres ? Des personnages historiques ? Ou il faut qu'ils aient des liens avec toi ? Et ceux qui ne parlent pas anglais, comment on leur parle ?

Tant de questions se bousculaient dans ma tête que j'avais de la chance que la grande fille ait toutes les réponses.

— Uniquement à ceux que tu connais, déclara-t-elle fermement. Et qui parlent ta langue. En plus, tu n'as pas le droit d'essayer de joindre la même personne plus de trois fois. Au bout de la troisième fois, tu la laisses tranquille.

— Sinon quoi ?

— Tu la laisses tranquille, c'est tout.

Laura chuchota à l'oreille de Hannah :

— Je me demande qui est mort et a bien pu faire de cette fille la patronne ?

Ce qui était un peu fort de leur part, tout de même.

Nicole continua d'expliquer les tenants et les aboutissants d'une séance de spiritisme. Les règles du jeu ressemblaient curieusement au règlement de la classe (« Lève la main quand c'est à ton tour de parler ») et aussi à celui de Frappe et Cours[1] (ou « Chacun pour soi une fois la porte ouverte »). Je l'écoutais quant à moi avec le plus grand enthousiasme. Oui, c'était à ça que je voulais jouer !

— Tu en as une ? finit par demander Nicole à Hayley.

1. Les enfants frappent à une porte dans la rue puis s'enfuient.

— Une quoi ?

— Une planche Ouija, précisa la fille en levant les yeux au ciel. Ou alors il nous faudrait des pièces de Scrabble pour s'en servir comme d'une planche. Un machin avec des tas de lettres.

— Maman s'est débarrassée de notre Scrabble au dernier vide-greniers municipal. On a un Monopoly, un jeu de Hippos Gloutons et c'est tout.

— Super ! ricana ma sœur. On va demander aux morts s'ils ont envie d'y jouer.

Hannah et elle feignaient de n'être pas intéressées par la séance.

— On pourrait utiliser le Monopoly, suggérai-je. On prend la première lettre de chaque propriété. Park Lane pour faire le P, Mayfair pour le M, The Angel pour le A et Euston Road pour le E. A et E sont les lettres dont on aura le plus besoin, pensai-je tout haut.

Je tenais à tout prix à ce que la séance ait lieu.

— Ça devrait fonctionner, approuva la grande fille.

Hayley s'en fut donc chercher le Monopoly, non sans m'avoir d'abord jeté un coup d'œil par-dessus son épaule, hésitant entre la gratitude et la rancœur.

Avant de commencer, les sœurs Van Apfel s'excusèrent. Elles ne pouvaient pas jouer. Lorsque Ruth avait entendu le mot « séance », son visage s'était crispé. On avait l'impression que non seulement elles avaient déjà entendu parler des séances, mais aussi que c'était un péché.

— On n'a pas le droit de parler aux morts, expliqua Hannah.

Elle était de nouveau juchée sur l'accoudoir de l'horrible fauteuil orange près de la porte de service.

Cordie, à côté d'elle, affichait l'expression blasée de quelqu'un pour qui parler aux morts était un sujet de conversation banal à la table du petit déjeuner.

— C'est vrai, confirma Ruth. On n'a pas le droit.

Hayley revint avec le Monopoly. Nous nous installâmes en cercle autour du jeu – toutes, hormis les sœurs Van Apfel, à qui l'on interdisait de déranger les morts. (Ruth traversa la pièce en courant pour se réfugier auprès de ses sœurs ; elle s'assit en tailleur aux pieds de Cordie, le dos appuyé contre le fauteuil.)

— On a besoin d'un gobelet, dit Nicole.

On lui en tendit un en plastique, qu'elle posa, solennellement, sur le plateau.

— Et maintenant ? voulut savoir ma sœur.

— Éteins, imbécile, commanda Nicole.

Je fus tellement abasourdie d'entendre qu'on donnait un ordre à ma sœur (et non l'inverse) que la défendre ne me vint pas à l'esprit. Laura dut éprouver la même chose que moi, parce qu'elle s'exécuta sans protester. Avant de se rasseoir, toutefois elle alluma la liseuse du canapé – ce que j'interprétai comme un geste infime de rébellion. Par la porte de la véranda, je voyais bouger les ramures d'un arbre. Un opossum tendit la tête, la rentra, puis détala sur une branche en surplomb du toit.

— On commence comment ? demandai-je.

Nous étions allongées à plat ventre, jambes écartées et bras tendus devant nous, de sorte que chaque fille touchait d'un doigt le gobelet à l'envers.

— Est-ce qu'on doit dire quelque chose pour appeler les esprits ? enchaînai-je. Genre une incantation.

— Pas d'inkan-nations, objecta résolument Nicole. Des esprits du coin seulement. Mais tout le monde doit fermer les yeux quand je prononce la formule pour convoquer les âmes mortes et voir si elles sont disposées à parler.

Troublée qu'elle n'ait pas compris le mot que j'avais employé, je me tortillai sur le sol.

— Si Cordie ferme les yeux maintenant, elle va s'endormir, me chuchota Lor.

Je jetai un regard furtif vers Cordie, qui, maussade et somnolente, était pelotonnée en chien de fusil, tel un animal essayant de se terrer dans un petit trou. Sa danse devait l'avoir épuisée.

Nicole se mit à psalmodier. Sa voix m'étonna, du fait des sons graves et gutturaux qu'elle émettait, de la musicalité de ses paroles. Elle évoqua les corbeaux, les morelles noires, les esprits, la mort. Elle fit rimer « vermillon » avec « cotillon », un mot inconnu de moi, cette fois.

— Hé ! C'est tiré de *Beetlejuice* ! s'indigna ma sœur.

Personne ne l'entendit, du moins ne lui prêta attention. Peut-être que personne n'avait vu le film. En tout cas, toutes les filles étaient pendues aux lèvres de Nicole, qui donnait des consignes aux morts pour qu'ils reviennent dans la vie.

Après qu'elle eut prononcé ses injonctions, l'air autour de nous parut se dilater au point d'éclater. Je retins mon souffle et attendis en écoutant le bruit des feuilles sur le toit de la véranda, au gré des déplacements de l'opossum dans l'arbre. Je remarquai que Hannah et Ruth s'intéressaient désormais à la cérémonie. Elles avaient abandonné Cordie sur son fauteuil et regardaient la planche de notre jeu par-dessus le dossier du canapé. Deux paires d'yeux. Quatre ailes de poulet déployées.

— Je vous l'avais dit, marmotta Hannah au bout de quelques secondes. Vous voyez ? Rien ne se produit.

Ruth acquiesça, satisfaite, et détourna la tête. C'est le moment que choisit le gobelet pour bouger. Il glissa sur le plateau du Monopoly et s'arrêta net devant *Caisse de Communauté*. Nos hurlements déchirèrent l'obscurité.

Ensuite, il y eut le bruit d'un corps sur le toit. L'opossum atterrit dans les ondulations de la tôle avec un *bang* magnifique, terrible. On cria longtemps et très fort. Quand on finit par s'arrêter, on perçut des grattements, des raclements de griffes pointues. On courut en tous sens, on se bouscula. L'une cogna la liseuse, dont le pied vacilla tel un ivrogne, et on se remit à pousser des hurlements, et d'autres encore. La planche fut renversée, la boîte de Monopoly tomba de la table, les billets voltigèrent comme des papillons de nuit. Enfin, une voix d'homme, sardonique, nous interpella du fond de la maison :

— Nom de Dieu, vous n'avez jamais entendu un opossum sur un toit ?

Hannah alluma l'interrupteur de sa main douce et on resta immobiles dans la lumière vive, nos yeux agrandis par la peur.

— Il a bougé ! Le gobelet a bougé !

— Vraiment ? fit Ruth. Je n'ai pas vu.

— Tu ne regardais pas ! Il a bougé ! Tout seul !

Hayley me désigna du doigt.

— C'est toi qui l'as fait.

Son anniversaire ne se déroulait pas comme prévu.

— Non, c'est faux, protestai-je.

— Si, c'est toi.

— Non, c'est faux ! répétai-je. Quelqu'un d'autre a dû le faire.

— Un esprit, certifia Nicole.

— Les esprits, ça n'existe pas, réfuta Laura d'un ton sec.

— Bien sûr que si, s'interposa Ruth, prête à nous réciter un verset de la Bible.

Laura la coupa :

— Dans ce cas, qu'est-ce que ça veut dire, *Caisse de Communauté* ? CC ? Il voulait dire quoi, l'esprit ?

— C correspond peut-être à un nom, ou à un endroit ? suggérai-je. Qu'est-ce qui commence par un « C » ?

Personne ne répondit ; on était toutes fatiguées.

— Regardez ce désordre, s'énerva Hayley en pointant les billets du Monopoly éparpillés par terre.

Sa mère allait l'obliger à tout ranger d'une minute à l'autre.

— Ça prend toujours une éternité de ramasser ces trucs, pontifia Ruth.

12

Après ça, la fête prit rapidement fin. La séance de spiritisme suscitait tout autant notre frayeur que notre mépris (« Quel fantôme revient pour jouer au Monopoly ? » se moqua Laura). Catégorique, j'affirmai ne pas être celle qui avait déplacé le gobelet, mais les autres filles aussi.

L'arrivée de papa, peu avant 22 heures, fut une délivrance. Lui et la mère de Hayley se tinrent sur le seuil de la pièce et nous regardèrent non sans perplexité ramper sur les dalles de liège et ramasser les billets. Papa expliqua à la mère de Hayley ce qu'elle savait déjà. (Ma sœur et moi partions sur la côte de bonne heure, et les sœurs Van Apfel devaient aller à l'église. Il était désolé de se présenter si tard…) Le voir et entendre sa voix m'apporta un réconfort dont j'ignorais avoir besoin. Je sentis la peur des minutes précédentes se dissiper et se déposer à ses pieds.

— Prêtes, les filles ? demanda-t-il.

Laura et moi hochâmes la tête.

— Prêtes, monsieur Malloy, dit Ruth, qui se leva et tira Hannah par le bras.

— Qui manque à l'appel ? s'enquit papa. Vous devriez être cinq, non ?

— Où est Cordie ?

— Cordie a assisté à la séance ?

— Quelle séance ? s'inquiéta Mme Stinson.

— Elle était assise dans le fauteuil orange.

On regarda tous le fauteuil solitaire dans un coin de la pièce. La confusion régna quelques minutes, le temps de se demander si Cordie avait vraiment disparu.

— Comment est-ce possible ? s'étonna papa. Qu'est-ce que vous faisiez, les filles ?

Quelqu'un suggéra qu'elle se trouvait peut-être aux toilettes ; en fait, il s'agissait du jeune frère de Hayley. Mais il revint bredouille quelques secondes plus tard :

— Aucune nana aux toilettes ni dans la salle de bains.

— Je vais demander à M. Stinson d'aller voir dehors, dit Mme Stinson d'un ton crispé avant de s'engager dans le couloir.

— Je l'accompagne ! lança papa. Vous avez une lampe à l'extérieur ?

Une voix s'éleva derrière nous :

— Ce n'est pas la peine.

On se retourna brusquement : M. Avery, de la classe de CM2-A, raide et livide, se tenait dans l'embrasure de la porte donnant sur la véranda ; il frappa sur le chambranle bien qu'elle fût grande ouverte. Cordie était à côté de lui, toujours en maillot de bain. Il serrait ses clés de voiture comme un badge et portait ses chaussures sans lacets. Les cheveux de Cordie, légèrement teintés de vert par le chlore, pendouillaient. Et, dans la semi-clarté où se découpaient leurs silhouettes, son ventre légèrement gonflé luisait comme celui d'un phoque.

— Puis-je entrer ? demanda M. Avery.

— Cordie ! s'écria Hannah.

— Je l'ai trouvée qui marchait au bord de la rue, dans le noir…

— Quelle rue ? s'enquit Mme Stinson d'un ton méfiant.

Elle se tenait au milieu de la pièce avec papa et M. Stinson, lequel venait d'apparaître. Nous attendions tous la réponse de M. Avery comme si le nom de la rue était important, comme si ce détail était susceptible de tirer les choses au clair.

— Blaxland Road, répondit-il.

Et tout le monde d'opiner du bonnet. Blaxland Road n'était qu'à quelques minutes de marche et menait à la piscine municipale. On l'avait empruntée en voiture des milliers de fois.

— Elle marchait tout endormie, ajouta M. Avery. Du moins, j'en ai eu l'impression. Elle ne semblait pas savoir comment elle se trouvait là. Moi, j'étais déconcerté, un peu déboussolé par le maillot de bain, vous comprenez. (Cette précision le fit rougir.) À cause… à cause de la piscine. J'ai pensé qu'elle allait peut-être à la piscine de Blaxland Road…

Pour le coup, on dévisagea M. Avery comme si on avait du mal à le reconnaître. *J'ai entendu dire qu'il préférait les garçons. Qu'il avait été en prison.* Sa tenue de week-end avait beau être plus relax que pendant la semaine, son allure demeurait guindée.

Papa fut le premier à prendre la parole :

— Vous avez cru qu'elle allait à la piscine à 22 heures, dans le noir, toute seule ? fit-il, sceptique.

Il s'approcha de M. Avery et ils discutèrent de cette manière inaudible et exaspérante qu'ont les adultes quand les choses deviennent intéressantes.

De toute façon, on attrapa un fou rire, nous, les filles, à la fois soulagées et sous le choc. Ainsi le mystère de l'histoire était-il résolu. *Une crise de somnambulisme, rien de plus. Voilà pourquoi Cordie s'était éloignée de nous.* Rien de glauque, en fait. Sauf que Cordie ne s'associa pas à notre rire. Son visage demeura maussade tandis que M. Avery parlait à papa.

— Ce qu'elle faisait dehors ne me regarde pas, l'entendis-je dire, sur la défensive. Ce qui me préoccupait avant tout, c'était de la ramener.

Sur ce, M. Avery tourna les talons. Et nous nous préparâmes à rentrer avec papa. Toutes les cinq.

— Je vous raccompagne devant la maison, dit Mme Stinson.

— En fait, je suis garé dans la rue derrière.

— Dans ce cas, je vais allumer la lampe extérieure, reprit-elle, joignant le geste à la parole.

On entraîna papa dans le jardin, devant la piscine, et on franchit la porte percée dans le grillage. Tout ce temps-là, Hannah garda la main de Cordie bien serrée dans la sienne. Dans la rue, on vit M. Avery monter dans sa petite auto rouge – ça me parut bizarre qu'un homme aussi poilu en possède une aussi mignonne. Nous passâmes devant, et papa tapota le capot de M. Avery comme pour ordonner « en route ». J'étais derrière lui, alors je l'imitai : le moteur était froid.

— Hé, cette voiture n'a pas bougé d'ici…

Mais papa m'interrompit en me poussant dans notre voiture et démarra.

— Le moteur était froid, insistai-je tandis que nous foncions dans l'obscurité. Je n'invente pas, je le jure. Tu l'as senti, hein, papa ?

Mais papa avait des problèmes plus importants que M. Avery et son moteur froid.

— Vous ne direz rien à nos parents, n'est-ce pas, monsieur Malloy ? demanda Hannah, angoissée. À propos de la crise de somnambulisme de Cordie ?

Papa fixa la route comme s'il pesait le pour et le contre. S'il avait eu le choix, oui, il aurait préféré ne rien dire aux Van Apfel. Mais :

— Tu sais que j'y suis obligé, Hannah, finit-il par répondre. J'expliquerai tout calmement à tes parents quand je vous déposerai. Je suis sûr qu'ils comprendront, conclut-il sans grande conviction.

Lorsqu'on s'arrêta devant la maison des sœurs – avec ses fenêtres à croisillons, son escalier en colimaçon –, M. Van Apfel surgit de sous la porte basculante du garage, à la manière d'un télévangéliste montant en scène. Aux grands signes de la main qu'il nous adressa, on aurait dit qu'il guidait notre voiture sur une piste dangereuse et non dans son allée dallée.

— Le retour des enfants prodigues ! annonça-t-il à la nuit.

À la faveur de la lueur du plafonnier, je vis Cordie lever les yeux au ciel.

— Mieux vaudrait le croire, marmonna tout bas papa.

Il sortit de la voiture pour parler à M. Van Apfel ; on se dépêcha de lui emboîter le pas pour entendre ses explications.

Les rayons éblouissants de deux éclairages de sécurité fixés aux coins du garage étaient dirigés vers l'endroit où se tenait M. Van Apfel. De minuscules insectes bourdonnaient autour de sa tête.

— Graham ! s'exclama-t-il en serrant la main de papa avec enthousiasme. Merci d'avoir ramené nos filles. Carol et moi n'avions pas prévu de les emmener à l'anniversaire, car nous participons demain à l'office du matin, Lève-toi. Sans vous, elles n'y seraient pas allées, n'est-ce pas, les filles ?

Elles gardèrent le silence.

— Ça ne m'a pas dérangé, assura papa. En revanche, quand je suis allé les chercher…

M. Van Apfel n'avait pas terminé.

— L'office commençait à 8 h 30 auparavant, mais on l'a repoussé d'une demi-heure. Pour autant, sortir les filles du lit le dimanche matin, même à cette heure-là, est une gageure, croyez-moi !

Il rit et se passa la main dans les cheveux, simulant l'inquiétude pour ses marmottes de filles. Les insectes s'égaillèrent à cause de son geste, puis recommencèrent à l'encercler avec plus d'obstination.

Alors que papa s'éclaircissait la voix, prêt à reprendre la parole, Ruth le bouscula et, déboulant sous le feu des projecteurs, lâcha :

— Cordie est partie de la fête, elle a marché dans son sommeil. Elle a disparu et le monsieur professeur l'a ramenée.

M. Van Apfel plissa ses yeux globuleux.

— Quoi ? Quel monsieur professeur ? Qu'est-ce que tu racontes, Ruth ? (La rotation des insectes gagna en intensité.) Elle a marché dans son sommeil ? Mais pourquoi dormait-elle, puisque vous ne participiez PAS à la soirée pyjama ?

Il éructa ces derniers mots avec violence. Comme s'ils le dégoûtaient. Comme s'ils étaient abjects.

— En fait, c'est ce dont je voulais vous parler.

La voix de papa était tout à la fois calme et dure, coupante même. Il n'était pas difficile de l'imaginer en train de flanquer des heures de retenue à ses élèves s'ils se conduisaient comme des crétins.

— Ruth dit vrai, enchaîna-t-il.

La fillette piqua un fard. Elle n'avait pas l'habitude qu'on lui donne raison. Elle décocha un sourire arrogant à ses sœurs, mais le regard foudroyant de Hannah suffit à la remettre à sa place et son sourire s'évanouit aussitôt.

— Quand je suis arrivé chez M. et Mme Stinson, Cordie avait apparemment marché dans son sommeil. Rassurez-vous, elle n'a pas été bien loin. M. Stinson allait justement sortir la chercher quand elle est réapparue.

Le visage de M. Van Apfel ne trahit aucune émotion.

— Quoi qu'il en soit, reprit papa, elle s'est engagée dans Blaxland Road, où une voiture s'est arrêtée et l'a ramenée…

— La voiture de M. Avery, complétai-je.

— Merci, Tikka.

— C'est le professeur de Cordie.

— M. Van Apfel sait qui est M. Avery, ma championne.

— Il a remplacé Mme Harrow, alors la classe de CM2-H s'appelle maintenant la classe de CM2-A. En plus, il entraîne l'équipe de tee-ball[1] des grandes.

— Bon.

Papa posa la main sur mon épaule : le signal que je ferais mieux de me taire. On y avait quelquefois recours à la maison.

1. Jeu dérivé du base-ball.

M. Van Apfel restait impassible, joignant les doigts de ses deux mains qui formaient une petite tente.

— Vous me dites, monsieur Malloy, que le professeur de Cordie est passé par hasard dans sa voiture au moment où elle quittait la fête, en pleine crise de somnambulisme ?

Il prononça lentement chaque mot, faisant traîner les voyelles, nous laissant avec l'impression d'entendre de la porcelaine se fêler. Et, quoiqu'il s'adressât exclusivement à papa, il fixait Cordie, la clouant sur place par son regard.

— Je portais mon maillot de bain pendant ma crise de somnambulisme, lança celle-ci à son père d'un air de défi.

C'est alors que je me rendis compte qu'elle avait enfilé une robe de coton au-dessus de son maillot. Le tissu claqua dans le vent avec dédain.

— J'ai discuté avec M. Avery, reprit courageusement papa. Il n'avait pas connaissance à l'avance de la fête. Ni, bien sûr, de la sortie solitaire de Cordie. (Là, M. Van Apfel se raidit.) Et il semblait vraiment soucieux de ramener la petite à bon port. Malgré tout, je signalerais l'incident au ministère si cela était arrivé à l'une de mes filles, conclut papa d'un ton faussement dégagé.

— Au ministère, répétai-je. Quel ministère, papa ? Il y en a un pour le somnambulisme ?

J'imaginai un bureau plein de nuages cotonneux.

— Le ministère de l'Éducation, répondit-il gravement.

— Et la voiture ? Et les phares, et la danse alors ! s'écria Ruth, un peu hystérique.

Manifestement décontenancé, papa précisa à l'intention de M. Van Apfel :

— Pour le coup, là, je ne suis pas au courant.

Puis il sonna le rappel. On se levait tôt le lendemain. Une réunion familiale… M. Van Apfel convint qu'il était tard :

— Nous, nous avons l'office du matin à 9 heures. Je dois m'occuper de mon Juif errant et le mettre bien en sécurité à la maison, déclara-t-il, énigmatique.

Sur ce, il posa la main sur le cou de Cordie et la força à rentrer chez eux.

— À ton avis, combien de temps la voiture de M. Avery est restée dans la rue derrière la maison ? demandai-je à papa dans le garage. Combien de temps, à ton avis ?

J'avais attendu que Laura soit rentrée chez nous pour poser la question.

— Mon Dieu, Tik, je ne sais pas…

— Allez, papa, qu'est-ce que tu en penses ? J'ai onze ans et un sixième, et tu ne me dis rien.

L'argument le fit céder.

— Ce que j'en pense ? J'ai l'impression qu'il est resté là un bon bout de temps. Au moins une heure, pour que son moteur refroidisse de la sorte. Voire deux, ajouta-t-il, songeur. Peut-être moins parce que c'est une petite voiture. Trois cylindres ?

Une heure… Cela signifiait que M. Avery s'était garé dans la rue pendant que Cordie dansait sur la véranda, et que le faisceau de phares braqué sur la maison provenait de sa voiture. Je sentis un drôle de gargouillis dans mon ventre.

— Alors, le fait qu'il ait remarqué Cordie marchant dans son sommeil au bord de la rue pendant qu'il conduisait…

— Une fable, selon moi.

— Pourquoi tu n'as rien fait ?

— Quoi, à M. Avery ? Je lui ai parlé, Tik. (Il se gratta la nuque.) Et je vais aussi en parler avec ta mère ce soir. Voir ce qu'elle en pense.

— Si elle pense que tu devrais le signaler au ministère ?

— Quelque chose comme ça, concéda-t-il.

— Et les Van Apfel ?

— Est-ce que je devrais les signaler également ? fit papa, accompagnant sa plaisanterie d'un sourire triste.

— Non ! m'exclamai-je avec innocence. Pourquoi tu n'as pas révélé à M. Van Apfel que le moteur était froid ?

Pendant un court instant, papa parut perdre de son assurance.

— Je l'ignore, ma championne. J'ai peut-être fait une erreur, reconnut-il, tripotant ses clés de voiture.

— Une erreur ?

J'étais abasourdie.

— En réalité, Tik, je craignais de compliquer les choses. Ce n'est pas toujours facile de deviner quelles vont être les réactions des Van Apfel par rapport à leurs filles.

D'après Ruth, la voix du Seigneur ne parvint que tard dans la nuit aux oreilles de M. Van Apfel. Juste après, c'est en personne que M. Van Apfel rendit visite à Cordie, en train de prendre un bain. Là, il lui tint la tête sous l'eau mousseuse pour la purifier de ses péchés. Le péché du maillot. Le péché du somnambulisme. (Le péché du moteur froid d'une petite voiture rouge.) Il veilla à ne pas mouiller le plâtre de son bras, lequel, enveloppé dans son sac en plastique, se redressa tel un périscope, pendant que le reste de son corps était submergé et lavé de ses fautes. Un baptême de sels de bain et de bulles de mousse.

Quand Mme Van Apfel passa devant la salle de bains pour ranger du linge propre, elle dut se demander ce qu'y faisait son mari alors que sa fille de treize ans prenait son bain. Il lui suffit de l'entendre parler en langues pour comprendre : M. Van Apfel accomplissait l'œuvre du Seigneur ; il bâtissait un temple en l'honneur de Jésus dans leur propre demeure.

13

Le week-end suivant la soirée pyjama de Hayley, j'étais dans le jardin avec maman et je foulais l'herbe humide et luxuriante en touchant les frondes des fougères, des palmes, des feuilles de camélia à l'aspect plastifié. Les plantes luisaient comme si la chaleur intense les poussait à s'épanouir davantage. Notre jardin me parut sauvage, étrange, isolé.

Maman en faisait le tour et disposait des petits tas de je-ne-sais-quoi au sol. Je la suivais pour lui tenir compagnie.

— C'est quoi, ce truc ? m'enquis-je. Ça sent encore plus mauvais que la rivière…

Je regardai les grains glisser entre ses doigts. Un monticule était en train de se former à ses pieds.

— Du sang et des os, m'expliqua maman en tendant le bras derrière elle pour prendre une autre poignée dans le pot. C'est bon pour le jardin.

— Dans ce cas, je te laisse le faire toute seule.

— Merci, c'est très généreux de ta part.

Je reniflai et me bouchai le nez.

— Pouah ! Ça a vraiment la même odeur que la rivière. Tu ne trouves pas ?

Maman chercha sa pelle des yeux et répondit sans me faire face.

— Ah bon ? Tikka-Likka, tu peux me passer ça ? Non, là, près de toi. Voilà, merci. C'est bizarre, je n'avais pas remarqué que la rivière sentait mauvais…

Je me baissai pour lire l'étiquette du pot, qui se décollait :

— « Nitrogène, calcium, phosphore… »

On aurait dit une formule magique. Dommage qu'on n'ait pas eu ça à la fête de Hayley Stinson – du sang et des os auraient fait sortir les fantômes.

— Ah, je comprends, poursuivis-je. Ils disent qu'il y a des arêtes dedans. D'où l'odeur de poisson.

— C'est un bon engrais, assura maman.

Je reniflai de nouveau le mélange, dubitative, et toussai sous le coup de l'odeur. Les yeux me piquèrent.

Je me réfugiai à l'ombre, m'accroupis sous le mimosa doré. Les fleurs fanées qui en tombaient ressemblaient à des boucles de cheveux brûlés.

— Tu as choisi un bon petit coin, commenta maman. Bien au frais.

Je transpirais déjà, même à l'ombre.

Au bout de quelques minutes, maman me rejoignit, les bras chargés de plantes grimpantes et de rameaux verts. Elle les jeta près de moi, puis retourna en couper d'autres. Elle fit plusieurs allers-retours comme cela, coupant les branchages et les transportant. Je torsadai un des feuillages, strié de grosses rayures comme une sucette. La brassée suivante était piquetée de fleurs. Des points couleur crème pareils au gras d'une côtelette.

— Comment ça s'appelle ?

— Des misères, me répondit maman.

Je remarquai une auréole de sueur sur le dos de son chemisier. Je pris des fleurs dans le tas, les alignai en une rangée puis, changeant d'avis, les disposai en un motif floral. Chaque fleur était une pyramide. Trois pédoncules. Trois minuscules pétales en forme de larme.

— C'est joli, me complimenta maman quand elle revint avec une nouvelle gerbe. Une fleur composée de fleurs. Ça me plaît, Tik.

— Comment ça s'appelle, déjà ? répétai-je.

J'en coinçai une derrière mon oreille. Mais elle était trop petite et mon oreille trop grande, si bien qu'elle disparut derrière le pavillon et tomba dans mon col.

— Des misères, ou des juifs errants si tu préfères. Une calamité. Ça colonise tout, et si on oublie un bout en la coupant, la plante repousse en entier.

Le sécateur de maman pendait d'une ficelle enroulée autour de son poignet, et le bec recourbé de l'outil venait frapper sa peau nue.

— Des juifs errants ! m'exclamai-je, stupéfaite.

C'était le nom qu'avait donné M. Van Apfel à Cordie le soir de la fête de Hayley, et j'avais cherché dans le dictionnaire. J'avais appris que le Juif errant avait insulté et peut-être même molesté Jésus sur son chemin de croix. (Dans le dico, ils n'étaient pas sûrs, puisque personne n'était là pour voir.) Quoi qu'il en soit, c'était impardonnable. Et son châtiment avait été d'errer sur la terre pour l'éternité – sans lieu de repos, sans destination.

J'avais frissonné en lisant cela. Puis j'avais rangé le dictionnaire à sa place, sur le buffet près de la table de la salle à manger. Je m'étais interrogée sur ce que Cordie avait bien pu faire de mal, et qui la poussait à marcher dans son sommeil.

Maman revint avec d'autres branchages, qu'elle balança sur le tas.

— J'ai un boulot pour toi, ma petite fleur, dit-elle en s'épongeant le front avec le dos de son gant. Est-ce que tu peux faire un saut chez les Van Apfel pour récupérer mon tuyau ? M. Van Apfel s'en est servi pour arroser les jardins de devant et de derrière en même temps.

C'était bien son genre, en effet…

— Pourquoi il n'a pas utilisé le sien et fait l'un après l'autre ?

— Je ne sais pas trop… Mais j'ai besoin du mien, alors tu peux aller le récupérer pour moi ? Je vais nous préparer un truc à grignoter en attendant.

Je me levai, fis quelques pas, puis ça me revint à l'esprit :

— Les Van Apfel ne seront pas là. C'est dimanche matin. Ils sont à l'église.

— Merde ! lança maman en faisant la grimace. Pardon… ce n'est pas très élégant de ma part. Peux-tu juste vérifier que le tuyau est bien chez eux, Tik ? Dehors ou dans le garage s'ils ne l'ont pas fermé à clé. Ça ne dérangera pas Carol. J'ai envie de terminer tout ça ce matin.

Elle montra les tas de branches coupées sur la pelouse.

— D'accord.

Je longeai la maison, traversai le jardin de devant et sortis dans le cul-de-sac.

Rien ne bougeait dans Macedon Close ce matin-là. Personne ne lavait sa voiture dans son allée. Aucun gosse ne courait sous les voûtes des arroseurs automatiques. Même les cacatoès, pâles et fantomatiques, s'envolèrent dès qu'ils m'aperçurent.

Les rideaux étaient ouverts chez les Van Apfel. Un vase de lys était posé sur une table devant la fenêtre. Le seul signe qu'ils étaient tous partis à l'office Lève-toi de l'autre côté de la vallée, c'était Madonna qui boudait sur le paillasson.

— Bon-joouur ? criai-je. Cordie ? T'es là ?

Madonna me décocha un regard méprisant.

Dans le jardin de devant, des trompettes des anges pendouillaient sur leurs tiges à côté des rangées de cannas charnus, orange vif, mais cela ne valait pas les nains de jardin de Mme McCausley. Ne voyant pas le tuyau de maman, j'allai jeter un coup d'œil à l'arrière.

L'air vibrait d'une chaleur sèche. La piscine était d'une immobilité perturbante, si ce n'est aux endroits où le soleil, se réverbérant à la surface de l'eau, la faisait miroiter et danser. Un bateau gonflable se cognait tristement aux marches du petit bain ; les membres de son équipage avaient tous subi le supplice de la planche.

Je cherchai le tuyau de maman autour des buissons, vers la véranda, et dans l'ombre, près de la clôture. Peine perdue. Je décidai que j'avais fait mon devoir.

J'avais parcouru la moitié de l'allée longeant la maison quand je me souvins que maman avait évoqué le garage. Je devais y jeter un coup d'œil s'il était ouvert – Carol ne se formaliserait pas. J'examinai avec méfiance la porte latérale, lourde et couleur marron délavé. Il y avait de fortes chances pour qu'elle soit ouverte, même si la porte principale à enroulement donnant sur l'avant de la maison était fermée, elle. Là n'était pas le problème. Le problème, c'était M. Van Apfel. Maman n'avait pas dit si cela le dérangerait, lui, et je ne voulais pas risquer d'être dans son collimateur, juste pour que maman puisse arroser ses plantes.

Je passai devant la porte sans tourner la poignée. Puis je m'immobilisai, songeant que je n'avais pas vu de serrure. Une porte qu'on ne pouvait verrouiller, donc. Eh bien, c'était parfait. Rien de plus normal dans une rue où les gens ne jugeaient pas utile d'avoir des barrières.

J'hésitai longtemps. La poignée, en métal, serait brûlante à force d'avoir été chauffée par le soleil. Une bonne raison pour ne pas y toucher. En plus du fait que je n'avais pas l'autorisation de M. Van Apfel de pénétrer dans son garage.

Je repris ma marche. J'étais presque arrivée dans la rue lorsque je pensai à Ruth. À la façon dont elle avait tenu tête à Jason Kenny le jour où il nous avait attaquées et s'était moqué d'elle. Ruth, que le Seigneur avait gratifiée de cette lèvre, ce qui l'avait obligée à apprendre à réfléchir vite pour survivre. (Du moins, c'est ce que disait son père.) Ruth, qui tapait les brutes à coups de sac à dos. Ruth, capable d'engloutir son casse-croûte avant même qu'on ait quitté Macedon Close et prête à mordre dans le vôtre ensuite.

Ruth n'aurait pas été vaincue par une porte de garage.

Je revins sur mes pas à une allure martiale. Je saisis la poignée brûlante et la tournai. La porte s'ouvrit facilement. J'entrai en trébuchant ; l'intérieur était plongé dans une obscurité totale.

Dès que mes yeux s'y furent accoutumés, je repérai un interrupteur à gauche du chambranle. La lumière clignota dans l'ampoule avant de s'intensifier et de baigner le garage d'une clarté d'un blanc bleuté. Bien sûr, la voiture des Van Apfel n'était pas là. Il ne restait que ses contours sur le sol, ainsi qu'une tache d'huile de la forme de l'Amérique du Nord sans les États du Sud. Des raquettes de tennis et des bicyclettes étaient appuyées sur les murs par ordre croissant de taille. Il y avait des lampions de Noël, des chutes de tapis, un berceau démantelé. Un volcan en papier mâché, post-éruption, mis au rebut. Dans un coin, un rocking-chair cassé était couché sur le côté. En face se dressait le congélateur où Mme Van Apfel stockait quartiers de viande et bâtonnets glacés, et où on envoyait Ruth chercher des trucs à manger. (En fait, je n'avais jamais mis les pieds dans ce garage. On retrouvait toujours les filles dans l'allée, avec nos vélos.)

Des tas d'outils étaient accrochés sur le mur du fond : marteaux, tenailles, scies, chacun pendu à un petit clou. M. Van Apfel avait installé un établi devant, à une distance suffisante du mur pour que tienne une personne. (De toute façon, un seul homme gérait la maisonnée Van Apfel.)

Je me faufilai derrière l'établi et me penchai pour voir si le tuyau de maman n'était pas par terre, par hasard. Je découvris des boîtes de clous et de vis, des rouleaux de ficelle, du chatterton. Et un panneau de photos des sœurs Van Apfel.

Des photos prises à différents stades de leur vie. Cheveux blonds, bras et jambes maigres, dents tombées. Posant ou au naturel. Trois filles figées dans l'instant.

À bicyclette. En train de souffler sur des bougies. De gagner un prix. L'une ne montrait qu'une bretelle spaghetti sur un dos nu et une mèche toute fine.

Je regardai de plus près.

Une photo montrait une fille – Cordie ? – qui se balançait sur une barrière. Sur d'autres, elle agitait la main. Dormait sur la banquette arrière d'une voiture. Boudait. Caressait le chat. Pinçait quelqu'un – probablement une de ses sœurs, mais le personnage était flou. Au moins cinquante photos étaient punaisées ainsi sur le panneau en contre-plaqué sous l'établi. Pourquoi M. Van Apfel les cachait-il là ? Et surtout… pourquoi ne gardait-il que des photos de Cordie ?

Je compris que le panneau était un autel en l'honneur de Cordie. Très bien. J'en avais vu assez. Plus qu'assez, plus que je n'aurais voulu en voir. J'ai éteint la lumière, fermé la porte du garage, et j'ai couru sans m'arrêter jusqu'à la maison.

— Tu n'as pas trouvé mon tuyau ? me lança maman. Tant pis, j'y ferai un saut plus tard.

14

— Tu penses toujours qu'on a fait ce qu'il fallait ? ai-je demandé à Laura.

— En tout cas, tu ne fais pas ce qu'il faut en ce moment, a-t-elle répliqué en désignant les mugs de thé noir posés devant la théière.

Nous étions chez nos parents, dans la cuisine. J'étais rentrée en Australie depuis deux semaines, et Laura se sentait encore obligée de m'indiquer comment préparer le thé.

— Le lait d'abord, sinon il chauffe de manière inégale.

On ne sait jamais, j'ignorais peut-être la dénaturation des protéines du petit-lait. Comme si je ne passais pas la moitié de ma vie dans un labo.

— Oui, c'est vrai, ai-je acquiescé.

Quelle importance qu'elle décide de tout ? J'ai renversé le thé dans l'évier, où il a coulé vers la bonde en tourbillonnant. J'ai sorti le lait du frigo, puis je me suis tournée vers ma sœur.

— Vraiment, Lor ? Tu penses toujours qu'on a bien fait de ne révéler à personne le projet de fugue de Hannah et Cordie ? Tu ne te dis jamais qu'on s'est trompées ?

Ce n'était pas la première fois, tant s'en fallait, que nous avions cette conversation. En revanche, ça l'était depuis mon retour. J'étais invariablement celle qui mettait le sujet sur le tapis, et ma sœur celle qui concluait. Et on se sentait toujours mal après.

— Ça n'aurait fait aucune différence si on l'avait dit, a-t-elle assuré avec impatience. Tu connais le dénouement, Tik : elles ne rentreront pas. Rien de ce qu'on a fait ou pas fait n'y aurait changé quoi que ce soit.

— Comment le sais-tu ?

— Et toi, comment sais-tu que ça aurait changé le dénouement ?

— La police aurait dû avoir tous les faits portés à sa connaissance.

— Ça n'aurait pas ramené les filles.

Un paquet de petits gâteaux était posé sur la table. La lumière de l'été se déversait par la fenêtre.

— Et Ruth ?

— On n'était pas au courant qu'elle les accompagnerait, a déclaré sèchement Laura. Tu n'as pas à te sentir coupable.

À cet égard, le baromètre de ma sœur avait deux ans de plus que le mien, deux années d'expérience. Elle avait raison et tort à la fois. J'étais responsable et pas coupable. J'étais les deux. Je n'étais ni l'un l'autre. Comme la vallée : une réalité et un vide.

J'ai préparé le thé de Laura en suivant ses consignes, puis, discrètement, j'ai versé l'eau chaude dans mon mug avant le lait – un acte de rébellion, oui ! J'ai posé les deux tasses sur la table.

— Le sentiment de culpabilité du survivant ? C'est ça ? a-t-elle enchaîné, satisfaite de son diagnostic. Tu te sens coupable de ne pas avoir disparu ? Il a pu leur arriver n'importe quoi, cette nuit-là, Tik. Et il leur est arrivé quelque chose, en effet, mais ce n'est pas ta faute.

Tandis qu'elle parlait, je l'imaginais en train de parcourir les salles de son hôpital, de maintenir les agonisants en vie. Quand ma sœur était de garde, personne n'osait passer l'arme à gauche.

— On n'aurait rien pu faire, a-t-elle répété.

— Bien sûr que si, on aurait pu. On aurait pu raconter tout ce qu'on savait à la police. Expliquer que Hannah et Cordie avaient planifié leur fuite. Parler de la violence de M. Van Apfel à leur égard. Mentionner M. Avery, sa façon de regarder Cordie et d'apparaître systématiquement là où elle était. Nous aurions dû dire tout ça à la police. En premier lieu, nous n'aurions jamais dû les aider à s'enfuir. Nous n'aurions pas dû les encourager. Ni leur donner des vivres…

— Je ne leur ai rien filé, m'a interrompue ma sœur.

— D'accord, mais tu comprends ce que je veux dire. On a essayé de les aider. On a eu tort de parler du projet comme si c'était une bonne idée…

— Tort de leur adresser la parole, peut-être ? En fait, on n'aurait jamais dû être leurs amies, c'est ça, Tik ? Tu aurais l'impression d'être innocentée ? Parce que c'est de ça qu'il s'agit, non ?

— Ne sois pas idiote.

Le thé infusait dans nos mugs. Dans le mien, le lait s'était désagrégé quand je l'avais ajouté à l'eau bouillante et, à présent, des taches blanches tournoyaient à la surface comme des flotteurs. Ma sœur avait sans doute raison pour le thé. Pour le thé et pour tout.

— Tu vas le boire ou quoi ?

Elle m'a posé la question d'un ton plus doux, la tête légèrement inclinée, comme si elle s'adressait à un enfant.

J'ai fait une grimace en portant la tasse à mes lèvres, et il m'a semblé sentir les caillots de lait dans ma gorge.

— Honnêtement, Tik, a enchaîné Laura, tout ça nous dépassait complètement. Même les unités de police spécialisées dans les disparitions n'ont pas réussi à trouver où elles étaient allées. (Elle essuya du doigt une goutte qui coulait sur un côté de son mug.) De toute façon, ils espéraient quoi, de notre part ? Nous n'étions que des gamines…

Puis Laura a changé de sujet :

— Maman m'a dit qu'ils t'avaient avancé l'argent du billet d'avion. T'es fauchée ?

— Non.

— T'as besoin d'un prêt ?

— Non, ai-je répondu, remuant sur ma chaise, mal à l'aise.

— Oh, Tikka… Tu as encore démissionné, c'est ça ?

— Pas du tout.

J'ai enchaîné sur la proposition de promotion que j'avais supprimée de ma boîte de réception avant mon départ. Sur les propositions de conférences qui m'étaient faites, les symposiums de recherche… J'avais tout envoyé à la poubelle.

— Ce nouveau boulot ne m'aurait menée à rien, ai-je menti.

— Qu'est-ce que tu comptes faire alors ? Tu aimes travailler dans ce labo ?

— Il y a pire.

— La plus douée, c'était toi, Tik. Tu aurais pu faire n'importe quoi.

— Tu parles comme les parents.

— Les parents affirmaient que c'était toi la plus douée.

— Quoi ? Mais non… Mon Dieu, quel esprit de compétition tu as !

Laura a avalé une gorgée de thé.

— Tout est toujours possible pour toi, tu sais. Tu as tout le temps.

Contrairement à moi, s'est-elle gardée de préciser.

Une rafale s'est engouffrée par la fenêtre de la cuisine et j'ai entendu claquer les stores vénitiens dans le salon. Le Southerly[1] soufflait toujours à cette époque de l'année. J'étais étonnée de me souvenir d'autant de choses. C'est dingue, tout ce que nous gardons en mémoire !

J'ai interrogé ma sœur avec circonspection :

— Est-ce que, parfois, tu te demandes si elles ont réussi ? En d'autres termes, si elles ont survécu.

Le regard qu'elle m'a décoché était éloquent : elle en avait marre ; il me faudrait poser ce genre de questions à mon psy.

— Tikka, tu m'épuises.

— N'empêche… Est-ce que l'idée de chercher Hannah te passe quelquefois par la tête ?

Moi, je n'arrêtais pas de voir Cordie. Comme l'autre jour, dans le taxi sur North Avenue. J'avais été persuadée que c'était elle jusqu'au moment où je m'étais retrouvée en face de l'inconnue sur le quai du métro.

1. Vent du sud froid et humide, toujours précédé d'une accalmie.

La réponse de ma sœur m'a surprise :

— J'ai fait paraître des petites annonces dans le *Herald*. Mais c'était des années après, et ça n'a mené nulle part.

— Non ?

— J'ai procédé finement, pourtant. Des trucs idiots que seule Hannah pouvait comprendre.

— Par exemple ?

Laura a réfléchi une minute.

— Par exemple : « Cherche une partenaire de danse rousse, capable de *voguer*[1] mieux que la Vierge Marie. Merci d'envoyer une photo. »

J'ai éclaté de rire.

— Madonna ! C'était Madonna (en l'occurrence la chatte des Van Apfel, à laquelle je n'avais pas pensé depuis des lustres). On t'a répondu ?

— Hannah, non. Des tas de cinglés si, par contre.

— Quoi d'autre ?

Un sourire narquois s'est dessiné sur les lèvres de ma sœur.

— « Billets à vendre (2). Match de boxe. Le Corbeau contre la Souris, 8 rounds. Poids super-moyens. Qui sera le vainqueur à plate culotte ? Prière donner adresse pour livraison. »

— Très drôle, ai-je grogné.

— Tu te rappelles quand tu croyais que ça se disait comme ça ?

— Comme si tu m'avais permis de l'oublier…

— Et la façon dont Jade Heddingly disait « dremander » ?

— Et Ruth qui prononçait son prénom « Rouf ».

1. Référence à une danse urbaine née dans les années 1970 dans les clubs gays et à la chanson « Vogue » de Madonna.

Le souvenir de Ruth m'a précipitée derechef dans la spirale de la culpabilité. Nous avons gardé le silence un moment. Puis je l'ai rompu :

— Tu te rappelles quand Ruth a essayé de me noyer dans la piscine ?

Laura m'a lancé un regard vide.

— Tu te rappelles ? ai-je insisté.

Apparemment, non.

— Mais si… La fois où on est restées pour la séance de lecture biblique ? Lorsque M. Van Apfel a… tu sais, quand il a frappé Ruth ?

Ce jour-là, nous avions nagé dans la piscine juste avant. Toutes les cinq. Nous avions imaginé des mouvements de natation synchronisée, chacune essayant de retenir sa respiration plus longtemps que l'autre. Toutes sauf Cordie, laquelle, bien qu'immergée, était arrimée à la terre ferme. Son bras plâtré posé sur le bord, elle battait paresseusement des jambes. Cordie était censée arbitrer notre concours de poiriers, mais elle ne regardait même pas du bon côté.

« Tikka a triché, avait geint Ruth dès que j'avais refait surface à la fin de mon tour, clignant des yeux, les cils perlés d'eau. Tikka a triché ! Je l'ai vue. »

Personne ne lui avait prêté attention.

Alors que je reprenais mon souffle, toujours éblouie par la lumière laiteuse, Ruth m'avait enfoncé la tête sous l'eau. Elle m'avait tirée par les cheveux, une main agrippée à ma queue-de-cheval, l'autre plaquée sur ma figure.

Le souvenir du ciel bleu au-dessus de moi était resté indélébile. Chatoyant entre les doigts de Ruth. Un ciel bleu dans mes yeux, mes oreilles, mes poumons. Un ciel bleu et une eau bleutée. Comme les reflets irisés d'une mouche.

— En effet, a convenu ma sœur après que je lui eus remis ces détails en mémoire. Elle t'a maintenu la tête sous l'eau.

Laura a avalé avec difficulté la dernière gorgée de son thé, puis elle a rincé son mug dans l'évier avant d'ajouter :

— Elle t'en voulait beaucoup, je suppose.

— Elle croyait que j'avais triché, tu te souviens ? Tu as dû l'écarter de moi pour me ramener à la surface.

— Moi ? s'étonna-t-elle.

Du coude, elle a refermé le robinet et a secoué les gouttes du mug dans l'évier.

— Quoi, tu ne te rappelles pas que tu m'as sauvée ?!

Les commissures de ses lèvres se sont abaissées tandis qu'elle réfléchissait :

— Non.

— Eh bien, tu l'as fait.

Laura avait repoussé Ruth avec force coups de pied, puis m'avait maintenu le menton hors de l'eau jusqu'au bord de la piscine. Après quoi, elle avait agoni Ruth d'injures : « On ne maintient pas la tête de quelqu'un sous l'eau ! Qu'est-ce que tu as dans le crâne, imbécile ? Tu aurais pu la noyer ! »

Ruth, indignée, s'était éloignée, puis avait crié à l'adresse de Laura : « Elle a triché ! C'est un péché ! »

Dans la cuisine, Laura a posé son mug à l'envers sur le séchoir et s'est tournée vers moi. La journée radieuse se profilait par la fenêtre, derrière elle.

— Ce n'était pas ta faute, Tik. Ce qui est arrivé à Hannah et à Cordie. Et pour Ruth non plus, ce n'était pas ta faute.

— Tu as raison, ai-je admis.

Et sur le moment, je l'ai crue.

— Évidemment que j'ai raison. Cesse donc de te fustiger et de penser que tu es responsable. Tu n'as pas cette importance, a-t-elle conclu, pince-sans-rire.

La tendresse de sa voix m'a prise tellement au dépourvu que mes yeux se sont embués. Vingt ans s'étaient écoulés, mais je continuais de rentrer à la maison pour que ma sœur me maintienne le menton hors de l'eau.

15

Mon sketch virait à la catastrophe suprême (« suprême », adjectif issu de la liste de vocabulaire de la semaine). D'abord, il y avait tous les problèmes attendus, liés à la rédaction et à la mise en scène d'une pièce de théâtre : manque de coopération des acteurs, manque de mémorisation des textes, manque de disponibilité de la star… Il y eut en fait tellement de « manques » au cours des deux semaines de répétitions que la liste était désespérante.

Je pensais qu'écrire une pièce inspirée d'une véritable histoire – celle d'Azaria Chamberlain, donc – serait facile. Du coup, je regardais les nouvelles télévisées tous les soirs, tandis que papa feuilletait son journal, que maman ordonnait à Laura d'ôter ses pieds du canapé et que les affrontements dans la salle d'audience étaient retransmis sur le petit écran. Assise, crayon et feuille de papier en main, je notais tout au fur et à mesure.

Quatre ans s'étaient écoulés depuis que Lindy Chamberlain avait été innocentée du meurtre de son bébé, Azaria, et que sa condamnation avait été annulée. À présent, la famille évoluait dans le terrain miné des dédommagements.

— C'est quoi, un coroner ? demandai-je à papa.

Je n'avais pas prévu de mettre ce personnage dans ma pièce.

— Une personne chargée de déterminer les causes du décès d'une victime. Dans ce cas précis, le coroner examine toutes les preuves afin de comprendre comment Azaria Chamberlain est morte.

— Quoi, on ne le sait toujours pas ?!

À mes yeux, la découverte des vêtements du bébé près de la tanière du dingo fournissait une preuve irréfutable.

— Il y a eu deux enquêtes judiciaires, Tik, mais c'était avant qu'on ne trouve la brassière du bébé. Une nouvelle preuve. Depuis, beaucoup de choses ont changé.

— Comme la libération de prison de Lindy Chamberlain ?

— Tout à fait. Elle a été relâchée et graciée. En revanche, le ministère public n'a pas encore assez d'éléments pour déterminer qui ou quoi est responsable de la mort du bébé. Ça reste un mystère.

Heureusement que je n'avais pas à inclure toutes ces enquêtes dans mon sketch. L'essentiel serait la nuit de la disparition du bébé et son enlèvement par le dingo.

J'étais sûre que cette histoire produirait l'effet recherché. Chez nous, tout le monde était scotché à la télé dès qu'ils en parlaient aux nouvelles. Si je voulais donner à Hannah et Cordie le maximum de chances de se tailler, y avait-il une meilleure affaire à mettre en scène ? Je savais que le sujet était controversé – d'où son intérêt, d'ailleurs. Je tenais à créer une véritable diversion.

J'avais dû modifier quelque peu les faits : la victime avait neuf ans, et non neuf semaines. (Je ne connaissais personne qui avait un aussi petit bébé et, même si j'en avais connu une, elle ne me l'aurait sûrement pas prêté.) Je pensais donner le rôle à Melanie Firth, même s'il revenait à Cordie, laquelle avait le charisme nécessaire. Sans compter qu'elle pourrait prendre la fuite au moment de sa disparition dans la pièce sans éveiller le moindre soupçon, puisque le public ne s'attendrait pas à ce qu'elle réapparaisse.

Le problème, c'est qu'on ne voyait jamais Cordie. Ces derniers temps, elle venait très rarement en classe, pour cause de maladie. Elle avait été absente tellement de jours que c'était devenu compliqué de lui confier le rôle principal. Elle n'avait participé à aucune répétition, ne savait même pas que j'en organisais ; les autres acteurs s'étaient déjà pointés trois fois pour rien, à la récréation.

On avait décidé que Carly Sawtell serait le dingo – on comptait sur un super costume. Sharrin Helpman et Jodi McNally jouaient les officiers de police, tandis que je lisais à haute voix le texte de la maman de la victime. En fait, je lisais celui de tous les protagonistes parce qu'aucun acteur ne s'était donné la peine d'apprendre le sien. Même Melanie, qui suivait pourtant des cours d'art dramatique ; elle aurait pu faire preuve de davantage de professionnalisme.

Éliminer Cordie de ma pièce m'embêtait. Bien qu'elle ne sache pas qu'elle en faisait partie. C'était pénible de pousser sous mon lit son exemplaire du scénario avec les passages soulignés en rose qu'elle n'apprendrait jamais. Mais je la voyais très peu depuis la soirée pyjama de Hayley et, quand ça m'arrivait, elle complotait avec Hannah et Laura. Cherchant surtout à nous exclure, Ruth et moi.

Elles tenaient tellement à nous cacher leur projet de fugue qu'on n'avait pas eu l'occasion de leur faire comprendre qu'on était au courant.

Enfin, jusqu'à la veille du spectacle de l'école. Là, on le leur a dit carrément. Sauf qu'on ne s'attendait pas à ce que M. Van Apfel surgisse sans crier gare.

Au début, Ruth et moi n'étions que toutes les deux. On rentrait de l'école, cartable lourd sur le dos, casquette vissée sur la tête. Le silence alentour était étrange pour ce moment de la journée. Les cigales grillaient lentement et sans bruit dans les arbres.

— Aujourd'hui, j'ai vu M. Avery devant la fontaine à eau, lâcha soudain Ruth.

De la transpiration apparut sous sa casquette de légionnaire et coula sur son visage. J'imaginai M. Avery devant la fontaine, sa barbe épaisse ruisselante.

— Il buvait ?

J'enlevai mon chapeau pour le mouiller avec ce qui restait d'eau dans ma gourde, de sorte que le coton devint d'un bleu plus foncé. Après l'avoir tordu une fois, je le remis sur ma tête, et des filets d'eau fraîche dégoulinèrent dans mes cheveux.

— Non, il était là. Voilà tout.

De grosses gouttes s'accrochèrent au bord de mon chapeau ; elles risquaient de tomber si je remuais la tête.

— Il voulait savoir pourquoi Cordie était absente aujourd'hui, poursuivit Ruth.

Je pris une brusque inspiration, et les perles d'eau dégringolèrent.

— Comment il le savait ?

— Ben… elle n'était pas dans sa classe. C'est son boulot, quand même, de savoir qui est présent et qui ne l'est pas.

Mes joues s'enflammèrent de honte : Ruth m'avait damé le pion. Il m'aurait suffi de réfléchir ne serait-ce qu'une seconde pour me rappeler que M. Avery, le professeur principal de Cordie, avait dû tracer une petite croix à côté de son nom sur la liste. Simplement, il se comportait toujours d'une manière suspecte.

— Et du coup, pourquoi Cordie était absente aujourd'hui ? Encore malade ?

— Elle fait semblant.

On continua de marcher en silence. Deux loris nous dépassèrent. Un éclair vert foncé.

— J'ai vu M. Avery à l'école l'autre jour aussi, reprit Ruth quand on bifurqua à l'angle de Macedon Close.

Elle parlait d'un ton méfiant, circonspect, comme si elle n'était pas sûre de vouloir me raconter la suite… Et moi aussi, j'étais soupçonneuse : il n'était pas question qu'une petite de CP se montre de nouveau plus futée que moi.

— Et alors ? ripostai-je. Il travaille là, tu sais.

En fait, Ruth essayait de me confier quelque chose.

— Il était avec Cordie. Devant ta salle de classe. Je les ai vus quand on faisait des fiches d'exercices dans la cour de récréation.

Ma salle de classe était située à l'écart des autres, tel un gosse mis au coin. En pénitence.

— Qu'est-ce qu'ils faisaient ?

— Sais pas. Ils parlaient. Cordie ne disait pas grand-chose, mais elle avait l'air de se moquer de lui.

Je les imaginai tous les deux, près du pilier en brique derrière notre salle de classe. Cordie s'y adossait, levait une jambe et appuyait le pied sur les briques. Cordie et M. Avery. À l'abri des regards.

— Tu as posé la question à Cordie ?

— Elle ne me répondrait pas. Ce n'est pas comme si elles nous avaient parlé de leur projet de fugue, vachement plus important.

Force m'était de reconnaître que Ruth avait raison, même si c'était vexant.

— Elles nous le diront quand elles seront prêtes, affirmai-je. Elles ne peuvent pas garder le secret pour toujours. Elles attendent juste le bon moment.

Ruth eut beau ne pas sembler convaincue, elle se tut. On traversa Macedon Close. Je l'accompagnai jusqu'à son allée et faisais demi-tour pour rentrer chez moi lorsqu'on entendit des voix s'élever du jardin.

Des voix familières. Complices. Qui nous excluaient une fois de plus. Ruth redressa les épaules et s'agrippa aux courroies de son cartable.

— Viens ! lança-t-elle, m'invitant au combat.

Je la suivis dans le passage ombragé qui longeait la maison. Lorsqu'on émergea dans le jardin, derrière, le soleil brillait, les jambes étaient nues, la piscine miroitait. L'Arcadie.

Hannah et Laura étaient allongées côte à côte, la tête sur leur sac d'école faisant office d'oreiller, les yeux clos en guise de protection contre le ciel incendié. La pelouse était jonchée d'emballages de glaces. Assise près d'elles, Cordie portait une robe courte en mousseline à carreaux. Une fleur de frangipanier piquée sans nul doute chez Mme McCausley était glissée derrière une de ses oreilles. Ses souris domestiques batifolaient dans l'herbe, entre ses jambes bronzées, écartées.

— Qu'est-ce que vous faites ? lança Ruth, annonçant notre présence d'une voix forte, accusatrice, chargée d'une fureur qui couvait depuis trop longtemps sous la surface. On ne savait pas que vous étiez ici ! Et vous avez mangé des glaces !

— Pas moi, objecta Cordie, levant les mains pour le prouver.

Mais l'honnêteté de Cordie n'intéressait pas Ruth. Après l'heure, c'était plus l'heure.

Ruth avait été ignorée et exclue. On l'avait infantilisée. Et la priver de glace était un péché. Elle fonça vers ses sœurs, son cartable ballottant sur son dos, sa natte cinglant comme une queue de scorpion. Sa cible était Cordie, mais, à la dernière minute, elle se rua sur Hannah et arracha son sac d'école de sous sa tête, laquelle s'écrasa sur l'herbe. Hannah se redressa en hurlant. Ruth l'ignora, brandit le sac, le secoua violemment avant de le renverser, de sorte que son contenu se déversa sur la pelouse.

— Une corde ! s'exclama Ruth, triomphante. Une lampe de poche ! Des vêtements chauds ! Je te l'ai dit, qu'elles allaient s'enfuir !

— Donne-moi ça…, vociféra Hannah.

Elle se mit debout et s'avança vers sa sœur.

— Donne-moi ça, répéta une voix beaucoup plus calme.

Ruth et moi pivotâmes, stupéfaites.

M. Van Apfel se releva de l'endroit où il était accroupi, près de la barrière de la piscine, en train de gratter le moisi des dalles avec ses mains gantées de caoutchouc rouge.

Nous ne l'avions pas vu. Pas plus que nous n'avions entendu le va-et-vient de sa brosse. Mais les grandes, elles, devaient être au courant de sa présence, puisqu'elles étaient là avant nous.

Le sang battit dans mes oreilles tandis qu'il traversait la pelouse dans un silence de mort. Il balançait une bouteille d'ammoniaque ouverte, qu'il tenait du bout des doigts et dont l'odeur soulevait le cœur

— Voici..., commença-t-il, le visage déformé par le dégoût comme s'il ne pouvait supporter de nous regarder. Voici comment vous me traitez ? C'est ça, selon vous, « honorer et obéir » à ses parents ?

Il avait retroussé ses manches, et la peau nue qui émergeait de ses gants en caoutchouc rouge était marbrée d'un rose agressif. Il agita son bras libre vers le sac d'école de Hannah. Vers les affaires éparpillées. La corde, la lampe de poche, les vêtements en laine polaire. Nous étions toutes les cinq pétrifiées sous le soleil. Chacune stoppée net dans l'attitude ou le geste précédant l'intervention de M. Van Apfel : Laura, couchée sur le dos et levant bizarrement la tête ; Hannah, tentant de saisir Ruth, Ruth se recroquevillant pour lui échapper. Cordie, les jambes étalées au soleil et tenant les souris dans ses mains en coupe.

Quant à moi, je restais plantée sur le côté, le cou mouillé par l'eau tiède qui s'égouttait de mon chapeau.

— Vous enfuir ? beugla-t-il. Vous voulez vous enfuir ?

Le mot parut insignifiant, faible.

Lui, en revanche, nous dominait de toute sa hauteur ; son ombre immense se projetait sur son gazon des Mascareignes et les racines du poivrier sauvage, telle une éclipse.

Van Apfel. De la pomme. De l'arbre de la connaissance. M. Van Apfel savait. Il était au courant du projet de fugue, et les forces de l'enfer n'allaient pas tarder à se déchaîner.

— Où comptiez-vous fuir ? reprit-il, si bas que c'en était encore plus inquiétant. À moins que vous n'y ayez pas encore réfléchi ? Franchement, vous pensiez aller où ?

Personne ne répondit pendant un moment. Puis :

— Je n'ai pas pensé, commença Hannah. Enfin, on ne voulait pas…

Il la coupa d'un geste. Ce qu'elle avait à dire ne l'intéressait pas. Il avait les yeux rivés sur Cordie, laquelle ne détachait pas les siens des souris. Elle les posa sur la pelouse.

— Tu ne me quitteras pas, la supplia-t-il soudain.

Cordie n'ouvrit pas la bouche. Soit par peur, soit faute de savoir quoi répondre. À moins qu'elle ne se fût pas rendu compte qu'il lui parlait puisqu'elle n'avait cessé de regarder ses souris.

— Tu ne me quitteras pas, répéta-il. Promets-le-moi. Promets que tu ne partiras pas.

Il avait l'air meurtri. Son ton était geignard. L'inflexion douloureuse qui s'était insinuée dans sa voix fut ce qui m'effraya le plus.

Les souris, cependant, rampaient en flairant l'herbe entre les jambes de Cordie. Elle leur avait appris à ne pas s'éloigner quand elle les laissait sortir de leur cage. Même pour des animaux apprivoisés, elles étaient d'une incroyable docilité. Peut-être est-ce cela qui déclencha la fureur de M. Van Apfel.

Que Cordie refuse de dire ce qu'il lui demandait. Qu'elle ait plus d'autorité sur ses souris que lui sur elle… Lorsque Cordie leva enfin les yeux vers son père, elle le vit renverser le contenu de la bouteille d'ammoniaque sur ses souris.

Elle hurla et, prenant appui sur ses mains, se propulsa en arrière. Des gouttes giclèrent sur ses jambes. Hannah et Ruth étaient hagardes, l'une bouche bée, l'autre bouche close. Des cris perçants jaillirent ensuite. Les souris aveuglées paniquèrent sous la lumière éblouissante. L'une s'immobilisa en l'espace de quelques secondes, son petit corps se rigidifia, ses pattes se tendirent. Tel un animal de manège.

— Non, non, non, non, gémit Cordie.

Elle ramassa les trois autres petites bêtes. Les serra contre sa poitrine. Tenta de les essuyer sur sa robe à carreaux, dont le tissu vira au rose.

Une pellicule luisante se forma au-dessus de la lèvre supérieure de M. Van Apfel, comme si le refus perpétuel de Cordie de satisfaire ses requêtes l'épuisait. Il remit la bouteille dans le bon sens.

— Cordelia, je m'occuperai de toi plus tard.

Ammoniaque et dégoût suintèrent de ses gants rouges.

— Elles sont mortes, lâcha Cordie, ignorant son père.

Elle ouvrit ses mains tremblantes. Les trois cadavres gisaient sur ses paumes.

— Il est temps que Laura et Tikka rentrent chez elles, reprit M. Van Apfel.

Sa voix avait retrouvé son timbre habituel et était d'un calme presque choquant. Il semblait vouloir dire qu'il n'était pas trop tard pour que nous commencions nos devoirs ou même pour regarder des dessins animés à la télé.

Je me demandai si les sœurs Van Apfel avaient envie de faire pareil. Rentrer chez soi et faire comme si rien ne s'était passé… Se convaincre que tous les parents étaient violents comme leur père et qu'aujourd'hui elles en avaient simplement eu marre.

Laura récupéra son cartable et jeta à Hannah un regard expressif qui voulait tout et rien dire. Je rejoignis ma sœur.

— Je vous accompagne, les filles, décréta M. Van Apfel. Je vais au garage de toute façon.

Personne ne prononça un mot. Il ramassa sa brosse sur les dalles, la garda dans la main qui tenait la bouteille. Laura et moi, on lui emboîta le pas.

Devant la porte coulissante du garage, il nous dit :

— Très bien… Je vous laisse ici.

On hocha la tête avant de remonter l'allée. C'est alors que la voiture marron de papa vira dans le cul-de-sac, à croire qu'il nous avait guettées.

— Papa ! m'écriai-je, lui faisant signe du bord du trottoir.

Les vitres étaient baissées, de sorte que le cadre métallique lui entourait le visage.

— Tikka-Likka, me lança-t-il gentiment tout en nous souriant à toutes les deux. Je vous emmène ?

On se glissa à l'arrière.

— Vous êtes bien silencieuses, qu'est-ce qui se passe ? plaisanta-t-il. Vous avez perdu votre langue ?

Laura posa sa main sur la mienne. *Je ne dirai rien*, articulai-je silencieusement en remuant les lèvres.

Elle secoua la tête, et je compris qu'elle n'essayait pas de me faire taire. Elle avait juste autant besoin que moi qu'on se tienne la main.

Papa desserrait le frein lorsque M. Van Apfel se profila en haut de l'allée. Il adressa un salut cordial à papa.

— Graham ! s'exclama-t-il.

Un sourire amical lui étira les lèvres. Laura et moi nous recroquevillâmes sur la banquette.

— Merci d'avoir accueilli les filles, dit papa en se penchant par la fenêtre. Je suppose qu'elles sortent de chez vous ?

Le sourire de M. Van Apfel s'élargit.

— Impossible de les surveiller, n'est-ce pas ? compatit-il. Vous verrez quand elles seront plus âgées.

Visiblement mal à l'aise, papa le salua d'une main et, tenant le volant de l'autre, descendit la pente, tandis que M. Van Apfel revenait sur ses pas, pareil au soleil couchant au terme d'une nouvelle journée bénie de Dieu.

Ni Lor ni moi n'évoquâmes l'incident. Sans doute avions-nous le sentiment que ne pas prononcer les mots à voix haute était un moyen d'oublier les horreurs qu'on avait vues. De les nier. On se garda donc d'ouvrir la bouche. Et nos parents restèrent dans l'ignorance.

Une famille de quatre souris aveugles. La nôtre.

16

Le jour du spectacle de l'école, le ciel était bleu et dégagé. Comme tous les autres jours à cette saison. Le vent avait soufflé dans la nuit, et les aiguilles étaient tombées des filaos. Elles jonchaient le sol, telles des entrailles marron indéchiffrables.

J'attendais Ruth devant le panneau *Macedon Close* de notre rue, dont les lettres se délavaient de plus en plus. Ruth n'allait pas tarder à se pointer, et elle me demanderait en quoi consistait mon goûter pour la récréation. Sauf qu'elle n'arriva pas, et Cordie non plus, même si je patientai plus longtemps que d'habitude. Puis M. Van Apfel sortit seul de chez lui, ce qui n'annonçait rien de bon.

Il portait des paquets jusqu'à sa voiture et les chargeait à l'arrière. Le break avait beau être garé capot en avant, il n'avait pas été rentré contre le mur du fond, de sorte que le coffre bleu débordait sur les dalles de l'allée à la manière d'une bedaine par-dessus une ceinture.

— Bonjour, Tikka !

Il s'adossa à la voiture, passa une cheville au-dessus de l'autre et croisa les bras avec assurance sur son torse. Une mer de bitume noir flottait entre nous.

— Tu attends mes deux filles ?

Je répondis par l'affirmative. Cordie et Ruth. (Si Cordie allait à l'école aujourd'hui, pour changer.)

— Je crains qu'elles ne se sentent pas bien malheureusement, m'expliqua-t-il. Elles vont rester à la maison avec Mme Van Apfel.

Il me fit signe d'approcher. Je parcourus la rue du regard : personne. Je n'avais d'autre choix que de m'exécuter…

— Vous avez quoi là-dedans ? demandai-je, méfiante.

Il avait rabattu la banquette et tout l'arrière était bourré. Des classeurs à anneaux et des brochures. Un carton rempli de journaux. Trois longs sacs noirs hermétiquement fermés avec une fermeture Éclair.

— Là-dedans ? Tu parles des sacs ?

M. Van Apfel rit et les tapota ; ils se dégonflèrent sous le poids de sa main.

— Ils appartiennent à Mme Van Apfel. Je vais déposer à l'école des vieux rideaux qu'elle donne pour le concert.

— Pour le spectacle ?

— C'est ça. Le spectacle. J'espère que tes parents seront là.

— Oui.

Je pensai à mon sketch. On avait beaucoup à faire à la répétition tout à l'heure.

— Eh bien, tes parents ont de la chance, Tikka ! s'exclama-t-il. Parce que Mme Van Apfel et moi, nous apportons des brochures à distribuer ce soir, des invitations pour le prochain office du Salut, au Centre du Renouveau de l'Espoir.

Attrapant un prospectus, il effleura les mots imprimés en relief sur la couverture. Un soleil d'or s'élevait du « u » de *Salut*. Le reste du carton était noir.

— D'accord, dis-je, hésitante.

J'en déduisis que les sœurs viendraient au spectacle, puisque M. et Mme Van Apfel y allaient. Ils n'auraient plus suffisamment confiance en elles pour les laisser seules à la maison.

— L'office du Salut aura lieu la semaine prochaine dans la salle de culte.

— D'accord.

— Tu penseras à le dire à tes parents, n'est-ce pas ?

— D'accord.

— L'office du Salut ! Tu as bien compris, Tikka ? Tu veux l'écrire pour ne pas oublier ?

Je lui assurai que ce n'était pas la peine. J'avais une bonne mémoire. Je n'oubliais jamais ce qui était important.

— Dans ce cas, bonne journée, Tikka. Ruth et Cordie retourneront en classe lundi.

— Et ce soir ? Est-ce qu'elles vont au spectacle avec vous ?

Je n'aurais pas dû poser la question. Je le sus dès qu'elle m'eut échappé. Laura me le disait bien, que je vendais toujours la mèche. (Sans doute était-ce la raison pour laquelle elles ne m'avaient pas révélé leur projet de fugue. Et aussi par pure méchanceté.)

M. Van Apfel ne cilla pas.

— Elles seront là, Tikka. Elles doivent se repentir. Elles distribueront des prospectus à ma place durant le spectacle.

Il sourit avant de se retourner pour ranger ses brochures, sifflotant avec satisfaction.

Était-ce parce qu'il venait d'évoquer l'incident de la veille ? Les souris, l'ammoniaque, le projet de fugue ?

Je me dirigeai vers la partie haute de l'allée. J'irais à l'école toute seule, ce jour-là.

— Ce soir, au spectacle, elles prendront le large ! cria-t-il dans mon dos.

L'espace d'une seconde épouvantable, je crus qu'il parlait de ses filles. Je pivotai.

— Les brochures, précisa-t-il en en brandissant une. Les brochures prendront le large.

— Oui, oui, l'office du Salut ! C'est bien compris, monsieur Van Apfel.

Il eut un hochement de tête approbateur tandis que je traversais la rue.

Une répétition générale du spectacle était prévue dans la matinée. On paya le ticket de 2 dollars pour le trajet en car jusqu'au fond de la vallée. Assise derrière Melanie Firth, je regardais sa queue-de-cheval qui ballottait. Plus on approchait de la rivière, plus la route devenait cahoteuse. J'avais fabriqué un décor pour mon sketch en découpant des cartons récupérés dans le bac de recyclage de Mme McCausley. L'arbre était censé symboliser le bush australien où se déroulait ma tragédie ; je l'avais peint en vert citron et y avais collé des feuilles de papier crépon. On aurait dit de l'algue… Et le mot *Tupperware* s'obstinait à flotter à la surface, telle une dépouille dans une rivière.

— Tu vas à une réunion Tupperware, Tikka ?

Jason Kenny ricana en passant devant moi dans l'allée centrale pour gagner les sièges arrière. Il faisait partie d'une bande de garçons qui se poussaient, se bousculaient et essayaient de se faire tomber. Je serrai mon décor plus fort contre moi.

— C'est pour mon sketch, lançai-je dans le dos de Jason, sans savoir pourquoi je me donnais la peine de répondre.

Je regardai par la vitre. Au pied de la pente, la route s'étirait toute droite, et l'amphithéâtre se dressait au loin : la dalle de la scène, les gradins. Notre car s'arrêta devant l'arcade gothique. On aurait dit une épave rejetée par la marée. Sa vue suffit à me faire frissonner.

Pour une fois, le vent soufflait du bon côté et renvoyait l'odeur de la mangrove là d'où elle venait. C'était marée haute, les vagues avaient pratiquement englouti le rivage. L'eau menaçait par endroits de déborder dans l'herbe ; elle léchait la lisière du terrain de sport. Ce qui n'empêcha pas les garçons d'y foncer avec leur ballon.

Alors que je traversais le parking vers la scène, Melanie Firth et ses trois copines me bloquèrent le passage, formant un rang.

— Aidez-moi, d'accord ? leur dis-je en poussant mon arbre en carton vers elles.

Six yeux se levèrent lentement vers le ciel. Quatre bras s'enchaînèrent les uns aux autres.

— On n'est pas ici pour ça, répondit Melanie.

Elle se tenait au milieu, de sorte que ses bras étaient glissés sous les coudes de ses deux amies. Ses mains pâles, lisses et fines se posèrent plus haut sur son ventre.

— Alors pourquoi vous êtes là ?

— Un bruit court. Et on veut que tu nous dises si c'est vrai.

— Comment je le saurais ?

Je pris mon arbre et me dirigeai du côté de la scène.

— C'est à propos de ta copine, Cordelia Van Apfel…

Est-ce que j'avais entendu dire que Cordie ne s'était pas cassé le bras en tombant de l'arbre ? Mais qu'elle avait sauté – que c'était intentionnel ? Trent Rainer, qui taillait les haies du jardin voisin, l'avait vue sauter. Il avait vu comment elle était tombée. Et même qu'elle avait essayé d'atterrir sur son ventre.

— Non, objectai-je. Elle est tombée sur son bras. C'est comme ça qu'elle l'a cassé.

— Elle n'a tendu le bras qu'à la dernière seconde, répliqua Melanie. Trent dit qu'elle voulait tomber à plat ventre.

— Je n'en ai pas entendu parler.

— T'es sûre ?

Un vilain sourire aux lèvres, elle m'accorda quelques secondes de réflexion.

— Pourquoi tu me demandes, de toute façon ? répliquai-je. S'il y a un témoin et tout et tout.

Je l'injuriai tout bas. Elle m'entendit et ricana :

— Va crever en enfer, répéta-t-elle.

— M. Avery certifie que l'enfer n'existe pas, intervint Carly Sawtell.

Debout à côté de Melanie, elle se gratta l'arrière du mollet avec l'autre pied, chancela et faillit rompre la chaîne.

— Il a dit ça quand ?

— À l'entraînement de softball.

— N'importe quoi !

— Si, c'est vrai, il l'a dit.

— Et quel rapport avec le softball ?

Carly Sawtell ne voyait pas le rapport. À ce moment-là, elle se trouvait loin de M. Avery, hors d'écoute de son blasphème.

— Alors, Tikka, tu le sais ou pas ? s'entêta Melanie en trépignant.

La fille à sa gauche l'imita, Carly Sawtell aussi, et toutes les trois tapèrent du pied comme si c'était contagieux.

Je cherchai du regard un professeur sur le terrain de sport.

Peine perdue. Après notre arrivée, un autre autocar s'était arrêté devant l'arcade et tout un tas d'enfants avaient envahi le parc, le bleu de leurs uniformes supplantant le brun du gazon desséché. Aucun prof à l'horizon.

— J'sais pas, lâchai-je d'un ton morose. Personne ne m'a rien dit. T'as qu'à poser la question à Cordie directement.

— Je vais peut-être le faire, oui, répondit Melanie avec condescendance. Mais toi aussi, tu devrais lui demander pourquoi elle a voulu faire une chose pareille.

On nous renvoya prématurément à l'école, et la répétition générale nous passa sous le nez. Tout ça à cause des garçons de CM2, qui avaient essayé de faire un feu de camp avec un briquet Bic et du papier stencil. Quand on les arrêta, un îlot d'herbe avait déjà carbonisé.

— Vous n'avez pas encore vu notre sketch, signalai-je à Mlle Elith en montant dans le car.

Mlle Elith le savait, merci, Tikka. En plus, elle était mécontente. L'idée qu'on monte sur scène à froid lui déplaisait.

— Je pense qu'il va faire chaud, mademoiselle, lui assurai-je. Il fait une chaleur torride aujourd'hui.

L'air était tellement sec qu'on avait l'impression qu'il risquait de s'enflammer.

Mais Mlle Elith était fâchée en raison de l'annulation de la répétition. Et puis le feu, elle en avait beaucoup trop entendu parler aujourd'hui…

On rentra donc à l'école. Dans la classe, Mme Laguna baissa les stores, mit les ventilateurs en marche et nous annonça qu'on pouvait lire calmement, dessiner calmement, ou travailler calmement avec les réglettes Cuisenaire. Le calme semblait être le mot-clé. La perspective du spectacle de la soirée nous excitait trop pour qu'on puisse travailler, affirmait-elle.

— Je peux vous aider à quelque chose, madame Laguna ? lui demandai-je en m'approchant de son bureau.

Elle soupira comme si elle s'était attendue à la question.

— Suis-moi.

Cet après-midi-là, Mme Laguna n'avait qu'une seule tâche à confier à une élève raisonnable : mettre de l'ordre dans la réserve où on gardait nos fournitures artistiques.

Coincé derrière le tableau noir de notre salle de classe, ce cagibi donnait sur la barrière de l'école. Je fus contente de m'y asseoir pour empiler pots de peinture, pinceaux et tubes, bref me rendre utile. Chacun des six casiers creusés dans le mur contenait tout un fouillis à ranger. Je disposai les peintures par couleur et triai les coupons de tissus pelucheux en fonction de leur taille et de leur forme. De vieux cartons de plats chinois à emporter débordaient de bouts de papier ; des pots de colle Perkins suintaient. Je trouvai même une boîte de romarin, datant du jour de l'Armistice, le mois précédent. Chaque petite branche était enfilée à une épingle destinée à être accrochée à notre uniforme. Mais les branches étaient toutes ratatinées et marron ; les feuilles ressemblaient à des griffes d'oiseaux morts pointées en l'air.

J'entrepris de séparer les bâtonnets de glaces des goupillons et de les attacher avec des élastiques, mais cela finit par m'ennuyer. Je transpirais. J'avais des crampes dans les jambes.

Je me levai et m'étirai. C'est alors que je dénichai un gros paquet de pâtes derrière la poubelle. On s'en était servis au premier trimestre pour former des motifs en les collant sur du papier. Il en restait des centaines. De toutes sortes, des macaronis, des papillons, des coquillettes, des agnolottis, des spirales – complètement desséchées et sentant la poussière. Certaines, teintes avec du colorant alimentaire, étaient d'un bleu ou d'un vert très foncés, d'autres d'un jaune ou d'un rouge criards. Je m'allongeai à plat ventre et fouillai dans la boîte, d'où les pâtes glissaient entre mes doigts comme autant de bijoux en Bakélite. Je les sélectionnai, les empilai sur la moquette. Tubes bleus, spirales rouges, papillons verts. Je classai les coquillettes en deux tailles, constituai une rangée de spaghettis. Je fourrai une pâte dans ma bouche : très fade, elle s'émietta entre mes molaires. Puis j'entendis Mme Laguna annoncer aux élèves qu'ils avaient dix minutes pour débarrasser leurs pupitres. Moi, je devais ranger mon bazar.

Cependant, au lieu de remettre les pâtes dans leur boîte, je restai à même le sol et cassai les monticules de couleurs et de formes. Ensuite, j'alignai les tubes bleus pour créer un ciel, les spirales rouges pour former une route – Blaxland Road, cette longue artère qui traversait notre quartier –, plantant des papillons verts de part et d'autre. Les pâtes jaunes représentaient les maisons et les magasins. Je construisis Blaxland Road en entier, avec certaines de ses ramifications, puis m'attaquai à Macedon Close. Ici, la maison de Mme McCausley et celle des Van Apfel, postées en sentinelles, une à chaque coin ; la nôtre, plus bas, adossée au bush.

J'avais presque terminé notre côté du versant lorsque je distinguai une minuscule patte noire à l'intérieur de la boîte de pâtes. À moins que ce ne fût un museau ? Aussi droit qu'une allumette, dont le bout se dilatait comme une sorte de trompe. Et soudain, je vis de plus en plus de trompes ainsi que des pattes qui rampaient, se bousculaient, dérapaient. Le récipient grouillait de charançons ! Quand j'avais découvert la boîte, ils étaient dans la crasse et l'obscurité.

Horrifiée, je les regardai grimper n'importe comment les uns sur les autres. Je retirai vivement ma main et la secouai pour me débarrasser des germes. M'essuyai frénétiquement les doigts sur ma tunique. Je n'avais jamais vu quelque chose d'aussi répugnant…

Mme Laguna fut fâchée quand je lui racontai ma trouvaille, et encore plus quand elle découvrit la maquette de mon quartier sur la moquette.

— Tu devais mettre de l'ordre, Tikka ! Non rajouter du désordre !

Elle balaya ma construction d'un coup de semelle avec la violence d'une catastrophe naturelle. Je l'aidai à remettre les pâtes dans la boîte et nous la fermâmes hermétiquement pour les agents d'entretien. N'empêche que j'eus la chair de poule pendant tout le trajet jusqu'à la maison, interminable sans Ruth.

Le soir – soir du spectacle donc –, nous fûmes plongés dans une fournaise exceptionnelle. Comme si le thermomètre était à son maximum. Lorsque nous sortîmes de la maison pour nous diriger vers la voiture, on aurait dit que le ciel flambait sous l'effet de l'ultime chaleur qui accompagne le coucher du soleil. J'avais la boule au ventre, sans savoir à quoi l'attribuer – le trac ou l'abus de pizza à l'ananas. Papa recula dans l'allée, et il me sembla que nous foncions vers le soleil. De l'air sec s'engouffra par ma vitre baissée.

Papa venait de terminer son demi-tour et allait lancer la voiture vers la sortie de Macedon Close quand Cordie se précipita vers nous. Elle apparut devant ma vitre ouverte et, sous le coup de la surprise, je me rejetai en arrière. Le blanc de ses yeux dansait à cause du soleil.

— Cordie !

— Graham, arrête-toi ! s'écria maman au même instant.

Papa freina.

— Je peux venir avec vous ? lança Cordie, son plâtre cognant sur ma portière.

— Seigneur, Cordelia ! D'où sors-tu ainsi, comme un diable de sa boîte ? lui demanda papa.

Elle désigna du pouce leur voiture, garée dans l'allée, en haut du cul-de-sac. Des corps avaient beau y être entassés, aucun bruit ne s'en échappait. On distinguait trois têtes blondes à l'intérieur. M. Van Apfel se tenait à moitié dedans et à moitié à dehors, une jambe posée sur le sol, une autre engloutie par le véhicule. Même s'il souriait, les commissures de ses lèvres étaient crispées.

— S'il vous plaît ? supplia Cordie.

Quatre petits mots. Quatre petits mots qui expliquaient tout. Les choses se passaient très mal chez eux depuis que M. Van Apfel avait découvert leur projet de fugue. Et Cordie n'avait pas abandonné son projet de s'enfuir.

— Tu es toujours… ? commença Laura, dont les muscles du cou étaient tout contractés. Est-ce qu'on…

Faute de trouver le moyen de poser la question devant papa et maman, Laura brandit une pochette pour montrer qu'elle avait l'argent comme prévu. Qu'elle était prête à les rejoindre dans la clairière si elles le voulaient.

— Le temps de vérifier avec tes parents, Cordie, dit papa.

Il se pencha par la fenêtre pour appeler de l'autre côté de la route, mais M. Van Apfel tendit la tête vers l'arrière de sa voiture et, d'un geste péremptoire, enjoignit à sa fille de revenir immédiatement vers lui.

Cordie se décomposa. Maman se retourna vers nous.

— Ne t'inquiète pas, ma chérie. Nous allons tous au même endroit. On te retrouve dans cinq minutes au spectacle.

Cordie acquiesça et attendit que maman regarde à nouveau la route pour jeter un bout de papier sur mes genoux. Il voltigea et tomba du bon côté : *On part.*

Laura releva brusquement la tête.

— Donc, vous allez toujours…

Elle s'interrompit : Cordie courait déjà dans la rue. Devant la voiture de son père, elle hésita, comme si elle le mettait au défi de dire quelque chose.

Puis elle monta et ses sœurs lui firent de la place sur la banquette arrière. Lorsqu'on s'éloigna, je sortis la tête par la fenêtre au cas où l'une d'elles agiterait la main. Malgré la chaleur, malgré l'absence d'air conditionné dans leur voiture, les vitres étaient remontées, et aucun doigt n'esquissait le moindre salut.

À notre arrivée dans la vallée, le parking était presque plein. Il restait un peu moins d'une heure avant le début du spectacle, à l'heure où le crépuscule s'évanouirait devant la nuit. (Les grandes avaient bien planifié leur coup, songeai-je.) Papa se gara sur l'une des dernières places libres ; je me dévissai le cou pour regarder les Van Apfel.

Leur voiture s'arrêta à quelques mètres de la nôtre.

— Nous allons nous installer dans l'amphithéâtre pendant qu'il reste des sièges, déclara maman. Il y a du monde ce soir. Tik, ça va aller ?

L'air sombre, j'acquiesçai.

— Tu vas casser la baraque ! m'assura papa.

J'avais beau savoir qu'on disait ça au théâtre, la formule ne me fit pas rire.

Ma sœur et moi nous tînmes au pied de l'arcade ouvrant sur l'amphithéâtre, guettant les sœurs. Mme Van Apfel fut la première à descendre du break bleu ciel. Puis ce fut au tour de M. Van Apfel, de Hannah et de Ruth. Hannah portait quelque chose sous le bras – impossible de discerner ce que c'était à cette distance. Cordie, la dernière à monter, avait tiré le mauvais numéro : forcée d'enjamber Ruth, elle s'était assise au milieu. Aussi fut-elle la dernière à émerger, tellement pâle, et avec une expression si vieillie sur le visage… Elle rejoignit ses deux sœurs et toutes trois traversèrent le parking en soulevant gravillons et nuages de poussière, qui dissimulaient leurs pieds et la moitié de leurs mollets. Comme si, déjà, elles commençaient à s'effacer. Elles suivaient leurs parents à pas lents, les yeux baissés sur leurs chaussures.

Quand ceux-ci passèrent devant nous, Mme Van Apfel nous salua d'un signe de tête. M. Van Apfel, arborant un grand sourire, me fila une brochure. *Le Salut !* promettait-elle gaiement.

— Merci, monsieur Van Apfel. Vous pourriez en mettre sur la table de Mme McCausley. Elle est là-bas.

Je désignai la table pliante dressée sur l'herbe entre le parking et l'amphithéâtre. Mme McCausley y avait disposé des prospectus Tupperware et des échantillons en plastique couleur bonbon.

— C'est pour la nouvelle gamme de boîtes hermétiques Airtight Alright, ajoutai-je.

Au début de la semaine, notre voisine m'avait expliqué que le spectacle de l'école constituait une occasion d'augmenter les ventes. Et elle m'avait décrit les quatre couleurs pastel de la nouvelle gamme, lavable en machine.

— Elle partagera volontiers sa table avec vous, assurai-je à M. Van Apfel.

Mais M. Van Apfel me certifia que la promesse de Dieu n'avait pas besoin d'une table pliante et, souhaitant probablement me le prouver, il tendit une brochure à M. Gonski, qui passait par là.

— On se croirait un jour d'élection, ronchonna ce dernier. Au moins, on vous file une saucisse, quand vous allez voter…

M. et Mme Van Apfel continuèrent d'avancer vers l'amphithéâtre ; une grosse liasse de brochures était coincée sous le bras de M. Van Apfel.

Les sœurs lambinaient dans le sillage de leurs parents. Cordie tenait vaguement l'arrière de la blouse de Hannah avec son bras plâtré, tandis que le valide pendait le long de son corps. Elle avait ramené ses cheveux d'un seul côté, une nouvelle coiffure que tout le monde copierait le lundi suivant.

— T'es grillée ? souffla Laura à son amie en lui emboîtant le pas.

— J'te dirai plus tard, s'empressa de répondre Hannah.

Elle portait un immense sac en plastique rempli de pop-corn, qui ballottait à droite et à gauche quand elle marchait ; on aurait dit un chien content agitant la queue. Je jetai un coup d'œil dedans, intéressée.

— Arrête, Tikka ! C'est pour grignoter pendant le spectacle, me rabroua-t-elle d'une voix assez forte pour que ses parents l'entendent.

— Il s'est passé quoi après notre départ, hier ? insista Laura.

Nerveuse, Hannah regarda le dos de ses parents, lesquels nous précédaient d'une dizaine de pas.

— Où sont vos affaires ? reprit ma sœur.

— On part sans. On n'a que les pop-corn.

— Vous partez toujours ?

Laura était abasourdie, à croire qu'elle n'avait pas dans sa poche un bout de papier où s'étiraient deux mots : *On part.* À croire qu'elle n'avait pas participé à l'élaboration du plan, n'avait pas apporté la pochette pleine d'argent. La réalité de la fugue prenait soudain corps et la décontenançait.

— Et comment ! lâcha Cordie, farouche.

— Et Ruth… ?

— On part toutes les trois, intervint Ruth.

— Non, pas toi. Ce ne serait pas prudent, dit Hannah en haussant le ton avant de baisser la voix. Tu ne viens pas, Ruth.

— Alors comment…, commença Laura.

Hannah la coupa :

— Tu nous retrouves ou pas ?

— Oui.

— Promis ?

— Promis, affirma Laura non sans hésitation, tournant la tête vers M. et Mme Van Apfel, qui étaient presque arrivés au niveau des gradins. Ils sont au courant ?

— Ils ne savent pas *quand.* (Hannah éructa le dernier mot.) Ils n'ont aucune idée que c'est pour ce soir. T'as l'argent ?

Laura tapota sa poche.

— Donne-le-leur maintenant, lui lançai-je.

Ma sœur me jeta un regard apitoyé, comme si je n'y comprenais décidément rien de rien.

— Trop risqué, murmura-t-elle.

Rétrospectivement, je me demande si elle ne le faisait pas exprès, si, en gardant cet argent, elle ne tentait pas d'empêcher la fuite des sœurs.

— Je vous retrouve dans la clairière pendant le…

M. Van Apfel se retourna brusquement, et Laura s'interrompit au milieu de sa phrase. Dans son affolement, elle recula et le bout de papier de Cordie tomba de sa poche. Il virevolta avant d'atterrir sur l'herbe. L'espace d'un horrible instant, personne ne bougea.

Puis M. Van Apfel fit signe à ses filles, qui le rejoignirent. Laura s'empressa de ramasser le billet.

Mlle Elith était dans tous ses états. L'amphithéâtre étant en plein air, les coulisses se trouvaient sur le bout de terrain situé derrière le bloc sanitaire qui s'étirait sur l'herbe rase et butait contre la mangrove. *Boum.*

Les rideaux de Mme Van Apfel installés au fond de la scène étaient d'un amateurisme criant. Un des coins pendouillait, et le tissu, trop usé, ne masquait pas le coucher de soleil. Au travers, on apercevait Mlle Elith : mains tremblantes, épaules voûtées, tête branlante à grosses boucles.

Elle portait un pantalon noir et un tee-shirt assorti, où des lettres flamboyantes tentaient d'afficher le mot *Spectacle*. La plupart, toutefois, s'escamotaient dans les courbes de son effrayante poitrine : *pe-tac*, pouvait-on distinguer par instants.

Outre quelques chaises, il y avait dans les coulisses une table couverte de costumes et de partitions. Sans oublier la platine de magnétophone dont le fil serpentait dans l'herbe, inutilisable faute d'électricité au fond de la vallée. Les grosses piles encastrées dans l'appareil détermineraient la durée du numéro des danseurs. (Heureusement, un groupe électrogène fournissait l'énergie pour les éclairages.)

Mme Walliams et la chorale mixte des grands effectuaient des vocalises en moulinant des bras. Je vis Mitchell Lorimer assener, ce faisant, un grand coup sur la nuque de Mitchell Ivamy et raconter à Mme Walliams que c'était accidentel. Des filles en justaucorps se trémoussaient au rythme d'une musique qui passait seulement dans leurs têtes. On aurait dit qu'elles exorcisaient une entité piégée dans le Lycra. Des instruments se faisaient accorder avec force couinements et gémissements. Quelqu'un s'exerçait encore et encore à un refrain de quatre notes sans jamais le chanter juste.

Mais la plupart des jeunes jouaient au handball ou à chat. D'autres avaient formé une queue pour regarder Jacob Hunter s'amuser avec sa Game Boy. Même Jade Heddingly faisait la queue, bien qu'elle en ait une à la maison.

Je jetai un coup d'œil au public dans l'amphithéâtre. Les mamans et papas, mamies et papis, voisins, frères et sœurs. Agglutinés sur les gradins comme des gouttes de pluie, à l'époque où il pleuvait encore. Certains avaient des couvertures, d'autres de la nourriture, donnant l'impression de s'installer pour la nuit. Une famille, qui avait apporté des saucisses froides enveloppées dans du papier alu et une miche de pain, proposait des sandwichs aux gens autour d'eux.

Mes parents et ma sœur étaient assis à l'arrière – une issue pratique pour Laura plus tard dans la soirée –, sur notre plaid de pique-nique aux carreaux familiers et rassurants. Le Club Rotary était présent. Tout comme le révérend Richmond, qui insistait pour être invité à tous les événements, mais s'endormait toujours avant la fin de la représentation. Les Gonski avaient pris place sur des transats jaune soleil, dont la toile affichait des ananas dansant le Hula. Mme McCausley était en retrait, à une distance respectable du spectacle, qu'elle désapprouvait de toute évidence. Devant elle, une famille nombreuse avait emmené son chien, un adorable petit animal roux qui profitait des derniers rayons du couchant en courant partout, et se contentait de dresser l'oreille quand ses propriétaires l'appelaient. « Au pied ! » lançaient-ils à tout bout de champ, si bien qu'Au Pied semblait être le nom de l'animal.

Deux par deux, des élèves de CM2 se faufilaient dans la foule, secouant des sébiles rouges en métal, le nez en l'air à la manière des filles de cet âge. Comme si c'était le public qui puait, et non la rivière. Debout, main sur la hanche, elles attendaient que les gens glissent des pièces dans la fente des sébiles. Puis elles les tendaient à d'autres spectateurs de la rangée.

Je les regardai racketter le public jusqu'à ce que le trac me submerge et que je décide de me réfugier près de la rivière. Le ciel s'était teinté du même rouge écarlate que les sébiles. L'horizon avait une couleur impie.

Le calme et la fraîcheur régnaient dans la mangrove. Je m'avançai le plus possible sans avoir à mouiller mes chaussures, que je finis par ôter et poser sur une branche. Je marchai pieds nus jusqu'à l'eau ; des petites bulles se formèrent dans les empreintes de mes pas.

Quelqu'un parlait avec animation dans le micro, mais la réception dans la vallée était mauvaise. Les mots sortaient hachés – des syllabes s'estompaient – en fonction des hauts et des bas de la sono. Au bout d'un moment, de faibles applaudissements me parvinrent entre les arbres, et je compris que le spectacle avait commencé. Mon sketch avait beau être programmé presque à la fin, les nœuds dans mon ventre s'intensifièrent. Je passais dans la deuxième partie, après les numéros de Caitlin Willesee avec son ruban et de Jacob Hunter avec son trombone, et avant le bis de la chorale mixte des grands. Je pouvais m'attarder un peu sans que personne le remarque. Je contemplai un moment les vagues timides de la marée montante, puis je récupérai mes chaussures et rebroussai lentement chemin.

Dans les coulisses, Mlle Elith collait pratiquement son nez au rideau occultant. Clouée sur sa chaise, les pieds bien à plat sur le sol, elle semblait décidée à être la première à assister à la catastrophe, si catastrophe il devait y avoir.

— Tikka, m'interpella-t-elle dès qu'elle me vit. Où étais-tu passée ?

Sans attendre ma réponse, elle m'ordonna de m'asseoir et d'attendre ici avec les autres. Ne quittant pas la scène du regard, elle me désigna les chaises derrière elle.

— Il faut que j'aille chercher quelque chose pour mon sketch, mademoiselle. Je l'ai laissé dans l'amphithéâtre…

Ce serait bientôt l'entracte. Et je tenais à voir Hannah et Cordie avant leur départ. Pour leur dire au revoir. Vérifier qu'elles avaient tout ce qu'il fallait et leur demander quand elles reviendraient.

Mais Mlle Elith refusa. Je devrais faire sans. Ça ne pouvait pas être si important que ça puisque je l'avais oublié.

Il faisait presque noir à présent, et les lampadaires du terrain de sport projetaient des rais d'un vert glauque. La scène de l'amphithéâtre aussi était éclairée, mais par en dessous. Comme une lampe électrique placée sous le menton des acteurs. Le vent s'était levé et, soufflant sur la rivière et la vasière, il charriait la pestilence de la mangrove. L'odeur planait lourdement sur la scène.

— On croyait que tu ne viendrais pas, me reprocha Melanie quand je pris ma place dans la queue avec mes acteurs.

— Des trucs de metteur en scène à faire, mentis-je.

À côté de Melanie, Carly Sawtell s'efforçait de ressembler à un dingo. Elle portait un pyjama jaune en pilou, des gants de jardinage jaunes et un museau découpé dans une boîte d'œufs. Sauf que le pyjama, trop large, faisait des poches sur la chaise et que son museau se ramollissait à force d'être manipulé. De sorte que Carly faisait plutôt penser à une crème renversée mousseuse qu'à un dangereux malade mental.

Sharrin Helpman et Jodi McNally arboraient quant à elles leur survêtement bleu de l'école. Seules les fausses menottes indiquaient au public qu'elles jouaient le rôle des policiers. De fait, le seul rôle crédible était celui de Melanie Firth : la victime (ma fille, donc, dans la pièce). Pour l'instant, nous étions assises toutes les quatre à proximité des élèves de la chorale.

— Vous allez chanter quoi ? demandai-je à une des filles.

— « I Am Australian », répondit-elle avec suffisance.

Évidemment. J'aurais dû m'en douter…

Caitlin Willesee termina sa danse et déboula dans la coulisse, hors d'haleine, suivie par son ruban. Puis ce fut au tour de Jacob Hunter. Les sonorités poignantes de son trombone s'élevèrent. Mais à peine fut-il arrivé à la fin de « Tipperary[1] » qu'il recommença le même morceau, et j'en vins à me demander si mon sketch jouerait un quelconque rôle dans la fuite des sœurs Van Apfel. À ce stade, elles avaient sans doute déjà atteint l'autoroute.

Puis, bien trop vite, vint le moment de s'aligner d'un côté des coulisses. Je me sentais mal sans savoir pourquoi. La peur ? La nervosité ? Un pressentiment ? (On n'avait pas réussi un seul filage de ma pièce, et, à part moi, personne ne connaissait son texte.) À moins que ce ne soit la terreur suscitée par la fugue de Hannah et Cordie, qui nous laissaient en plan…

Me voyant frissonner, Carly Sawtell me lança :

— Quelqu'un marche sur ta tombe.

M. Avery émergea alors de l'obscurité pour nous escorter jusqu'à la scène. Sa fonction consistait à aider les enfants à monter les marches sans trébucher. Quand il vit mon arbre confectionné avec des cartons d'expédition de Tupperware, il sourit en désignant les feuilles en papier crépon :

— Ah… La forêt de Birnam marche sur Dunsinane[2].

Je hochai la tête, même si je ne savais pas du tout de quoi il parlait. Carly chuchota dans mon dos :

— Quel cinglé ! Il a dû apprendre ça en prison.

À ce moment-là, quelqu'un poussa la personne devant lui et la file d'artistes trébucha, retrouvant l'équilibre de justesse. Un chien aboya dans les

1. « All the Way to Tipperary », air de music-hall composé par Jack Judge et Harry Williams en 1912.

2. Allusion à *Macbeth*, acte V, scène 5.

gradins. Le joli chien roux, probablement. Puis M. Avery me dit :

— Tikka, c'est à toi.

Les lumières déclinèrent, je pris une profonde inspiration et entrai en scène.

17

J'avançais dans l'obscurité, une main tendue devant moi et longeant le rideau occultant. Je plantai mon arbre au milieu de la scène, mais une bourrasque du vent du sud menaça de le faire tomber. J'entendis Melanie chuchoter à l'oreille de Carly Sawtell. Puis une autre voix s'insinua sous le voile de coton noir pendu au fond de la scène, annonçant que le concert avait duré plus longtemps que prévu et qu'on devait diminuer notre sketch de moitié.

— De moitié ! m'exclamai-je, incrédule. Mais on ne peut pas avoir que le début ou la fin d'une histoire !

Le public ne comprendrait pas… Mais Mlle Elith s'en fichait. Elle devait rassembler les chaises et les éclairages et les rendre à la société de location. Après 22 heures, le prix augmentait de cinquante pour cent.

— Choisis l'un ou l'autre et tiens-t'en là, m'ordonna-t-elle d'une voix coupante. Nous n'avons que la moitié du temps prévu, Tikka. Je chronomètre.

Sur ces mots, elle disparut.

Je me précipitai dans les coulisses pour demander à M. Avery d'allumer. Mais il n'y avait personne et, soudain, la scène s'illumina toute seule. Alors je bondis et me plaçai au milieu.

— On commence à la deuxième moitié, soufflai-je à mes actrices. Acte deux, page trois. J'ai la première ligne.

Elles allaient devoir suivre mes indications.

Les mains sur les hanches, la bouche contractée en une moue boudeuse, Melanie Firth se tenait près d'un cartable censé représenter un sac de camping. En fait, elle avait surtout l'air d'attendre le bus.

Sharrin Helpman et Jodi McNally serraient leurs menottes comme si elles s'agrippaient aux anses d'un trophée.

Quant à Carly, personne ne devinerait en quoi elle était déguisée. Son pyjama en pilou jaune bâillait aux genoux ; et les doigts de ses gants de jardinage se prolongeaient au-delà des siens. Elle avait bien plus l'air d'un clown que d'un kidnappeur d'enfants...

C'est alors que le vent s'engouffra sur la scène et souleva le rideau. Une rafale renversa mon arbre en carton. Les feuilles en papier crépon gisaient inertes ; le logo Tupperware frappé à l'arrière étincelait dans le ciel nocturne.

— Gare à l'arbre ! s'écria un spectateur, faisant rire ses voisins.

Je redressai mon décor. Ce n'était pas l'ambiance que je cherchais à créer. Mais à peine debout l'arbre bascula de nouveau, ce qui déclencha les acclamations du public.

— Bis ! Bis ! réclama quelqu'un dans l'obscurité.

— Donnez-lui une chance ! lança un troisième.

Les rires cessèrent peu après. Je me sentis soudain affreusement exposée, dans le silence et la lumière éblouissante. Pour couronner le tout, Melanie Firth se tenait toujours à ma gauche. Or si on démarrait au milieu du sketch, elle était censée sortir de scène.

— Retourne dans les coulisses ! lui intimai-je.

Mais Melanie n'avait pas suivi des cours d'art dramatique pour rien. Elle voulait jouer.

— Toi, va-t'en. Il n'y a pas assez de temps pour que tout le monde dise ses répliques. Ma mère m'a fait ce costume spécialement pour l'occasion.

— Le public ne comprendra rien si je m'en vais. C'est toi qui disparais.

— Tu vas me forcer ? susurra Melanie. C'est ça, Tikka ? Tu vas lancer ton clebs sur moi ?

Carly Sawtell gronda derrière nous. Du coup, le petit chien roux de l'amphithéâtre se mit à aboyer, prêt à défendre son territoire.

— Bon, maugréai-je.

Si Melanie Firth restait sur ses positions, il n'y avait plus qu'à la suivre. D'autant que les spectateurs s'agitaient, je les entendais parler. L'un d'eux ne quittait-il pas l'amphithéâtre, justement ?

Je m'approchai de la rampe et, la bouche grande ouverte, je m'adressai à la nuit. L'élocution est tout, nous répétait toujours Mlle Elith. Et ce soir-là, mes paroles jaillirent avec une force et une violence qui me surprirent. Comme si j'avais convoqué quelque chose. Mon inkan-nation.

— Un dingo a pris mon bébé ! m'écriai-je d'un ton mélodramatique.

Le public en eut le souffle coupé. Au Pied, le petit chien roux, aboya à titre préventif. Et une femme, dont la voix évoquait d'une manière suspecte celle de Mme McCausley, protesta :

— C'est ce qu'on leur enseigne à l'école de nos jours ?

— Mon bébé ! répétai-je pour accentuer l'effet produit. Un dingo a volé mon bébé !

Même si mon annonce n'avait pas grand sens – Melanie n'était ni un bébé ni ma fille, et notre dingo ressemblait surtout à un Muppet –, cela suffit à créer le scandale. Les six mots de l'invocation plongèrent les spectateurs dans un silence indigné. Personne ne bougea, puis Carly Sawtell s'avança en pyjama jaune, avec son museau en boîte d'œufs, et, outrée, leva ses mains gantées.

— Non, je ne l'ai pas fait ! Je n'ai pas volé ton bébé. Je ne l'ai jamais touché ! protesta-t-elle avec virulence. Je n'ai pas pu !

J'étais dans les coulisses lorsque M. Avery se pointa et se mit à empiler des chaises. Contrairement aux autres professeurs, il ne portait pas de tee-shirt à l'effigie du spectacle. Juste sa chemise à manches courtes habituelle et son éternel pantalon marron, qu'il releva au moins jusqu'aux genoux avant de se jucher sur les chaises.

— Ça va, Tikka ?

— Oui.

— Qu'est-ce que tu essayais de faire là-bas, sur la scène ? me demanda-t-il, adoptant un ton plutôt neutre.

Il est vrai que ça s'était mal passé… À peine avais-je déclamé ma première ligne de texte devant le public que Mlle Elith s'était précipitée vers moi. Dans son tee-shirt à manches chauve-souris, elle avait battu des ailes et volé à faible altitude. Haletante, tentant de reprendre son souffle, même si la volée de marches qu'elle avait gravie n'avait rien à voir avec le mont Kosciuszko… Elle s'était tournée vers le public et l'avait informé de l'annulation de mon sketch. (« Je suis désolée, mais je crains que nous n'ayons plus le temps. Merci de vous associer à moi pour accueillir de nouveau la chorale des garçons et des filles... »)

— Ce n'était qu'un sketch, dis-je sans conviction à M. Avery.

Comment lui expliquer que mon but était avant tout d'aider Hannah et Cordie ?

— Tes parents savaient sur quoi ça portait ?

Ils le savent, maintenant, pensai-je gravement. Je ne les avais pas encore vus – ils devaient se trouver quelque part dans l'amphithéâtre. Je n'étais pas spécialement pressée de les retrouver.

— Qu'a dit Mlle Elith ? enchaîna M. Avery.

— Que je m'étais trahie. Que j'avais trahi les acteurs. Et aussi l'école.

L'oiseau de nuit hulula au bord de la rivière.

— Et que ce n'était pas bien de se servir des tragédies des autres pour faire de l'art.

— Ah bon ?

— Posez-lui la question, vous verrez.

M. Avery me regarda avec tellement de gentillesse que je faillis lui révéler la vérité : si j'avais choisi l'affaire Chamberlain, c'était dans l'espoir de créer une diversion.

C'est alors que Jade Heddingly déboula, interrompant notre conversation. Elle voulait savoir pourquoi je ne lui avais pas parlé de mon sketch avant. Je lui répondis que je n'avais aucune envie d'en discuter maintenant et que je devais aller retrouver ma sœur.

— Non, affirma Jade. Personne ne va nulle part.

Personne n'avait le droit de partir. Puis elle ajouta les mots que j'attendais :

— T'es pas au courant ? Les sœurs Van Apfel ont disparu.

Le premier flic arriva dix-sept minutes après le coup de fil à la police de M. et Mme Van Apfel. On le sait parce que Wade Nevrakis le chronométra sur sa montre (celle-ci avait un minuteur compte à rebours rétroéclairé en vert clair et était étanche jusqu'à trente-cinq mètres). Dix-sept minutes, en plus de l'heure de tergiversations ayant précédé l'appel. « Est-ce qu'on téléphone maintenant ? Ont-elles vraiment disparu ? » Et en plus du temps qu'avait mis M. Van Apfel à faire l'aller et retour en voiture jusque chez lui pour vérifier que ses filles n'étaient pas tout simplement rentrées à pied. Une heure et vingt-sept minutes au total, temps pendant lequel on chercha et on attendit à la lueur des lampes électriques piquées dans les coffres de voitures, le long de la rivière obscure.

Une heure et vingt-sept minutes pour découvrir ce que ma sœur avait compris dès le départ : quelque chose de très grave s'était passé.

— Tu devrais le dire à la police, Lor. Dis-leur que Hannah et Cordie n'ont pas disparu. Dis-leur qu'elles se sont enfuies.

Papa et moi, on avait cherché avec un groupe à l'est du terrain de sport, tandis que le groupe de maman et de Laura écumait l'ouest. On n'avait pas échangé une seule parole avec ma sœur depuis que j'étais descendue de la scène et, pour moi, c'était soudain important qu'elle sache que j'avais tenu bon.

— Je ne les ai pas grillées, lui assurai-je.

Je pouvais garder un secret aussi bien qu'elle. Je n'avais pas soufflé mot à qui que ce soit pendant les recherches – ni aux profs ni aux parents. Ni même aux membres de la chorale qui, déployés dans la mangrove, se multipliaient comme des plaques d'urticaire. Dans une harmonie à deux voix, ils criaient : « Hannah ! Cordelia ! Ruth ! »

Parce que c'était ça, l'autre nouvelle : Ruth aussi était partie. Elle avait disparu avec ses sœurs.

— Tu le savais ? demandai-je à Laura. Elles ont dit pourquoi elles emmenaient Ruth ?

Visiblement sous le choc, Laura lâcha d'un ton accablé :

— Je ne sais pas où elles sont. Aucune des trois. Elles ne sont pas venues au lieu de rendez-vous comme prévu, alors je ne sais pas où elles sont, ni pourquoi elles ont emmené Ruth.

— C'est à cause de mon sketch, pas vrai ? Parce qu'il a été abrégé…

— Quoi ? Qu'est-ce que tu racontes ? Elles sont parties, Tikka. Elles sont *vraiment* parties. Ça me dépasse.

— Donc elles sont parties sans toi.

Je voulais lui faire remarquer que ce n'était pas sympa, hein, d'être l'exclue ? Peut-être qu'elle y songerait, à l'avenir, quand elle serait tentée de me laisser tomber.

— Mais comment ont-elles pu partir ? se désespéra Laura. C'est moi qui devais leur donner les sous… Sans argent, elles ne peuvent aller nulle part. Elles n'ont rien – pas de nourriture, pas d'argent, rien de rien.

— Elles ont peut-être pris des provisions chez elles ?

— Tu les as vues porter quelque chose sur le parking ?

Je fus obligée de reconnaître que Hannah n'avait, en tout et pour tout, qu'un pauvre sac de pop-corn.

Derrière nous, l'amphithéâtre avait été ceinturé d'un ruban de sécurité, comme si les rayures bleues et blanches pouvaient interdire à qui que ce soit d'entrer. Les rideaux de Mme Van Apfel claquaient toujours au vent et flottaient devant le périmètre de la police.

— On devrait le dire, répétai-je à Laura. À la police. Ou à papa et maman, qui, eux, le diront à la police…

— Non !

Un hélicoptère apparut à l'horizon, tel un insecte. Il s'éleva au-dessus de la ligne de crête avant de descendre doucement vers la ravine, les bourrasques de ses rotors formant des pitons d'écume sur la rivière.

— On ne dira rien, enchaîna ma sœur. On ne peut pas.

— Pourquoi ? insistai-je.

— Parce que Cordie est enceinte, me jeta-t-elle avec violence à la figure. C'est pour ça qu'elles s'enfuient !

— Enceinte ?!

Le sol sembla s'incliner sous mes pieds comme une table qu'on renverse. La tête me tourna, j'attrapai la manche de Laura. L'hélicoptère planait, immobile dans le ciel, tandis que les versants de la vallée tanguaient autour de lui.

Cordie ne pouvait pas être enceinte.

— Qui te l'a dit ?

— Hannah.

— Comment elle le sait ?

— Cordie lui a dit.

— C'est vrai de vrai ?

— Comment je pourrais en être sûre ? Je ne suis pas médecin.

— Enceinte…

Ne serait-ce que former le mot avec ma bouche faisait un drôle d'effet. Cordie était enceinte ? Est-ce que c'était possible ? Aussi abasourdie que je sois, il fallait reconnaître que ça l'était. Tout était possible avec Cordie.

— Alors qu'est-ce qu'elles…

Laura ne connaissait pas les détails. Tout ce qu'elle savait, c'est que Hannah était terrifiée à l'idée que ses parents le découvrent. Leur réaction serait terrible… Et Cordie n'allait certainement pas attendre pour voir.

— Mais si Cordie… mais si elle est vraiment… (Je m'interrompis, soudain incapable de prononcer le mot.) Elle a besoin de soins. Raison de plus pour le dire.

— On ne peut pas, répéta Laura. Tu imagines les Van Apfel, s'ils savaient. On ne doit en parler à personne, Tik. Promets-le. À personne, surtout pas à la police.

— Pourquoi ça ?

Laura me dévisagea comme si c'était évident.

— Cordie est mineure.

— Quoi ?

— Mineure. Elle n'a que treize ans. Si on découvre qu'elle attend un bébé, elle risque d'être arrêtée.

Voilà pourquoi nous ne dévoilâmes pas le terrible secret de nos amies. Parce que ma sœur en avait décidé ainsi. Parce que nous n'avions pas de meilleure solution que le silence.

Durant notre discussion, Laura avait coincé sous son bras la pochette bourrée de l'argent destiné à la fugue… Une preuve que nous étions déjà impliquées. Ses paillettes brillaient sous les rayons des projecteurs.

— En plus, je crois que tu en as assez dit pour ce soir, n'est-ce pas, Tik ? conclut Laura.

Brandissant sa pochette, elle montra la scène entourée par les rubans de balisage de la police.

Cela s'était passé pendant la deuxième partie du spectacle, raconta-t-on ensuite. À l'est de l'amphithéâtre, des témoins virent une large silhouette se lever et se déplacer maladroitement dans une rangée. Devant les Gonski, les Tooley, les Townsend du numéro 9. Sourire aux lèvres. Écrasant des pieds. Au bout de la rangée, l'homme trébucha sur une marche en ciment et perdit un peu l'équilibre. Puis il se dirigea à grandes enjambées vers le parking gravillonné. Grand et corpulent, il avait de grosses mains, des épaules charpentées, les yeux écarquillés d'un enfant. Il s'arrêta derrière une voiture, puis ouvrit le coffre, farfouilla, fit un inventaire. À la lueur du plafonnier, on devinait qu'il s'agissait de M. Van Apfel.

Quelques instants plus tard, une autre silhouette surgit des ténèbres où étaient plongées les coulisses de l'amphithéâtre. Presque aussi grande que la première, mais plus mince, plus menue. Au lieu du tee-shirt à l'effigie du spectacle, l'homme portait une chemise à manches courtes, dont le col absorbait la sueur qui coulait sur sa nuque.

Il s'éloigna dans la direction opposée à celle du parking, vers la rivière. À pas lents, discrètement. Une fois devant le bloc sanitaire, il se faufila à l'intérieur. Les toilettes avaient beau être mal éclairées

– le conseil municipal y remédierait dès réception des fonds –, le clair de lune et la lumière provenant de la scène révélèrent qu'il ressemblait beaucoup à M. Avery. Tandis que la chorale des grands entonnait le bis (« I Am Australian »), un chien se mit à aboyer et son propriétaire le rappela vers lui. « Au pied ! » Mais l'animal se fondit dans la nuit. L'aboiement s'atténua jusqu'à s'évanouir.

« Des brochures », précisa M. Van Apfel à l'inspecteur principal Mundy. Dans le quartier, on ne parlerait que des nombreux interrogatoires auxquels serait soumis M. Van Apfel au cours des semaines suivantes. « Je suis allé chercher d'autres brochures dans le coffre de ma voiture, c'était pour l'office du Salut du Centre du Renouveau de l'Espoir. Il ne m'en restait plus qu'un paquet, alors je suis allé en chercher d'autres pour les distribuer à la fin du spectacle, parce que je savais que le bis ne tarderait pas. »

— Je suis allé aux toilettes, déclara quant à lui M. Avery, se frottant les mains sur ses bras velus. Je ne pouvais pas attendre davantage. J'avais passé la soirée à aider les élèves à monter sur la scène et à en descendre.

— Vous ne pouviez pas attendre la fin de la représentation ? demanda l'inspecteur Mundy, sceptique. Il ne restait plus que quelques minutes.

— Je ne le savais pas. Je croyais que la dernière partie, le sketch, durerait plus longtemps. Et je n'avais pas eu un seul moment de répit – personne n'est venu me soulager, euh… pardon, me relayer à mon poste, se corrigea-t-il, piquant un horrible fard.

C'était vrai que M. Van Apfel avait distribué les brochures du Centre du Renouveau de l'Espoir. Tout le monde pouvait en témoigner. Pourquoi, en revanche, avait-il choisi ce moment précis pour aller en chercher d'autres alors qu'il aurait pu profiter de l'entracte ou attendre la fin du spectacle ? Sur ce point, il n'avait pas d'explication valable. En quoi était-ce si urgent ? D'autant que, d'après ses estimations, il en avait déjà distribué cinq cents…

— Une ruée sur le salut ce soir-là, c'est ça, mon vieux ? lança l'inspecteur Mundy.

Mais M. Van Apfel était autant en peine de le dire que d'expliquer ce qui l'avait retenu si longtemps près de sa voiture, ou ce qui l'avait empêché d'assister à la fin du spectacle alors qu'il restait deux numéros (courts, cela dit). Ou pourquoi on avait retrouvé une quantité de ses brochures dans la poubelle près des toilettes. Tous les spectateurs avaient-ils jeté la leur ?

De même qu'il était tout à fait plausible que M. Avery fût allé aux toilettes. Cela se tenait, il fallait le reconnaître. Il avait aidé des enfants toute la soirée – un vendredi, alors qu'il aurait pu être ailleurs… Sauf que personne n'aurait pu dire ce qu'il avait fait précisément pendant la bonne vingtaine de minutes qu'avait duré son absence. Personne ne l'avait vu revenir des toilettes, avant qu'il réapparaisse dans les coulisses, en train d'empiler des chaises.

Les deux hommes – M. Van Apfel et M. Avery – formaient en quelque sorte une syzygie, quand ils se déplaçaient dans Coronation Park ce soir-là. Comme le Soleil et la Lune. Séparés, en opposition, mais, d'une manière inédite, alignés. Et d'après ce qu'ils livrèrent à la police, on aurait dit qu'ils n'avaient pas le choix, que leur sort était scellé bien longtemps avant qu'ils aient quitté l'amphithéâtre.

Les sœurs Van Apfel avaient échappé à leur mère presque aussitôt après le départ des deux hommes. Du coup, Mme Van Apfel s'était retrouvée seule, à fouiller l'obscurité du regard, à scruter l'amphithéâtre bondé, en quête de ses trois filles. « Ne vous éloignez pas trop, je veux vous garder à l'œil », leur avait-elle ordonné.

Elles s'étaient bousculées dans leur précipitation à dévaler les gradins. Cordie portait un paquet de brochures sous le bras. Elles avaient réussi à convaincre Mme Van Apfel de les laisser distribuer le reste au public captif.

— N'oubliez pas d'attendre Ruth !

Ce fut la dernière consigne de leur mère. La dernière phrase qu'elles l'entendirent formuler. Voici pourquoi Ruth en vint à les accompagner. S'il n'avait tenu qu'à elles, Hannah et Cordie seraient parties sans leur petite sœur.

Bientôt, le parking fut plein à craquer de voitures de police – des véhicules hurlants, dont les lumières projetaient d'étranges ombres obliques.

— Discothèque à lumière bleue[1], plaisanta un spectateur.

Personne ne rit. Ce n'était pas le moment, visiblement… Je m'aperçus que je serrais si fort la main de Laura que je lui coupais presque la circulation. Nous dûmes changer de côté pour qu'elle puisse la secouer.

1. Établissement certifié sans alcool et sans drogue destiné aux jeunes et géré par la police australienne.

La police établit un poste de commandement mobile dans les abris à pique-nique qui se trouvaient dans l'axe de l'amphithéâtre, à proximité de la rivière. Le stade s'étendait entre les deux. À la lueur des lampadaires du terrain, on distinguait la tôle ondulée rouillée des toits des abris autour desquels s'entassaient les policiers en train de discuter, de tendre le doigt, de donner des ordres. Les petites lampes de poche qu'ils tenaient à la main tressautaient dans l'obscurité et quand les faisceaux éclaboussaient les toits rouges, cela créait de minuscules feux dans la nuit.

L'inspecteur principal Justin Mundy arriva de la brigade du district voisin à 21 heures. Il portait sa tenue de rugby, parce qu'il s'entraînait hors saison avec l'équipe des Minnows pour rester en forme. (L'autocollant de poisson à l'arrière de sa voiture l'avait trahi. Ce truc avait de vilains crochets de piranhas, contrairement aux Ichthys sans dents des Van Apfel.) Plus tard, l'inspecteur divisionnaire Craig Malone, de la brigade criminelle de la ville, débarquerait avec son équipe et celle de l'unité des délits sexuels. Jusque-là, on dut se contenter de l'inspecteur principal Mundy.

La police locale recueillit les déclarations de tous les spectateurs. Ceux-ci auraient dû avoir les yeux fixés sur la scène, mais manifestement ils les avaient détournés pour regarder ailleurs, pour peu qu'on se fie à leurs dépositions. M. Gonski certifia avoir vu les sœurs Van Apfel se lever et sortir de l'amphithéâtre pendant le récital de trombone de Jacob Hunter. Oui, il en était sûr. Il s'en souvenait parfaitement parce que lui-même avait été tenté de partir à ce moment-là.

Mme McCausley, elle, était assise au fond de l'amphithéâtre, à gauche, et les sœurs étaient passées suffisamment près d'elle pour qu'elle surprenne leur conversation : elles craignaient d'avoir attendu trop longtemps. Trop longtemps pour quoi ? Ça, Mme McCausley ne le savait pas… Le révérend Richmond reconnut que, s'étant endormi, il ne pouvait se porter garant de rien après l'entracte. En revanche, la famille propriétaire du chien roux avait vu les sœurs partir. Le fils aîné les avait même revues marchant en lisière du terrain de sport lorsqu'il était allé chercher son chien. « Où se dirigeaient-elles ? » lui avait demandé le policier. Le garçon l'ignorait. Il avait vaguement désigné la rivière.

— Elles distribuaient des brochures du Salut, répétait à l'envi Mme Van Apfel à un jeune inspecteur qui semblait accablé.

Il s'était habillé à toute vitesse, et une de ses épaulettes, mal attachée, remuait timidement à chaque coup de vent.

— Je leur ai donné la permission, ajouta Mme Van Apfel. Elles sont parties toutes les trois. Comment me serais-je doutée ? Je leur ai dit de ne pas sortir de l'amphithéâtre.

Pendant que les flics procédaient aux interrogatoires, les bénévoles du service d'intervention d'urgence de l'État firent leur apparition, ainsi que les agents de la brigade canine avec leurs chiens au pelage poivre et sel. Après quoi, papa estima qu'il était temps que maman, Lor et moi rentrions à la maison. Il resterait sur place pour aider aux recherches. Maman prit le volant. La lune nous escorta tout le long du trajet pour sortir de la vallée. Tel un ballon attaché à une ficelle.

Les jours suivants, ils vibrionnèrent comme des mouches : les équipes au sol, les experts, les brigades de la ville. Des plongeurs de la police basculaient dans la rivière comme des appâts accrochés à un fil de canne à pêche, avant de remonter à la surface.

Selon l'estimation des flics, quatre cents personnes se trouvaient dans un rayon d'un kilomètre autour de l'amphithéâtre le soir de la disparition. Ils interrogèrent chacune d'elles. Ils déterminèrent leur parcours, recoupèrent leurs histoires, posèrent les mêmes questions, encore et encore.

Qu'avions-nous vu ? Des détails nous revenaient-ils en mémoire ? Les sœurs Van Apfel étaient-elles heureuses ? Avaient-elles des problèmes à l'école ? Est-ce qu'on pouvait imaginer une raison qui les aurait poussées à s'enfuir ? Avions-nous une idée de leur destination ? Les flics notaient et enregistraient nos réponses, puis rédigeaient un rapport. En fin de compte, il y eut plus de mille deux cents rapports, et plus de deux mille documents divers au total. Tant de mots, pour zéro résultat. Tant de rapports, mais aucun qui pût ramener les filles à la maison.

Lor et moi fûmes interrogées à trois reprises. Moi une fois, et Laura deux fois, à plusieurs jours d'intervalle. J'imagine qu'ils voulurent parler plus souvent à ma sœur parce qu'elle était plus âgée. À moins que je n'aie été une menteuse plus convaincante…

On ne révéla rien. Ni sur le projet de fugue de Hannah et Cordie. Ni sur M. Van Apfel. Ni sur M. Avery. Pas un mot sur l'argent liquide de Laura, sur mon sketch ou sur le fait que Ruth n'était pas prévue au voyage. Tant de secrets à garder…

À la télé, des photos de Hannah, Cordie et Ruth remplacèrent celle de Lindy Chamberlain en robe bain de soleil. Elles apparaissaient en uniforme soigneusement repassé sur nos écrans tous les soirs. On les montra même une fois portant leurs costumes d'ange, dans la pièce de la Nativité de Mme Blunt (sans préciser si Cordie avait omis de mettre une culotte ou pas).

Les voir ainsi déguisées pour la pièce de la Nativité m'angoissa, à cause du script que j'avais gardé pour Cordie. Quand je pensais encore qu'elle jouerait dans mon sketch. Il se trouvait toujours sous mon lit, avec le nom de Cordie sur la première page, et les répliques qu'elle devait dire surlignées en rose. Le rôle que je lui avais attribué – avant que Melanie Firth l'obtienne – était celui d'Azaria : *La Disparue*.

18

Quand ils découvrirent Ruth au bord de la rivière, il n'y avait plus aucune chance de déterminer l'heure de sa mort…

Elle était là, coincée entre deux rochers. Fourrée dedans comme si la vallée n'était pas assez encaissée, comme si elle avait tenté de s'enfoncer dans les entrailles de la terre et d'être dévorée vivante. Sa bouche tordue dans son rictus habituel, la tête rejetée en arrière, la mâchoire décrochée à la manière de mains en coupe.

Puis les flics virent les mouches – un tapis roulant, scintillant, déferlant, telle la marée. Elles surgissaient en masse de son nez, s'agglutinaient autour de ses yeux. Ruth pouvait avoir été là depuis des jours… Depuis le tout début des recherches. Du moins, à en croire Wade Nevrakis, qui le tenait de ses parents, lesquels distribuaient aux gens sur place des sandwichs de leur épicerie fine.

Selon Kelly Ashwood, les cacatoès noirs le savaient déjà, que Ruth était morte. Leurs facultés d'oiseaux les avaient alertés, et ils étaient revenus exprès. Il les avait vus survoler la vallée ce matin-là, redescendre et faire un troisième tour. Sauf qu'ils s'étaient arrêtés à l'endroit où gisait Ruth ; ils avaient tournoyé, décrit avec langueur un cercle sombre dans le ciel, hurlant leur requiem.

Ce sont les agents de la police locale qui la trouvèrent. Ils aperçurent d'abord sa natte entre les blocs de pierre. On aurait dit un de ces signets tressés, glissés entre les pages de la bible familiale. Après tout, c'était un dimanche après-midi.

19

Il sembla tout d'abord que Ruth n'aurait pas droit à une autopsie, tout comme elle ne fêterait jamais ses huit ans. À cette différence près que si ses parents ne croyaient pas aux autopsies, ce n'était pas le cas pour les anniversaires.

Moi, je me demandais pourquoi l'hôpital ne leur en montrait pas une. Je cherchai papa pour lui poser la question. Il se rasait devant le lavabo de la salle de bains et me lança un regard circonspect.

— Leur montrer quoi, Tik ?

Il tint son rasoir en suspens, interrompant son geste à hauteur du cou.

— Une autopsie. Si les Van Apfel n'y croient pas, pourquoi quelqu'un de l'hôpital ne leur en montre pas une ? On ne peut pas dire qu'on n'y croit pas si on n'en voit pas une de ses yeux…

Papa eut un sourire triste et posa son rasoir au bord du lavabo. Il se détourna de la glace pour me faire face avant de me répondre.

— Les Van Apfel savent que l'autopsie *existe*, mais ils sont contre. Pour des motifs religieux, tu comprends ?

— Quels motifs exactement ? Ruth va déjà être privée de tant de choses ; pourquoi elle doit aussi être privée d'une autopsie ?

— Je ne sais pas, reconnut-il, l'air contrit. Mais les Van Apfel ont certainement de bonnes raisons. Ils pensent sans doute que c'est une profanation du corps que Dieu a créé. Et ils essaient à tout prix de protéger Ruth parce qu'ils n'ont pas été capables de le faire de son vivant. Mais je ne suis sûr de rien, Tik. Je ne comprends pas leur attitude… (Papa soupira.) Le coroner doit toutefois tenir compte de l'intérêt général, poursuivit-il. Il va réfléchir à tout ça et peut-être conclure, pour une raison ou une autre, que l'autopsie ne révélerait rien d'utile. Cela arrive souvent qu'on ne parvienne pas à déterminer la cause du décès, surtout dans un cas comme celui de Ruth, qui a été livrée aux intempéries pendant neuf jours… Les Van Apfel ont beaucoup souffert, conclut-il.

Le miroir s'embuait de sorte que le visage de papa s'était estompé. Le robinet versa des pleurs dans le lavabo.

— Tikka, reprit-il. Ce n'est pas un sujet pour une enfant de ton âge. Tu ne dois pas te soucier de…

Je me bouchai les oreilles. Mes yeux se remplirent de larmes.

— Dis ça à Ruth ! lui criai-je. Elle n'a même pas mon âge et elle est morte ! Et ses parents refusent de lui expliquer pourquoi !

Je pivotai sur les talons, me précipitai dans ma chambre, claquai la porte derrière moi, puis, m'adressant à elle, je hurlai :

— Pourquoi je suis la seule à être gênée par l'odeur de la rivière ? Pourquoi personne ne sent qu'elle pue ?

En fin de compte, le coroner s'interposa et rejeta la requête des Van Apfel de ne pas procéder à une autopsie. Sauf qu'elle ne révéla pas grand-chose. Les causes exactes de la mort de Ruth restaient mystérieuses. Nous n'étions pas plus avancés.

Mais j'eus un peu moins de chagrin pour elle.

On remit Ruth en terre un lundi matin, huit jours après la découverte de son corps et dix-sept après sa disparition. Ses obsèques eurent lieu au Centre du Renouveau de l'Espoir, même si le renouveau n'y était pas du tout évident.

C'était là que M. et Mme Van Apfel passaient le plus clair de leur temps, et non au poste de commandement de la police dans la vallée ou dans leur maison donnant sur Macedon Close. La veille, ils avaient assisté à l'office Lève-toi de 8 heures. « Il vaut mieux implorer la grâce de Dieu ici que la chercher dehors. » C'est ainsi qu'ils justifiaient de ne pas s'associer aux recherches de leurs deux autres filles.

— Pour l'amour du ciel, vous ne retrouverez pas vos filles dans une église, s'était indignée Mme McCausley.

Mais Ruth s'y trouvait bel et bien ce lundi matin.

Une photo d'elle trônait sur le couvercle de son cercueil. Ses tresses, droites comme des flèches, pointaient vers la sortie, au fond de la salle de culte. Elle fut enterrée, non pas incinérée. On la remit dans la terre d'où les policiers s'étaient donné tant de mal pour l'exhumer.

Pendant la cérémonie, on alluma les bougies qui restaient de la veillée organisée dans le parc une semaine auparavant. Mme Lantana, qui en avait trop apporté – cinq mille –, les avait rangées dans son garage entre les pièges à rats et les packs de bière ramollis. Elle les avait transportées pour les obsèques de Ruth, les empilant dans son break blanc lourd et fiable. Après quoi, elle les rapporterait à l'église, de l'autre côté de la vallée.

À notre arrivée devant la grande porte à double battant, on nous sépara en deux rangées. Il ne semblait pas y avoir de plan préconçu, mais la femme qui nous accueillait à l'entrée tenait à ce que la salle de culte soit remplie depuis les premiers rangs, de part et d'autre.

— C'est comme séparer les chèvres des moutons, commenta Mme McCausley.

Moi, ma famille et elle, on était de l'autre côté de la travée, par rapport à M. et Mme Van Apfel. Impossible de deviner, toutefois, si cela faisait de nous des moutons ou des chèvres.

Il n'y avait pas de fenêtre dans la salle de culte du Centre du Renouveau de l'Espoir. Pas la moindre lumière naturelle. Et celle en provenance des spots encastrés dans le plafond était très faible, de sorte que l'assemblée des fidèles semblait attendre le début du film dans un cinéma. Une énorme estrade tapissée de moquette occupait le devant de la salle et était équipée de projecteurs de couleurs vives. Ceux-ci n'avaient pas été allumés – par respect envers Ruth, supposai-je. Ou alors, c'était juste que M. et Mme Van Apfel avaient exigé la pénombre.

Une batterie et des micros posés à même la moquette avaient été abandonnés sur l'estrade. Comme si le groupe des musiciens était en train de prendre une pause dans les coulisses et jouerait son bis après l'office. Le cercueil de Ruth trônait au milieu. Sur le couvercle, à côté de sa photo, était posé un Bisounours jaune, dont les cheveux étaient taillés en crête iroquoise.

— C'est Cordie qui a fait ça, me révoltai-je, me souvenant du jour où elle avait joué au coiffeur.

C'était typique d'elle de voler la vedette à Ruth pour une fois que celle-ci occupait la première place.

— En plus, ça pue ici, soufflai-je à Mme McCausley.

— C'est le muguet.

Elle désigna les arrangements floraux. Mais pour moi, c'était surtout l'odeur du désespoir et des mouchoirs qui régnait à l'enterrement de Ruth.

De l'autre côté de la travée, M. Van Apfel resta droit, le dos raide, pendant toute la cérémonie. Mme Van Apfel, assise près de lui, sanglotait sans faire de bruit dans ses poings serrés, acceptant la fatalité : le pire avait fini par arriver… Leurs chaises étaient décalées par rapport aux autres, de sorte qu'ils étaient les plus proches de Ruth – à part le pasteur sur la scène.

Celui-ci prit la parole. Il lut un long texte déroutant qui parlait d'anges, d'autels, de têtes de chevaux, d'abîmes sans fond : « Délie les anges qui sont liés sur le fleuve ! Un malheur est passé. Voici, il vient encore deux malheurs après cela[1]… » Pendant ce temps-là, Grojojo souriait gentiment aux fidèles du haut du cercueil, telle une sorte de divinité du pop art, et les fleurs de muguet se fanaient et viraient au marron dans l'air conditionné stagnant. Soudain, M. Van Apfel pivota pour regarder l'assistance – amis, voisins et professeurs, tous réunis là pour

1. Un mélange des versets 14 et 12 (dans cet ordre) du chapitre 9 de l'Apocalypse de saint Jean.

Ruth. Il promena ses yeux rougis et remplis de gratitude sur l'assemblée. Adressa un signe de tête à quelques personnes. Plongea tout à coup ses yeux dans les miens.

Vous savez, pensai-je. *Vous saviez que vos filles avaient prévu de fuguer. En plus, vous savez que moi aussi je le savais.* La transpiration me picota la nuque. Mais M. Van Apfel me gratifia d'un sourire généreux. Puis il se retourna vers le cercueil de sa fille.

Après le service funèbre, Jade Heddingly voulut nous pomper des infos. Ses parents ne lui avaient pas permis d'y assister au motif que c'était trop bouleversant pour un enfant. Ce qui ne l'empêcha pas de vouloir connaître les détails sordides.

— Vous l'avez vue ?

Mme McCausley secoua la tête.

— Dieu merci, le cercueil était fermé. Personne n'avait envie de voir la pauvre petite.

— Qu'est-ce qu'on a prêché ?

— Le sermon était bizarre. Des trucs sur la vallée remplie d'ossements, répondit Mme McCausley. On leur donne des nerfs, on les couvre de peau et ils revivent. Comme si ça pouvait nous réconforter…

— Ézéchiel 37, ajoutai-je pour Jade.

Lorsque Mme McCausley s'aperçut que je connaissais le verset de la Bible, c'est tout juste si la surprise ne la fit pas tanguer. Je me gardai de lui révéler que je l'avais appris à l'occasion de la séance de lecture biblique de M. Van Apfel. Non seulement cela remontait à une éternité, mais surtout, c'était très agréable de surprendre Mme McCausley. Pour une fois qu'elle ignorait quelque chose…

— Je n'ai pas reconnu les chants non plus, avoua-t-elle à Jade. Autant que je sache, ce n'était pas des cantiques, uniquement de la musique pop.

La discussion s'interrompit quand nous vîmes par la fenêtre le corbillard s'ébranler. Je pensai à Ruth, couchée dans le cercueil. Hermétiquement fermé comme une boîte Tupperware. Même après le sermon si triste, les chants, les photos de Ruth montrées sur une présentation PowerPoint, c'était l'idée qu'elle soit enfermée pour toujours dans ce machin qui m'accablait le plus.

Contrairement à ce que tout le monde avait supposé, les Van Apfel ne vendirent pas leur maison et ne quittèrent pas Macedon Close. Au cours des semaines qui suivirent l'enterrement de Ruth, Mme Van Apfel se retira dans cette demeure lugubre du haut de la rue, toujours aussi impeccable, toujours aussi respectable. Seule la piscine, négligée, prenait une teinte verdâtre.

Par ailleurs, Mme Van Apfel ne s'associa pas aux recherches pour Hannah et Cordie. Elle laissa aux experts le soin de ne pas retrouver leur trace. En réalité, on ne la revit jamais dans la vallée après la découverte de la pauvre Ruth. Elle restait chez elle ou rendait visite au Seigneur. Elle se cramponnait à ses engagements auprès du Centre du Renouveau de l'Espoir – Louange et Adoration le mercredi, Lève-toi le dimanche matin. Elle embaumait son âme dans son emploi du temps. Comme si la seule chose qui l'aidait à tenir, c'était de tracer scrupuleusement des traits rouges sur son calendrier.

Quant à M. Van Apfel, il comptait sur un fauteuil de jardin en plastique vert, qu'il plaçait sur le chemin longeant son jardin. Il s'y asseyait tous les matins et la plupart des après-midi. Comme dans un rêve. Trônant sur du plastique délavé. On aurait dit qu'il craignait de disparaître lui aussi, comme ses filles, s'il ne se rendait pas visible aux gens qui passaient dans la rue. Et le fauteuil vert, bien qu'il eût un pied fendu, supportait pendant des heures le poids de cet homme. M. Van Apfel se bornait à la contemplation, sauf si on s'approchait de lui. Là, il se mettait à vous réciter des versets de la Bible.

Comme sa femme, M. Van Apfel se désintégrait peu à peu. Au fil des mois et des années, il continua de nous citer les saintes écritures, mais en mélangeant les versets et avec une conviction émoussée. Et le plus étrange, c'est qu'on s'habitua tellement à sa présence en cet endroit, dans ce fauteuil vert, qu'on finit par ne plus le remarquer.

Puis ce fut terminé : les Van Apfel disparurent sous nos yeux.

Il y eut cependant un soir où M. Van Apfel évolua en pleine lumière. Où il surgit, silhouette distincte, tout en angles, et proféra une diatribe pleine de fureur. Planté dans l'obscurité, devant le goulot d'étranglement de notre cul-de-sac, il vomit son venin.

C'était un soir de ramassage des ordures. Des poubelles rouges de la municipalité s'alignaient au bord du trottoir, mêlées aux vertes des déchets végétaux. Telles des décorations de Noël échelonnées dans le caniveau. *Meilleurs vœux ! Bonne année !*

M. Van Apfel batailla avec sa poubelle pour la mettre dans la rangée, et un sac qui débordait s'accrocha à un crochet de plastique et creva, déversant sur la route os de poulet gras, feuilles de laitue fripées, mouchoirs en papier roulés en boule. Les détritus s'amoncelèrent à ses pieds.

Et voilà. C'est à ce moment-là qu'on vit craquer M. Van Apfel.

Il s'en prit à la poubelle – à sa vie, à l'injustice de tout cela. Il se déchaîna et jura. Pendant de longues minutes.

À tel point que les voisins, curieux et attirés par ses vociférations, eurent le temps de quitter leur fenêtre pour baisser le son de la télé et de revenir à leur poste d'observation. D'approcher un siège.

Le désespoir de M. Van Apfel était fascinant.

Pendant ce temps, des nuages noirs et menaçants s'amassaient dans le ciel nocturne. M. Van Apfel s'interrompit l'espace d'un instant. Reprit son souffle. Se regonfla. Et flanqua de violents coups de pied à sa poubelle, laquelle oscilla, vacilla, se rétablit.

Si la poubelle resta droite, M. Van Apfel s'effondra, se froissant comme un origami en papier très fin. Accroupi seul dans le noir, il hurla. Puis les hurlements cessèrent et il n'y eut plus rien.

Rien, hormis le bruit sourd de la pluie. Elle tomba d'une manière étrange et hésitante, comme si elle n'était pas sûre de vouloir tomber.

— Papa, il pleut, dis-je, saisie d'une sorte de crainte.

Postés devant la fenêtre du salon, on regardait tous les deux la pluie.

Elle tomba bientôt avec plus d'intensité, plus d'assurance, plus de confiance en elle. Elle coula autour des poubelles à roulettes. Elle s'épaissit avec l'huile de moteur répandue sur la chaussée et dévala la pente en formant des arcs-en-ciel sinueux.

M. Van Apfel resta accroupi dans les ténèbres, apparemment insensible aux hallebardes sur son corps. L'eau ruissela sur ses joues, trempa sa chemise blanche à col, s'infiltra dans les trous décoratifs de ses vénérables souliers Richelieu. Puis la pluie cessa. Alors il se leva et rentra chez lui, boudant comme un enfant.

Quinze jours après la découverte du cadavre de Ruth, on mit un frein aux recherches. Non parce qu'on avait retrouvé les sœurs, mais parce qu'on ne les avait pas retrouvées. (Et l'autopsie pratiquée sur Ruth n'avait pas révélé grand-chose.)

Un détachement spécial fut chargé de l'enquête. Un nouveau groupe d'experts remplaça nos parents, les membres du service d'intervention d'urgence et tous les flics à casquette bleue sous les ordres de l'inspecteur principal Mundy.

Ce fut Wade Nevrakis qui nous l'annonça, et on comprit qu'il disait la vérité puisqu'on les vit quitter le poste de commandement mobile. Les abris furent abandonnés, leurs toits rouillés rougeoyant dans la chaleur vespérale, telles des braises mal éteintes.

L'affaire avait été transmise à un détachement spécial après vingt-trois jours de recherches intensives. Une semaine par fille. Un peu plus pour Ruth, si on se rappelle qu'on l'avait retrouvée au bout de neuf jours. Il est vrai qu'elle était déjà morte.

M. Avery aussi était mort quand on le découvrit. Pendu dans sa douche. Huit mois après la disparition des sœurs. Un délai suffisant pour que l'on décide que l'enquête serait distincte, mais pas assez pour que les deux événements ne soient pas liés à jamais dans les ragots du quartier…

Ses pieds le trahirent. Avec leur belle cambrure, leurs os saillants, tels les contours d'une carte. Il était pendu à la barre de douche dans la petite salle de bains de son logement de location. Il avait pris le temps de bien tirer le rideau en plastique aux motifs de gouttes de pluie. Son corps ballottait doucement sous le souffle du vent d'août. Il remuait et tournoyait. En fait, c'était le rideau visqueux, plaqué sur les carreaux mouillés, qui semblait mort, pas lui.

M. Avery portait son éternelle chemise à manches courtes et son pantalon marron, repassé. Ses mains poilues pendouillaient hors de ses poches. Sa langue sortait de sa bouche, raide et desséchée, comme s'il avait tenté de dire ce qu'il savait avant d'expirer.

C'est Jim qui l'avait découvert. Jim Jericho, qui s'était pointé dans sa camionnette. Celle qui affichait : *Tout se répare. Bon prix et rabais pour les potes.* Il venait pour déboucher une canalisation, bien qu'il fût en congé. La porte était ouverte. Il était entré.

Plus tard, il avait dit : « Merde, les mecs, j'en croyais pas mes yeux. »

Et aussi : « Quelle horreur de tomber sur ça ! »

Et enfin : « Un type ne se remet jamais de voir ça. Surtout un jour de congé. »

Impossible d'affirmer que le suicide de M. Avery était le signe de sa culpabilité – de sa complicité dans la disparition des sœurs. Non que cela ait empêché les gens d'être tentés de le faire. D'après Mme McCausley, son cadavre dans la douche était une preuve flagrante. Pour elle, le suicide était synonyme de culpabilité, et elle le soupçonnait depuis toujours. Depuis le jour où elle l'avait vu dans le magasin du coin. Je me gardai bien de lui rappeler qu'elle l'avait manqué, à quelques minutes près. Une vétille telle que la vérité n'arrêtait de toute façon jamais Mme McCausley : juge, jury et bourreau.

Peut-être que M. Avery s'en voulait de ne pas s'être donné assez de mal pour sauver les sœurs, pour sauver Cordie. Un sentiment qu'on éprouvait tous.

Les policiers prirent la déposition de Jim pour ce qu'elle valait. Il n'en savait pas beaucoup plus que nous, en réalité. Ce que Jim savait, en revanche, c'était que la barre de douche avait résisté au poids du corps. Normal, puisqu'il l'avait posée lui-même. Il l'avait sécurisée lors de l'installation de M. Avery dans son logement de location.

Peu de temps avant que Cordelia ne tombe d'un arbre.

20

Comme convenu sur le parking du supermarché, j'ai rendu visite à Mme McCausley. Le jeudi après-midi, à l'heure du thé.

— Tiens, tu es venue avant 16 heures ? m'a lancé l'octogénaire tandis que je franchissais sa porte moustiquaire. (Elle semblait étonnée, comme si elle ne s'attendait pas à ma ponctualité.) C'est bien, parce qu'à 16 heures je nourris les kookaburras, mais je te l'ai déjà dit, non ?

Est-ce que c'était mauvais signe qu'elle se répète ou bon signe qu'elle s'en rende compte ? Je l'ignorais.

Je l'ai suivie dans un couloir sombre menant à un salon immaculé. Moquette moelleuse. Napperons caparaçonnant la moindre surface. Elle m'a fait signe de m'asseoir sur le canapé, à l'endroit où il était protégé par une couverture au crochet.

— Je vais mettre la bouilloire en marche. Tu bois du thé ?

— Oui. Formidable !

J'ai écouté les allées et venues de la vieille dame dans la cuisine tout en parcourant du regard les tableaux de paysages aux murs, la table basse rutilante à force d'être astiquée, les poupées en porcelaine dont les bonnets de dentelle masquaient les yeux vitreux. Mme McCausley est revenue avec un plateau garni de tasses et de soucoupes, et d'un plat de petits gâteaux Scotch Finger. Elle l'a posé sur la table, à côté d'une théière recouverte d'un cache en tricot.

— C'est gentil à toi de venir me voir, Tikka, a-t-elle dit tout en servant le thé.

— Je ferais n'importe quoi pour un Scotch Finger, madame McCausley.

Il y avait pire comme raison de se rendre dans la maison située en haut de la rue, même si Laura affirmait le contraire.

— Ça fait longtemps que tu n'étais pas venue chez moi.

— Très longtemps, ai-je acquiescé. Depuis ma dernière visite à Macedon Close.

— Dix ans ?

— Huit peut-être.

— Tu n'avais aucune raison de t'enfuir, a-t-elle commenté, énigmatique.

— Comment va votre hanche, aujourd'hui ? ai-je fait pour changer de sujet.

Mme McCausley s'est rembrunie.

— Et la tienne ? C'est ça le plus important, a-t-elle répliqué sèchement, comme offensée que j'aie posé une question aussi personnelle.

— Ma hanche ? ai-je répété, désarçonnée. Mais… la dernière fois que je vous ai vue, vous m'avez parlé de prothèse.

Une expression s'est peinte sur son visage, qui signifiait qu'elle en doutait énormément.

— Je suis désolée, madame McCausley, je voulais juste…

De crainte de la perturber davantage, je n'ai pas terminé ma phrase. Avait-elle vraiment oublié cette partie de notre échange au supermarché ?

La conversation a ensuite dérivé sur son jardin, mon travail au labo, une nouvelle série policière sur la chaîne ABC. Mme McCausley me la conseillait, même si l'intrigue lui semblait parfois trop compliquée. C'était un peu violent, bien sûr, mais cela ne la dérangeait pas…

J'ai commencé à me dire qu'il était temps de m'éclipser.

— Vos kookaburras doivent avoir un petit creux. C'est presque l'heure de leur goûter.

Mme McCausley a eu un sourire narquois, que je n'ai pas su interpréter. Elle a jeté un coup d'œil à la porte coulissante en verre donnant sur la terrasse à l'arrière de sa maison. Ses oiseaux ne s'étaient pas encore manifestés. Du moins, c'est ce qu'il me semblait. Mais de lourds rideaux en brocart, brodés d'oiseaux plus délicats, pendaient de chaque côté de la porte et obstruaient une partie de la vue.

— Voyons, Tikka, tu ne peux pas partir avant que je te dise ce que j'ai à te dire. Que je te dise ce que j'ai vu.

— Ce que vous avez vu ?

— Oui, a-t-elle répondu. Ce que j'ai vu la veille de la disparition des sœurs Van Apfel.

J'ai relevé brusquement la tête.

— Pardon ?

— Ce que j'ai vu la veille de la disparition des sœurs Van Apfel, a-t-elle répété. Je n'en ai parlé à personne…

La vieille dame a alors entrepris de me raconter ce qui s'était passé il y avait vingt ans de cela, presque jour pour jour ! La veille du spectacle, donc.

Elle était sortie dans Macedon Close, une brochure sur la nouvelle gamme de boîtes hermétiques transparentes Tupperware dans sa main gauche, une essoreuse à salade dans la droite.

— Quelle heure était-il ? l'ai-je interrompue.

— 20 h 30, a-t-elle supputé. C'était après *À cœur ouvert*.

Mme McCausley ne ratait jamais un épisode de ce soap opera. On pouvait se fier à cet horaire.

Elle avait traversé le cul-de-sac en chancelant sur ses talons hauts, parcouru l'allée des Van Apfel en les faisant claquer. Elle avait l'intention de vendre l'essoreuse à Mme Van Apfel (laquelle ne le savait pas encore).

— Une essoreuse à salade à couvercle rétractable pour faciliter l'empilement et le rangement, m'a-t-elle expliqué, débitant sans effort son boniment de vendeuse, comme si c'était hier.

Mme McCausley fournissait sa voisine en boîtes Tupperware depuis des lustres. Si elle ne lui avait jamais proposé de ristourne, elle s'empressait de faire remarquer que tous les produits Tupperware pouvaient être renvoyés dans un délai de trente jours si vous étiez déçu d'une manière ou d'une autre. (Ce qui était plus généreux qu'il n'y paraissait, vu le risque réel de déception quand il s'agissait de Mme Van Apfel.)

Ce soir-là, toutefois, Mme Van Apfel avait dû attendre sa potentielle déception. En effet, alors qu'elle s'approchait de la maison Van Apfel, son essoreuse sous le bras, Mme McCausley avait entendu des éclats de voix.

— « Immoral » par-ci et « Pénitence » par-là. En vérité, des paroles qui m'ont gênée.

Pas au point, toutefois, de l'empêcher de monter les trois marches menant à la véranda, qui offrait une vue parfaite sur le salon. Ni de rester là sans sonner, pour observer à loisir ce qui se passait chez ses voisins.

M. Van Apfel était assis dans le fauteuil de son père, les pieds fermement plantés sur le tapis. Devant lui, au milieu de la pièce, se tenaient Hannah et Cordie, qui subissaient de plein fouet sa diatribe. Il tenait un cure-dents à la main, avec lequel il ponctuait chacun de ses mots. Il y avait d'ailleurs une petite armée de cure-dents dans un pot posé sur la table à côté de lui.

— Un pot Tupperware, a précisé Mme McCausley, avant d'ajouter : Au dîner, ils avaient mangé du rosbif ; l'odeur s'échappait par une fenêtre de l'étage. Tu sais que mon Ralph insistait pour que j'en serve une fois par semaine. Avec des légumes. Une demi-cuillère à café de bicarbonate de soude pour qu'ils brillent, c'est ça le secret.

— Où était Ruth ? Vous la voyiez aussi ?

Ruth, déconfite, se trouvait dans l'embrasure de la porte.

— Celle du garage ?

Non, celle qui menait aux autres pièces de la maison – les chambres d'en bas, la buanderie, le cabinet de travail, l'escalier en colimaçon. Mme McCausley entendait aussi quelqu'un dans la cuisine au premier étage, qui cognait la vaisselle en la rangeant dans les placards avec suffisamment de force pour exprimer sa consternation, mais pas assez pour ébrécher une assiette.

— Cordelia était la seule à parler, a enchaîné Mme McCausley. Leur père prenait à peine le temps de respirer, mais elle ripostait dès que c'était possible. Pas question pour elle de supporter ça en courbant l'échine.

— Supporter quoi ? ai-je demandé, le cœur battant la chamade.

— Oh, je ne pouvais pas vraiment distinguer les mots.

Ma question a paru offenser Mme McCausley, si bien que j'ai craint d'avoir rompu le charme et qu'elle perde le fil de son histoire. Heureusement, elle a continué :

— Pas les siens en tout cas. Ceux de M. Van Apfel se distinguaient plus facilement, j'en comprenais au moins la moitié.

Combien de minutes Mme McCausley était-elle restée sur la véranda, à la tombée du jour, à écouter M. Van Apfel hurler sur ses filles ? Elle n'en savait trop rien.

(Et pendant ce temps-là, dans les maisons du quartier, les gens regardaient la télé. Sur ces écrans, au bout de tubes cathodiques, les mêmes scènes se déroulaient, dans des impasses semblables à la nôtre ; des gens se bagarraient, s'embrassaient, mangeaient. Rangeaient des assiettes dans les placards. Étaient aussi banalement immoraux que les filles de M. Van Apfel… Si seulement ce dernier en avait pris conscience…)

— Mais je suis restée assez longtemps pour le voir vraiment s'emporter.

— Comment ça, « s'emporter » ?

— Attends, tu vas voir… Déjà, il tempêtait et bourrait de coups de poing les accoudoirs de ce joli fauteuil que sa femme avait recouvert… Tu t'en souviens certainement, celui tendu de tissu William Morris Rose Tudor.

— Pas vraiment.

— Si, voyons. Le vert.

— Et alors ? Qu'est-ce qui est arrivé ?

Mme McCausley a hésité. Elle n'était plus sûre de devoir le raconter.

— C'est un peu tard pour reculer, ai-je dit.

Elle en a convenu et, manifestement soulagée, a repris son récit.

M. Van Apfel s'était levé, bousculant la table basse à côté de lui, de sorte qu'un flot de cure-dents s'était répandu sur la moquette et sous le fauteuil, jusque dans les franges du tapis.

Ce qui était sorti de sa bouche, Mme McCausley ne l'avait pas compris. Il éructait, battant des paupières, les yeux révulsés comme s'il avait voulu regarder en arrière plutôt que devant lui : « Airdiddia diddia. Heresisshisshia sshisshia sshisha. Airdiddia diddia. »

— Qu'est-ce que ça voulait dire ?

— Mon Dieu, je l'ignore ! Il parlait en langues ! Il a fini par se taire, a cligné des yeux d'un air stupéfait. Les bruits de vaisselle se sont arrêtés.

— Et après ?

Après, M. Van Apfel s'était approché à grands pas de Hannah et Cordie, tellement proches l'une de l'autre que le dos de leurs mains se touchait, tandis que leurs doigts étaient entrelacés. Hannah a émis une objection – que Mme McCausley n'entendit pas, mais que son père rejeta froidement. « Tais-toi. Le Seigneur connaît ton âme. »

Sur ce, il s'était projeté en avant et avait attrapé une poignée de cheveux de Cordie. Il les avait tournés, obligeant celle-ci à tourner la tête également. Le souffle coupé, elle avait fermé les yeux sous l'effet de la douleur.

Arrête ! avait articulé Ruth en silence, toujours debout dans l'embrasure de la porte.

Hannah avait paru jurer à voix basse, les yeux rivés sur le tapis délavé. Sans en tenir compte, son père avait traîné Cordie par les cheveux. La bouche crispée en d'horribles grimaces, elle avait tendu un bras pour le repousser. En vain.

« À genoux ! » avait-il aboyé, la forçant à se baisser.

Elle était tombée sur ses genoux nus, s'était penchée vers lui dans une tentative pour atténuer la pression sur son cuir chevelu, mais il s'en était rendu compte et avait resserré sa poigne tandis qu'elle sanglotait, les yeux toujours fermés.

« Seigneur Jésus agneau de Dieu prince de la paix », les mots s'égrenaient de la bouche de M. Van Apfel. « Tu es le chemin, la vérité et la lumière, nul ne vient au Père que par toi. Nul ne connaît le chemin que par toi. Nul ne voit la vérité que par toi. »

Chaque fois qu'il disait « toi », il tirait violemment sur la tête de Cordie, l'approchant davantage de sa jambe.

« Nul ne voit la vérité que par toi, cria-t-il, répète ! »

Cordie avait répété. Du moins, c'est ce qu'il avait semblé à Mme McCausley.

« Amen », avait conclu la voix de Mme Van Apfel.

Debout devant la porte, celle-ci fermait aussi les yeux et oscillait en écoutant la litanie de son mari.

M. Van Apfel continuait cependant d'agripper les cheveux de Cordie, qui dit sans doute quelque chose parce qu'il se courba jusqu'à frotter sa joue contre celle de sa fille.

À ce moment-là du récit de Mme McCausley, j'ai senti nettement – sans nul doute comme Cordie à l'époque – les poils de barbe de son père me piquer la joue. Le relent de bœuf aigre de son haleine.

Son visage s'était plissé et il avait lâché les cheveux de Cordie de façon à pouvoir effleurer du bout du doigt, avec amour, l'arête de son nez. Ce don de Dieu. Cordeli. *Aaah.* Il s'était penché encore plus près d'elle et avait murmuré au creux de son oreille, mais elle avait eu l'air de refuser de prononcer quoi que ce soit. Devant la porte, Mme Van Apfel répétait « Amen », tandis que son mari fulminait sur la honte.

— Et *trous profonds* ? Quelque chose sur des *trous profonds*... Je n'ai pas saisi, a reconnu Mme McCausley. Et aussi : *Le méchant se sauve sans qu'on le poursuive*[1]. Je me souviens de ce passage parce qu'il l'a vociféré, maintes et maintes fois. Je suis surprise que vous ne l'ayez pas entendu de chez vous.

— Se sauver ? Comme s'enfuir ? ai-je voulu savoir.

Voilà donc la punition de M. Van Apfel. Sa façon de leur faire payer leur projet de fugue. Pas étonnant que Cordie ait été tellement désespérée, au point de vouloir lui échapper, et d'essayer de

1. Proverbes, chapitre 28, verset 1.

monter dans notre voiture pour aller au spectacle le lendemain.

— Vous êtes sûre qu'il a dit « se sauver », madame McCausley ? C'est important.

— Bien entendu que j'en suis sûre. J'ai l'ouïe fine, tu sais.

Tout le monde dans la rue savait qu'elle mettait le volume de sa télé au maximum.

Quoi qu'il en soit, à en croire Mme McCausley, juste après ça, juste après que Cordie avait lancé un regard méprisant à son père et refusé de dire ce qu'il lui demandait, M. Van Apfel s'était emparé d'une grosse mèche de ses cheveux et l'avait tirée. Cordie avait écarquillé les yeux de douleur, et serré encore plus les lèvres.

« Papa, non ! » avait supplié Hannah.

Loin de se laisser fléchir, M. Van Apfel avait arraché la poignée de cheveux de la tête de Cordie.

— Ses cheveux ?! me suis-je exclamée, horrifiée.

— Absolument, a confirmé Mme McCausley, qui se pencha et baissa le ton comme si le plus scandaleux était à venir : J'ai hurlé, dit-elle, tellement c'était atroce.

— Vraiment ?

— Oui.

— Fort ?

— Oh oui.

Agenouillée, abasourdie et muette, Cordie avait fixé ses cheveux que son père tenait à la main. Ruth sanglotait à fendre l'âme près de sa mère. Hannah avait tendu le bras vers la fenêtre du salon et avait dit : « Madame McCausley. »

Ils s'étaient tous retournés pour faire face à Mme McCausley, plantée sur la véranda, le visage figé par l'épouvante. Ses talons hauts étaient fichés dans le paillasson en fibres de coco, ses mains plaquées sur sa bouche. Une fraction de seconde, par correction, elle avait affiché la confusion d'être prise sur le fait. Puis elle avait laissé tomber sa main, haussé un sourcil et, les lèvres pincées par une moue réprobatrice, brandi son ustensile : « Une essoreuse à salade ? Ça vous intéresse ? »

— Comment ont-ils réagi ?

— Oh, M. Van Apfel a été charmant comme à son habitude. Il m'a priée d'entrer, se comportant comme si de rien n'était. Il était tellement détendu que j'en suis presque venue à croire que j'avais rêvé. À ceci près qu'il serrait toujours les cheveux de Cordie dans son poing.

— Il serrait toujours… !?

— Pendant tout notre échange.

— Oh, mon Dieu, quelle honte !

— Tu penses bien que je n'allais pas chapitrer M. Van Apfel sur la honte !

— Mais les filles ? Où étaient-elles ? Et Mme Van Apfel ?

— Les filles se sont éclipsées à l'étage. Leur mère est restée dans le salon. Elle a acheté l'essoreuse, même si la couleur lui déplaisait. C'était une femme difficile à satisfaire.

— Vous lui avez vendu l'essoreuse ?

— Qu'est-ce que j'étais censée faire ?

Mme McCausley avait terminé son histoire et débarrassait la table. À présent que le vent du scandale ne gonflait plus ses voiles, elle faisait de nouveau son âge.

— Mais… pourquoi n'avoir rien dit ? lui ai-je lancé, tandis qu'elle posait avec précaution les jolies tasses, les soucoupes en porcelaine à motifs de fleurs et les petits gâteaux sur le plateau. À la police ? Pendant l'enquête ? Et pourquoi ne pas en parler maintenant ?

— Fais-le, toi, a-t-elle répondu d'un ton égal. Puisque je t'ai tout raconté.

Elle a marqué une pause, comme si elle hésitait à m'en révéler davantage, puis elle m'a adressé un sourire complice.

— De toute façon, plus personne ne me croirait. Tout le monde pense que j'ai perdu la boule.

21

Les traits de mon père étaient difficiles à discerner dans l'obscurité du garage en désordre. Courbé, il cherchait à tâtons la poignée du coffre de sa voiture. J'entendais sa respiration. Régulière, empreinte d'une patience improbable. Au bout d'un certain temps, le déclic s'est produit : le hayon s'est enfin ouvert et la lumière qui y était reliée a éclairé mon père, formant autour de lui un léger halo rectangulaire.

— Et voilà le travail, tout est là, a-t-il dit.

Des boîtes s'empilaient jusqu'au plafond de son 4 × 4. Des cartons carrés, pratiques, portant l'inscription *Banque alimentaire* sur un côté. Nous devions les déposer sur le sol afin que d'autres – des bénévoles de la Banque alimentaire de la région – puissent les transférer dans leur propre 4 × 4 et les emporter dans l'entrepôt, suivant un enchaînement de missions dont la complexité me dépassait.

— Tu penses y arriver ? m'a lancé papa.

— Est-ce qu'on pourrait mettre plus de lumière pour commencer ? ai-je répondu.

Je me suis dirigée vers le mur du fond, ai appuyé sur un interrupteur. Le tube fluorescent du plafond a clignoté une fois, deux fois, avant de s'animer.

Papa semblait plus mince vu de loin. Il avait une bonne soixantaine d'années et, même s'il lui restait beaucoup de cheveux, ils se dressaient en touffes duveteuses, complètement blanches, où il passait la main en ce moment précis.

— Les cartons sont rangés en fonction d'un certain ordre ? me suis-je enquise.

Non, aucun. Chacun contenait les mêmes boîtes de conserve. Haricots blancs à la sauce tomate, haricots rouges, petits pois, betteraves en tranches. Par une fente dans un carton, j'en ai repéré une de lait condensé.

— Tu nous permettais de boire du lait condensé, tu te rappelles ?

— Vraiment ? s'est étonné papa, feignant l'ignorance. Ce n'est pas possible.

Nous avons commencé à décharger. Les boîtes s'entrechoquaient dans leur maison en carton à mesure que nous les empilions le long du mur du garage. J'avais chaud, et j'ai senti la sueur perler sur mon cou au bout d'un moment.

— Tu as rendu visite à ta copine Mme McCausley hier, n'est-ce pas, Tik ?

Maman avait dû lui en toucher un mot. J'ai acquiescé :

— Elle raconte que tout le monde la croit sénile, mais elle m'a paru en forme. Elle se souvient de détails surprenants. Par exemple… (j'ai hésité) par exemple qu'elle était chez les Van Apfel la veille de la disparition des sœurs.

J'ai laissé la phrase en suspens, mais papa a continué de ranger les cartons avec une expression volontairement sereine. Il n'avait nulle envie de se laisser entraîner dans cette conversation.

— D'après elle, c'était plutôt chaud ce soir-là. M. Van Apfel s'était montré violent et tout…

J'ai regardé papa attraper le carton suivant puis le glisser au bord du coffre, prêt à le soulever. Il s'est tourné vers moi pour m'indiquer que je devais prendre l'autre côté du carton. Nous l'avons posé sur le sol.

— Violent, a-t-il commenté après un long silence. Vraiment ? C'est Mme McCausley qui te l'a dit ?

— Absolument.

— Et quoi d'autre ? a-t-il ajouté, agacé.

— Elle ne cancanait pas, j'en suis convaincue. Ce dont elle m'a parlé pourrait être important, papa. M. Van Apfel était hors de lui : elle l'a vu arracher une touffe des cheveux de Cordie.

Papa a secoué la tête. J'ignorais qui était l'objet de sa réprobation : M. Van Apfel, Mme McCausley ? Ou moi, qui remuais de nouveau le passé ?

— Tu peux porter ça de l'autre côté, Tikka ?

J'ai saisi le carton et, soudain, je me suis mise à parler, habitée par l'étrange sensation à laquelle j'étais souvent en proie dans mon enfance : quelque chose se débouchait au creux de ma poitrine. Cela se déplaçait pour laisser libre cours aux mots.

— Elles projetaient de fuguer, tu sais. Hannah, Cordie et Ruth. Elles comptaient s'enfuir de chez elles le soir du spectacle, le soir de leur disparition. M. Van Apfel le savait.

J'ai marqué une pause avant de continuer :

— Laura et moi aussi, on était au courant.

— Je sais, a répondu papa.

— Tu le sais ?!

— Oui.

Papa a abandonné au fond du coffre le carton qu'il s'apprêtait à soulever. Il avait compris qu'il ne couperait pas à cette conversation.

— Laura en a parlé à ta mère. Peu après son diagnostic. C'est incroyable ce qui sort de l'ombre quand quelqu'un apprend qu'il a un cancer.

J'étais sidérée :

— Qu'est-ce que Laura a dit ?

— Exactement la même chose que toi. Que les sœurs Van Apfel avaient l'intention de s'enfuir ce soir-là, et que vous étiez au courant toutes les deux. Mais, franchement, ta mère et moi nous doutions qu'il y avait anguille sous roche. Vous vous entendiez comme larrons en foire toutes les cinq, et on pensait bien que, s'il se passait quelque chose de bizarre, ta sœur et toi seriez dans la confidence.

— Pourquoi ne pas nous avoir tiré les vers du nez, alors ? Ou nous avoir ordonné de le dire à la police ?

— Nous avions confiance en vous, a-t-il expliqué en riant gentiment. Vous étiez des braves gosses, Tik. Nous étions convaincus que ta sœur et toi auriez le bon sens de parler s'il s'agissait de quelque chose de grave.

— On ne l'a pas fait ! ai-je protesté. On n'en a pas soufflé mot et on aurait dû ! Il aurait fallu que les policiers soient informés ; ils auraient peut-être… organisé les choses autrement.

— En effet.

— Alors ça suffit comme raison pour… nous rendre coupables…

J'ai refoulé les larmes qui me montaient aux yeux.

Papa a levé une main en l'air, comme pour imposer silence à ses élèves autrefois.

— Tikka, arrête. (Aussi ridicule que cela paraisse, ce geste familier, cette paume plus ridée que jamais m'ont aussitôt calmée.) Je ne crois pas que ça aurait changé quoi que ce soit, ma chérie. Il me semble que vos amies étaient bien déterminées à s'enfuir.

Dans la rue, un moteur de voiture a rugi, des explosions ont retenti.

— Bon nombre de personnes auraient dû aller parler à la police avant vous, a poursuivi papa. En premier lieu Mme McCausley, si elle savait tant de choses. Pourquoi n'a-t-elle rien dit aux flics ? Et M. et Mme Van Apfel ? Carol aussi devait se douter du projet de ses filles puisque son mari était au courant. Ils auraient dû prévenir la police.

Il a esquissé une grimace et je me suis demandé si soulever ces cartons n'était pas, désormais, un trop grand effort pour son dos.

— Beaucoup d'adultes n'ont pas fait ce qu'il fallait en ce qui concerne ces gamines. Ta mère et moi, nous aurions pu intervenir. Faire davantage. Dire quelque chose. (Il a haussé les épaules en signe d'impuissance.) Vous cuisiner, Laura et toi. Je m'interroge parfois. Mais vous n'étiez que des gosses, et c'était déjà assez terrible que vous ayez perdu vos amies. Vous étiez si malheureuses.

J'ai regardé derrière papa, m'efforçant de ne pas me souvenir de ce que j'éprouvais à l'époque, quand le chagrin était tellement vif. Je me suis concentrée sur le mur de cartons qui s'élevait lentement devant celui en brique du garage. Il formait comme l'enceinte intérieure d'une forteresse. Une forteresse de cartons marron de la Banque alimentaire.

Dans la rue, le bruit du moteur s'est estompé, de sorte que j'ai de nouveau entendu la respiration de papa, plus laborieuse qu'auparavant. Il a fait glisser un carton et l'a penché, prêt à le soulever. J'ai pris l'autre côté.

— De toute façon, ai-je dit, Mme McCausley ignorait le projet de fugue des sœurs. M. Van Apfel et M. Avery étaient les seuls au courant, à part nous.

Papa a brutalement laissé tomber le carton sur le béton. Les boîtes de conserve se sont entrechoquées comme des dents.

— M. Avery ? Le professeur ? Il savait ?

— Euh, apparemment, oui, ai-je répondu, étonnée par la réaction de papa. Cordie le lui avait confié. Du moins, c'est ce qu'elle nous a dit.

Je me rappelais très bien la dispute entre Cordie et Hannah sur le chemin du retour de l'école. La première s'était vantée d'avoir révélé leur plan secret à M. Avery. « Et alors ? s'était-elle insurgée, méprisante. Ça l'intéressait. Il s'intéresse toujours à ce que j'ai à lui dire. » Elle s'était arrêtée pour rouler sa chaussette de manière suggestive sur son mollet, jusqu'à ce qu'elle forme une épaisse saucisse autour de sa cheville.

— M. Avery savait donc que Cordelia projetait de s'enfuir ? a répété papa.

— D'après Cordie, oui.

— Est-ce qu'il connaissait la date ?

— Je crois bien… Oui, sûrement, puisqu'il a dit à Cordie que c'était dommage qu'il soit coincé dans les coulisses pour le spectacle ce soir-là : ça l'empêcherait de lui faire de véritables adieux. Quel que soit le sens de la formule.

Papa a gardé le silence.

— Quoi, papa ? Tu penses que c'est M. Avery qui l'a fait ? Tu penses qu'il est coupable, qu'on pourrait…

Je me suis tue devant l'expression figée de mon père. Avec irritation, il a donné un petit coup d'orteil dans un carton.

— Tu sais ce que ça veut dire, Tik ? a-t-il fini par lancer. Rien. Ça ne change absolument rien. Nous sommes en train de parler de faits qui remontent à vingt ans et qui concernent des personnes disparues depuis longtemps. M. et Mme Van Apfel. M. Avery… D'une façon ou d'une autre, tes trois amies. Ils ont tous disparu et on ne peut rien y changer.

— Ce n'est pas vrai, ai-je objecté avec virulence. Ça a touché tout le monde. C'est encore le cas. Toi-même, tu regrettes de ne pas avoir fait davantage. Tu te doutais qu'il se passait des trucs pas nets chez les Van Apfel. Maman et toi, vous aviez des soupçons, mais vous n'êtes pas intervenus pour y mettre un terme. Comment peux-tu dire que ça n'a plus d'importance ?

Je me suis rendu compte que j'avais dépassé les bornes avant même la fin de ma phrase, et une bouffée de honte puérile m'a envahie. Le moteur s'est remis à ronfler dans la rue. Nous sommes restés là, silencieux, prêtant l'oreille, tandis qu'un crissement de pneu se mêlait aux bruits d'accélération et que l'inconnu vérifiait l'efficacité de sa réparation en décrivant des cercles bruyants dans le cul-de-sac.

— Bien sûr, Tik, je regrette de ne pas avoir fait plus, a déclaré papa après une pause.

Il s'est retourné vers la voiture, a fait glisser un carton de la Banque alimentaire vers lui.

Puis il m'a dit qu'il avait essayé de parler à Mme Van Apfel. Après la soirée pyjama de Hayley Stinson, il était retourné chez eux et, planté sur le pas de leur porte, avait demandé à Carol si elle était au courant pour le professeur et sa fille et comment cela se passait à la maison.

— Qu'est-ce qu'elle a répondu ?

Papa ne s'en souvenait pas précisément. À moins qu'il n'ait pas eu envie de me le révéler.

— Je n'ai pas réussi à creuser la question, mais personne n'y parvenait avec Carol… Je ne dis pas que j'ai fait assez d'efforts, Tik ! Mais bon Dieu, je pense que ça ne vaut pas le coup de vivre un enfer pour le reste de sa vie, de passer son temps à se dire : Si seulement…

Au mot « enfer », la voix chantante de Cordie a résonné à mon oreille : « M. Avery affirme que l'enfer n'existe pas. »

Qui sait ? Il avait probablement raison. L'enfer n'était-il pas juste le fruit de notre imagination, un lieu où l'on s'exilait faute de supporter celui où nous étions ? M. Avery avait certainement raison. Et papa aussi : rien de tout cela n'avait plus d'importance en cet instant, dans ce garage où il s'affairait calmement à côté de moi, où les moutons de poussière tournoyaient, attrapant la lumière qui entrait par une fente de la porte.

Papa a fait glisser le dernier carton vers nous et nous l'avons posé par terre.

— Une tasse de thé, Tik ?

J'ai accepté d'un signe de tête, avant de le suivre sous les rayons du soleil de la fin d'après-midi.

— On ne sait jamais, Tik, a-t-il ajouté. Je n'ai jamais pris cette idée au sérieux avant de savoir qu'elles avaient tout planifié, mais Hannah et Cordie s'en sont peut-être sorties, en fin de compte.

Sur ce, il a tenu la porte moustiquaire pour que je rentre dans la maison.

22

Après les obsèques de Ruth, mon univers se scinda en deux. Un avant et un après. Pour toujours. Finis, les concours de poiriers dans la piscine, les pièces de théâtre à l'école, les virées au milk-bar. Là-bas, dans le passé, de l'autre côté de l'abîme, les voisins se filaient des recettes de salades de pommes de terre et des outils électriques au-dessus des haies tout en évoquant le manque de pluie. Là-bas, dans le passé, les enfants jouaient à Frappe et Cours – comme si les adultes pouvaient se faire des illusions sur le vide qui s'essuyait les pieds quand ils ouvraient leur porte. Là-bas, dans le passé, on ramassait des coquilles de cigales, autant de cercueils craquants abandonnés après leur mue. Des cigales vertes aux yeux rouges, des cigales jaunes aux pinces noires, enterrées depuis peu. Et au numéro 1 de Macedon Close, à l'angle, en face de chez les Van Apfel, Mme McCausley, qui épiait les allées et venues de ses voisins par la fente de ses rideaux plissés.

C'était de ce côté-là que se trouvait mon enfance. De ce côté-ci, en revanche, c'était complètement différent. De ce côté-ci, chaque jour, j'attendais devant le panneau de notre rue. Mais Ruth ne se pointait pas, ne me demandait pas ce que j'avais comme goûter pour la récréation. Alors je prenais toute seule le chemin de l'école.

Des discussions furent entamées afin d'organiser un service funéraire combiné pour Hannah et Cordie au Centre du Renouveau de l'Espoir, comme pour Ruth. Sauf que personne ne tenait à en être l'instigateur, quand bien même la police avait mis un terme aux recherches (c'était maintenant un détachement spécial qui s'occupait de l'enquête).

— Attendez une semaine si vous n'êtes pas prêts, conseilla le pasteur qui avait célébré l'office de Ruth. Jésus a de la patience à revendre.

Ainsi, tandis qu'on choisissait des cantiques et des versets de la Bible, tandis que l'ordre de la cérémonie était établi, tapé et formaté, enregistré sur une disquette, personne n'avait le cœur d'appuyer sur la touche « imprimer ». Sans date définie, c'était impossible.

Le service funéraire de Hannah et de Cordie fut suspendu tout l'été. De toute façon, ça n'aurait pas pu être le même que celui de Ruth. Vu qu'on n'avait pas les corps.

Et tant qu'il restait une chance qu'elles soient encore vivantes.

Ruth, elle, était partie pour toujours. Une réalité épouvantablement définitive.

Un après-midi – c'était après l'office de Ruth et alors qu'on attendait celui de Hannah et de Cordie –, Laura et moi vîmes Mme Van Apfel dans le bush.

— Qu'est-ce qu'elle fait là ? demandai-je à Laura. Elle répand de la nourriture pour les oiseaux ?

Côte à côte, à l'abri sur la terrasse derrière notre maison, on observa les broussailles devant nous.

— Ce n'est pas de la nourriture pour les oiseaux, Tik.

Ma sœur s'exprimait avec prudence. Cela faisait des semaines que nous jaugions nos chagrins respectifs. Les scrutions, tournions autour, les mesurions toutes les heures. Depuis le spectacle, nous marchions sur des œufs.

— C'est quoi, alors ?

Mme Van Apfel progressa dans le bush, en lisière de la piste coupe-feu, restant à proximité des broussailles où les ombres s'allongeaient. À sa gauche, notre rangée de maisons lui tournait discrètement le dos. À sa droite, la vallée descendait jusqu'à la rivière. Tête penchée, elle marchait d'un pas décidé, méthodique, traçant son chemin sur le sol moucheté de soleil. Elle s'arrêtait régulièrement, se baissait et plantait quelque chose dans la terre. Le seul signe que ce que je voyais n'était pas un rêve était le vent qui me donnait la chair de poule sur les bras.

— Elle dépose des croix, répondit Laura.

Des croix faites maison avec des palmes desséchées et tordues, mais pliées et assemblées avec soin. Comme il était impossible de les planter droit à cause du manque de profondeur du sol, Mme Van Apfel les laissait allongées.

— Pourquoi ? Comment peut-elle être sûre que Hannah et Cordie sont mortes ?

— Ne prononce pas ce mot ! s'exclama ma sœur.

— Quoi, « mort » ?

— Ne le dis pas, d'accord ? répéta Laura. Les croix, ça ne signifie pas que quelqu'un est mort.

Elle avait sans doute raison. Ne symbolisaient-elles pas la résurrection à Pâques ?
— Qu'est-ce qu'elles signifient, alors ? demandai-je.
— C'est peut-être sa façon de prier.
Une idée me vint à l'esprit :
— Ou alors, elle les sème comme des miettes pour que Hannah et Cordie retrouvent le chemin de la maison.

23

Quant à Ruth, il est facile d'imaginer ce qui s'est passé. Pour moi, ça l'est en tout cas… Ruth, fidèle adepte du Renouveau de l'Espoir jusqu'à la fin. La visualisez-vous à l'instant où elle renonça ? Où elle abandonna ses sœurs ? Et retourna toute seule à l'amphithéâtre ?

« C'est un péché ! avait-elle dû hurler. C'est un péché de fuguer, et je ne viens pas avec vous ! »

Je me suis imaginé cette scène des centaines de fois. Le moment où elle avait quitté Hannah et Cordie, où elle avait glissé, où elle était tombée. Où elle avait disparu dans l'excavation, au flanc du rocher, au bord de la rivière.

C'était arrivé si vite.

Ce soir-là, Ruth est déjà fatiguée. Elle a mal aux pieds dans ses sandales Méduse. Elle meurt de faim.

— Je veux rentrer à la maison…, geint-elle.

Hannah la rembarre :

— Jamais. Sauf si on nous rattrape, évidemment.

Car c'est bien ça, le risque, vu l'allure d'escargot de Ruth. Leurs parents ne vont pas tarder à s'apercevoir de leur absence, et elles le paieront très cher. Hannah le sait. Mais Ruth est à la traîne. Ruth trébuche. Ruth a peur du noir.

Surtout, elle n'arrête pas de se plaindre… Cordie fait alors volte-face, pose une main sur la hanche où son tee-shirt est noué.

— Tu n'as qu'à rentrer, dit-elle froidement. D'autant que tu n'étais pas censée venir.

Ruth se renfrogne et se baisse pour enlever un bout de bois de sa sandale. C'est vraiment impossible d'avoir sept ans alors que vos sœurs en ont treize et quatorze. Impossible d'être à la hauteur. Impossible d'être prise au sérieux.

— Elle ne peut pas rentrer seule, fait remarquer Hannah à Cordie. (Elle se comporte déjà comme si Ruth n'était plus là. Étrange, non ?) Elle ne va jamais retrouver le chemin, jamais. Et s'il lui arrivait quelque chose ?

— Si ! Je retrouverai le chemin, Hannah !

Ruth est déterminée. Elle prouvera qu'elle en est capable. (Même s'il fait très noir, même si elle n'a pas fait très attention à l'itinéraire suivi par Hannah pour les mener jusqu'ici.)

— Tu vendras la mèche, lâche méchamment Cordie. Tu raconteras à tout le monde où nous sommes parties pour qu'on nous rattrape aussitôt.

Là, Ruth n'a rien à réfuter. C'est vrai ; on ne peut pas compter sur elle pour la fermer.

Et puis, il y a autre chose… La gloutonnerie de Ruth. Ruth ne peut s'arrêter de manger. Tout le monde le sait. Et Hannah craint que, sans l'argent de Laura, ce soit presque impossible qu'elles parviennent à se nourrir, toutes les trois.

En fait, elles n'ont pas eu le temps d'aller retrouver Laura dans la clairière comme prévu. (Leur père est resté trop longtemps dans les parages.) Elles ont déjà eu de la chance de réussir à se sauver. Hannah a la maturité de s'en rendre compte.

Mais la chance est en train de tourner. Ruth les ralentit. Ruth ne perçoit pas l'urgence. Ruth a tellement envie de revenir sur ses pas qu'elle traîne des pieds.

— Grouille-toi.

— Traîne-savates.

— Je rentre à la maison, déclare soudain Ruth, comme si ces mots mijotaient sous la surface depuis le début.

Et, le menton levé vers le ciel dans une attitude de défi, elle dévale la pente dans ses sandales Méduse roses, disparaît dans les broussailles, sa tresse oscillant à droite et à gauche, ses poings serrés, provoquant l'envol flamboyant d'oiseaux effarouchés.

Elle va trouver le chemin. Ses sœurs verront bien. Elle n'a qu'à suivre la pente pour rejoindre la rivière. Mais elle se trouve plus au sud qu'elle ne le pensait et, à cause de l'obscurité, elle ne distingue pas l'amphithéâtre sur l'autre rive. Ni le terrain de sport, ni la passerelle à franchir pour y arriver. Elle va monter plus haut, voilà ce qu'elle va faire. Comme ça, elle aura une meilleure vue. Et elle verra la direction à prendre.

Elle escalade les blocs de pierre au bord de la rivière, les gratte avec ses ongles. Je l'imagine très bien. Elle progresse difficilement, car les rochers sont hauts et déchiquetés. Elle se déplace en crabe sur la surface moussue. Puis elle glisse, tombe, dégringole entre les rochers. La nuit plane au-dessus d'elle, les versants de la vallée forment une sorte de couvercle. Elle est arrivée à bon port. À la maison.

La fugue de Ruth a pris fin.

24

L'hôpital où Laura se rendait pour ses séances de chimiothérapie s'étirait entre deux villes, écrasant de sa hauteur les maisons à bardeaux et les bungalows de style californien qui avaient survécu tout autour. On aurait dit que l'énorme établissement avait été largué au mauvais endroit. N'importe comment. À côté de l'autoroute.

— Tu ne croyais pas qu'on arriverait aussi tôt, n'est-ce pas ? ai-je lancé.

Laura et moi étions assises dans sa voiture devant l'hôpital. Pour une fois, elle occupait la place du passager.

— J'ai cru qu'on n'arriverait jamais, tu veux dire ! Vu la façon dont tu as doublé ce camion sur le pont !

J'ai souri. En plus, j'avais dû avancer le siège pour atteindre les pédales. Ma sœur avait quatre centimètres et demi de plus que moi. J'avais attendu trois semaines avant d'avoir le droit de conduire sa voiture et, à présent, j'avais saboté les réglages de son siège.

C'était le troisième jour de chimio. Je l'avais également accompagnée les deux premiers. (Maman s'était engagée à le faire la fois suivante pour que je puisse préparer mes bagages. Je reprenais l'avion pour Baltimore le week-end suivant.)

La chaleur était étouffante dans la voiture, malgré les vitres baissées, malgré l'ombre du grand figuier de Moreton Bay, dont la frondaison protégeait une demi-douzaine de véhicules garés. L'arbre devait culminer à vingt mètres ; des figues pourrissantes tachetées de violet jonchaient le parking ; ses racines fissuraient l'asphalte.

— Tu n'as pas trop chaud ? ai-je demandé à Laura. Je vais peut-être mettre la clim…

Je transpirais tellement que je collais au vinyle du siège. Laura, en revanche, se pelotonnait dans une veste polaire qui la recouvrait comme une toge, ce qui lui conférait une étrange majesté.

— Non, s'il te plaît. J'ai besoin d'absorber la chaleur.

Elle ne parvenait pas à se réchauffer entre les séances de chimio. Elle disait que c'était comme si le froid s'installait à demeure dans ses os.

Nous sommes donc restées dans la touffeur de la voiture. J'aurais évidemment préféré patienter à l'intérieur de l'hôpital, où ils avaient le bon goût d'avoir de l'air conditionné et de l'eau de source filtrée dans le distributeur. Cela compensait largement l'odeur de maladie…

— C'est quand, la réception pour les fiançailles de Jade Heddingly ?

Je tentais tant bien que mal de distraire Laura, livide, emmitouflée dans cette veste.

— Le samedi après ton départ. Dommage que tu ne sois pas là, tu connais presque tous les invités.

— Mauvais timing, ai-je commenté avec une grimace.

Un mensonge – nous le savions toutes les deux.

— Ta copine Mme McCausley sera là. Ainsi que les Townsend du numéro 9 et les Tooley. Les Gonski ne peuvent pas venir – ils sont à Bali. Je t'ai dit qu'Anna possédait une boutique de sarongs là-bas ?

J'ai protégé mes yeux du soleil tandis que Laura me racontait une histoire difficile à suivre sur le magasin d'Anna Gonski, les allègements fiscaux, l'hiver qu'elle et son mari passaient chaque année à Seminyak.

— Qui Jade épouse-t-elle, déjà ?

Maman me l'avait sans nul doute précisé, mais je n'avais pas prêté attention à ces discussions sur le mariage.

Ma sœur m'a jeté un regard qui me demandait clairement si j'étais sérieuse ou pas…

— Jacob ! Elle va épouser Jacob.

— Jacob qui ?

— Jacob Hunter !

— Quoi ? Le gamin au trombone ?

— Oui. Il fait partie de l'orchestre de la police de Nouvelle-Galles-du-Sud.

— « C'est une longue route jusqu'à Tipperary. »

Même si elle se souvenait de ce morceau présenté par Jacob lors du spectacle de l'école, Laura n'a pas joué le jeu, préférant m'abreuver de détails passionnants :

— Jade a sept demoiselles d'honneur, dont Hayley Stinson, du club de natation. Ça va être un mariage de folie…

Nous nous sommes tues quelques instants.

— Et le révérend Richmond ? ai-je enchaîné. Il va célébrer l'office ?

Je me suis rappelé comme le vieil homme souhaitait toujours être invité partout, malgré sa tendance à s'endormir systématiquement au milieu de la cérémonie.

Une expression étonnée s'est affichée sur le visage de Laura. Puis un sourire ironique (le premier de la matinée) :

— Ça fait plus d'un an qu'il est mort, Tik. Dans son sommeil.

M. et Mme Van Apfel étaient décédés, eux aussi. Mais ça, je le savais. Environ dix ans auparavant, à quelques semaines d'intervalle l'un de l'autre. À l'époque, Laura m'avait assuré que c'était banal :

« Ça arrive à plein de couples. On le voit tout le temps à l'hôpital.

— Quand il s'agit de couples très âgés, non ? avais-je objecté. Les Van Apfel n'avaient qu'une soixantaine d'années. »

M. Van Apfel était mort d'une embolie pulmonaire non diagnostiquée – un caillot de sang qui avait circulé jusqu'aux poumons. En revanche, personne ne savait ce qui était arrivé à Mme Van Apfel. Une ambulance avait emporté son cadavre. C'est tout ce qu'on avait vu.

Enfin, seul Trent Rainer les avait vus. C'était en pleine journée. Tout le monde était au travail. Et Trent, apparemment, n'avait pas eu le temps de poser la moindre question aux ambulanciers.

Quelques mois plus tard, la maison des Van Apfel avait été vendue. Puis les propriétaires s'étaient succédé à un rythme assez régulier.

J'ai jeté un coup d'œil au cadre argenté de la fenêtre de la voiture. Des étincelles de soleil pailletaient le rebord. Dehors, les gigantesques feuilles du figuier remuaient doucement sous le vent, révélant le brun-roux de leur envers.

— Tu retournes à Baltimore ? m'a demandé Laura, bien qu'elle connaisse la réponse.

— Oui. Trois semaines et demie, c'est le maximum que j'ai réussi à obtenir. Mais…

— Mais ?

Je l'ai regardée. Sa veste la recouvrait à la manière d'un tapis, le col remonté jusqu'à son menton. Les manches pendaient, vides, sur les côtés de son siège. Des cernes sombres cerclaient ses yeux.

— Mais j'ignore si je vais reprendre mon ancien poste. J'ai réfléchi, je ne sais pas… J'ai envie de faire des études, ai-je ajouté timidement. De médecine peut-être. Puis pédiatrie.

— Pédiatrie ?

— Peut-être.

Laura a eu l'air songeuse.

— Ça t'irait bien, Tik.

J'ai attendu la chute, mais celle-ci n'est pas venue. Ma sœur m'a dévisagée, esquissant un sourire.

— Vraiment. Tu serais douée pour ça.

J'étais ravie :

— Tu crois ? J'y réfléchis depuis que je suis arrivée.

Elle a lâché sur un ton narquois :

— Tu t'es toujours entendue avec les gosses. Tu n'as pas d'effort à faire pour être à leur niveau…

J'ai eu un grand sourire de perdante. Elle a levé les yeux au ciel, ce qui m'a réjouie encore plus. J'avais beau ne plus chercher constamment l'approbation de Laura, c'était merveilleux de la gagner par hasard.

— Tu te sens prête à entrer ? lui ai-je demandé en faisant un signe vers l'hôpital qui se dressait devant nous, tel un énorme congélateur blanc.

— Dans une minute.

Laura s'est appuyée sur le repose-tête. Il m'a semblé qu'elle allait s'endormir, mais elle n'a pas tardé à reprendre la parole, avec davantage de conviction même :

— La semaine dernière, tu m'as demandé si j'estimais qu'on avait bien fait de ne parler à personne du projet de fugue de Hannah et de Cordie. Et si l'idée qu'on avait peut-être eu tort ne me tourmentait pas…

J'ai patienté.

— Eh bien si, a-t-elle reconnu, ça me tourmente. Je ne sais pas si on a bien fait. Plus j'y pense, moins j'en suis certaine.

Elle a ouvert les yeux, les a plissés à cause du soleil, les a refermés sans me regarder. Et j'ai compris qu'elle se préparait à cette conversation depuis un bon moment. Peut-être depuis le début de mon séjour.

— J'ai toujours considéré que nos intentions étaient bonnes… Par exemple que garder le secret était nécessaire vis-à-vis de Hannah.

— Et maintenant ?

Elle a hésité :

— Maintenant, je ne suis plus sûre que les intentions comptent beaucoup, Tik.

— Moi non plus…

Par la fenêtre, j'ai regardé les feuilles du figuier s'agiter dans le vent. Elles se retournaient, passant du vert au brun-rouille et de nouveau au vert. Ces deux tons m'ont rappelé les pipis qu'on ramassait, enfants, dans la clairière de la vallée : ces mollusques étaient clairs à l'extérieur de leur coquille symétrique, et d'un lilas éclatant à l'intérieur. On en faisait collection justement pour cette couleur, et on les disposait en des motifs compliqués, le violet en évidence, dans notre vallée remplie d'ossements desséchés.

— Qu'est-ce qu'on fait ? a lâché Laura.

Une fraction de seconde, j'ai eu l'impression qu'il s'agissait d'une sorte de psychologie inversée. Qu'elle changeait les rôles et que, pour une fois, j'étais celle qui rassurait.

— Qu'est-ce qu'on fait ? ai-je répété.

— Oui.

Elle était sérieuse… Je n'étais pas la seule à être paumée depuis la disparition de nos amies, depuis le jour où elles ne s'étaient pas pointées au milieu des ossements desséchés. Nous exhumions tant de choses que nous n'aurions pas dû toucher.

— On reste soudées, ai-je fini par répondre. Comme on l'a toujours fait, Lor.

Parce que ça, au moins, semblait possible. C'était la seule chose qui avait du sens.

De l'autre côté du parking, un agent d'entretien est sorti fumer. Il s'est appuyé lourdement contre le mur de brique. La fumée bleue qu'il a exhalée a formé un filet au-dessus de sa tête ; l'air autour de lui a frémi comme de l'eau.

Les sœurs nous hantaient depuis une éternité. Depuis leur disparition. Laura et moi étions celles qui avaient été abandonnées. Nous nous définissions par rapport à ce qui s'était volatilisé depuis des lustres. Sinon quoi ? Qui aurions-nous été ?

Après avoir regardé l'agent d'entretien faire des ronds de fumée, j'ai repris :

— Et on laisse tomber.

— On les laisse tomber ?

J'ai acquiescé. Hannah et Cordie n'avaient jamais eu qu'une seule envie : s'enfuir.

Ma sœur a paru apaisée, comme si elle avait entendu ce qu'elle souhaitait. Les muscles de sa nuque se sont relâchés.

Nous sommes descendues de la voiture – Laura avec lenteur et précaution, un bras autour de mes épaules. Nous nous sommes dirigées vers l'hôpital. C'était bon de sentir son bras, j'ai relevé un peu la hanche de son côté pour mieux la soutenir.

Ma sœur, dont je connaissais encore si bien l'odeur.

25

Cet été-là où je suis rentrée voir ma sœur, j'avais trente et un ans. Ni plus ni moins – pas besoin d'ajouter les deux mois (un sixième) à mon âge. Et dans quelques années, j'aurai la somme des âges de Hannah, Cordie et Ruth : quatorze plus treize plus sept. Je comptais bien, aussi, vivre trente et un ans de plus. Et encore trente et un. Je pourrais vivre neuf vies en tout, pour compenser les vies trop courtes, les vies abrégées des sœurs Van Apfel.

À supposer que Hannah et Cordie ne soient pas en train de collectionner leurs propres anniversaires.

Avant de m'envoler pour Baltimore, j'ai décidé de me balader en ville. Je suis allée près du quai, j'ai longé la plage en regardant s'éloigner les ferries vert mousse. J'ai mis moins d'une heure pour me rendre en voiture de Macedon Close au centre. C'est là que je l'ai aperçue. Juste là. Dans un parking souterrain, par-dessus le marché. Comme si elle n'avait jamais quitté la côte est. Comme si elle n'avait pas disparu en même temps que ses sœurs.

Elle attendait l'arrivée de l'ascenseur pour remonter au niveau de la rue. Alors que je cherchais une place où me garer, j'ai découvert Cordie Van Apfel dans mon rétroviseur.

Des cheveux blonds, des bras nus, des hanches plus larges. C'était bien Cordie. Cordie en tenue de bureau. Avec son sac à main et la sacoche de son ordinateur portable assortis, en beau cuir marron. Sa robe était rouge foncé. Cordie arrêtait encore le regard. Le galbe de ses mollets. La cambrure de son dos. Sa manière de taper avec agacement sur les boutons de l'ascenseur alors que les flèches étaient allumées, puis d'ajuster impatiemment sa robe dans le reflet renvoyé par les portes. Elle n'aurait pu ressembler davantage à Cordie.

Il ne s'agissait pas d'une ressemblance. C'était bien Cordie. Et l'envie me tenaillait de freiner, de sauter de ma voiture et de crier : « Cordie ! Attends, Cordie ! J'arrive ! »

De lui demander où elle était passée pendant toutes ces années, bon sang.

Mais derrière moi, des voitures zigzaguaient dans l'obscurité. J'ai tourné au coin, ai descendu la rampe, suis arrivée au niveau inférieur, identique. Dès qu'une place s'est présentée, j'y ai flanqué ma voiture, ai coupé le contact. Mes chaussures étaient coincées sous mon siège, mais j'irais plus vite pieds nus. J'ai couru jusqu'à l'escalier de secours, l'ai monté quatre à quatre ; le béton était froid sous mes pieds.

Dehors, je me suis arrêtée. L'espace d'un instant, le soleil m'a éblouie. Puis j'ai vu Cordie, qui, dans la foule au bout de la rue, attendait au feu de circulation.

— Cordie ! ai-je crié. Cordie, attends !

J'ai recommencé à courir. Je me suis faufilée dans la cohue : coudes, sacs de courses, conversations téléphoniques. De l'autre côté de la rue, un marteau-piqueur s'est déclenché. Le feu a changé de couleur, et Cordie s'est élancée pour traverser.

— Cordie, attends ! C'est Tikka, c'est moi !

Mais la lumière du signe « piéton » est devenue rouge, et les voitures ont démarré tandis que Cordie se dirigeait tranquillement vers le pâté de maisons suivant.

J'ai marqué une pause. Je voyais toujours Cordie, en face. Et Cordie n'avait pas changé. Elle plaquait un bras sur son ventre pour empêcher que la sacoche de son ordinateur ne glisse, de la même manière qu'elle protégeait son plâtre autrefois. Ses cheveux étaient d'un blond plus brillant, plus artificiel, mais j'avais toujours autant envie de les toucher. De les tirer, pour l'obliger à se retourner. Un taxi a bifurqué à toute vitesse devant moi. Puis un autre. Puis un coursier à vélo. La voie a été libre pendant une seconde, et j'en ai profité pour traverser. Une voiture m'a klaxonnée.

Je me suis mise à courir. J'avais la plante des pieds brûlante, les poumons en feu.

La tête blonde de Cordie tressautait devant moi. Ses mèches voltigeaient autour d'elle, tels des doigts qui me faisaient signe. Mais le trottoir était tellement noir de monde que je perdais du terrain. Il me semblait qu'elle s'éloignait un peu plus à chacun de mes pas.

Dans la brèche qui s'élargissait entre nous, un groupe de touristes s'est introduit. Ceux-ci avaient beau avoir l'âge de la retraite, ils avançaient deux par deux comme des écoliers. Ils désignaient affiches et graffitis. Parlaient avec animation dans une langue que je ne reconnaissais pas. Un sourire béat aux lèvres, une femme regardait un pigeon sur le trottoir. Un membre du groupe a photographié mes pieds nus avec son téléphone.

Le guide marchait derrière le troupeau. Il brandissait un drapeau qui flottait et claquait au vent.

— Ça va ?

L'homme me dévisageait d'un air soupçonneux. Ce n'était pas tant une question qu'une remarque concernant ma posture au beau milieu du trottoir, mes pieds nus, mon regard fou.

— Non… oui, ai-je rectifié. Oui, je vais bien.

Il a hoché la tête, puis a repris la direction de son groupe.

Je vais bien, ai-je pensé. Et pourtant, mon cœur battait si fort que j'avais l'impression qu'il allait s'échapper de ma poitrine. La rue elle-même tanguait autour de moi.

C'est alors que la brise a charrié la puissante odeur d'eau salée du port. Je me suis retrouvée dans la vallée. La puanteur de la rivière me tapissait les narines. Cordie était là dans son short en jean, une expression perplexe sur le visage.

Pourquoi je ne la laissais pas s'enfuir ? voulait-elle savoir. Pourquoi je tenais tant à la faire revenir en arrière, à la ramener à la maison ? *N'avais-je pas vu comme ça avait mal tourné pour Ruth ?*

Et tandis que sa voix résonnait dans ma tête, j'ai compris que la seule raison pour laquelle je ne cessais de la voir, où que je me trouve, c'était parce que je le voulais. Je *voulais* la voir. Même après tant d'années, cela avait plus de sens pour moi que de me dire qu'elle avait simplement disparu, comme ça.

Mais ce qui faisait sens pour moi avait-il de l'importance ? J'ai pensé aux vérités récemment découvertes, à tous les faits recueillis (qui avait entendu quoi ? qui se trouvait où ?), aux secrets révélés que nous avions si longtemps gardés enfouis… Rien de tout cela n'expliquait ce qui était vraiment arrivé aux sœurs.

Van Apfel. De la pomme. De l'arbre de la connaissance.

L'évidence m'a sauté aux yeux : personne ne sait rien.

— Je vais bien, ai-je répété à voix basse.

J'ai détourné la tête du groupe de touristes pour murmurer ces mots en regardant la femme en robe rouge qui disparaissait en haut de la rue. Pendant un instant, il m'a semblé qu'elle hésitait, qu'elle allait lancer un regard circulaire. Ça n'a pas été le cas. Elle a continué d'avancer.

J'ai tourné les talons, soulagée. Soulagée, j'ai marché en sens inverse, prenant mes distances avec la blonde et me dirigeant vers le parking souterrain. J'ai récupéré mon sac et mes chaussures sous le siège de la voiture avant de ressortir à l'air libre.

Et je devine que la femme du parking – celle qui avait ajusté sa robe rouge dans le reflet que lui renvoyait l'ascenseur – s'est frayé un chemin jusqu'au croisement suivant. Qui sait ? Elle a peut-être retraversé, bifurqué à un angle, avant que la foule ne l'engloutisse.

Avant de se volatiliser.

ÉPILOGUE

Imaginez. Rêvez. Comme je l'ai si souvent fait. Trois ombres, petites et floues, s'éloignent de l'amphithéâtre et peuplent mes rêves. Regardez comme elles se détachent, se dissolvent, telles des gouttes sur une vitre. Lorsqu'elles arrivent au bloc sanitaire en brique, à gauche de la scène, leurs ombres se sont mêlées ; elles se déplacent comme un seul être. Une lanterne rouge dans l'obscurité. Il n'y a aucune autre silhouette dans ce rêve. Rien qu'elles trois. La trinité impie.

Cordie est en tête.

Dans les ténèbres impossibles, elle emmène ses sœurs suffisamment près du bloc pour qu'elles entendent quelqu'un à l'intérieur. Un mouvement. Le cliquetis d'une boucle de ceinture en métal. Elle leur fait éviter le rond de lumière de l'entrée à l'éclat intermittent. Elle contourne le bâtiment et balance à la poubelle toutes ses brochures.

Elle se dirige vers la rivière.

En colonne, elles s'approchent du terrain de sport : d'abord Cordie, puis Hannah, enfin Ruth. Hannah, qui a presque une tête de plus que leur chef aux yeux de biche, se voûte, de crainte d'être aperçue.

Sous son bras, un énorme sac de pop-corn pendouille tristement dans son plastique comme un animal pris dans un filet.

Cordie porte un tee-shirt, un short et des Converse. Ses cheveux sont toujours ramenés d'un côté. Depuis la veille, son médaillon contient un duvet sacré de souris, et non plus les poils roux porte-bonheur de Madonna.

Un frisson parcourt leur rang, Ruth presse le pas pour les rattraper. Elle ne se laisse pas distancer. Bien qu'elle ait déjà faim et que ses poches soient vides. S'il vous plaît, mon Dieu, faites que Hannah ait emporté des en-cas en plus des pop-corn.

Le terrain de sport baigne dans une étrange lumière. Un vert comparable à celui de la criste marine. On dirait que le monde a sombré dans la rivière. Un chien aboie et, surgissant de nulle part, court dans leur direction. Les filles reculent en trébuchant, apeurées. Elles s'enfoncent dans l'obscurité.

— C'est Au Pied ! s'exclame Cordie en riant. Vous voyez bien ! Ce n'est qu'Au Pied.

Elles regardent le chien roux décrire des cercles, bondir, lever les pattes. La gueule étirée en un grand sourire, la langue pendante. Au loin, un trombone émet des sons comiques, genre *prwrrp-prwrrp-prwrrp*.

— Au Pied est venu nous dire au revoir, commente Cordie, non sans nostalgie. Si seulement on pouvait le caresser…

Au lieu de quoi, elles avancent vers la mangrove, vers la rivière, vers la passerelle qui l'enjambe.

Elles veillent à rester dans l'ombre. Elles ne s'approchent pas des lignes du terrain tracées à la bombe aérosol. Elles se faufilent entre les eucalyptus spectraux. Apparaissant et disparaissant sous leur frondaison. Les feuilles brillent d'une lueur argentée sous un incroyable clair de lune, frémissent comme des écailles de poisson.

La rivière, en revanche – cette coulée d'eau noire –, est d'une immobilité morbide. C'est l'étale. Hannah sait que le flux va monter et le courant se renforcer avant la marée. À présent, cependant, tout est figé, et le monde s'est arrêté de tourner. Hormis les trois fantômes qui sautillent le long du rivage en projetant des ombres fuselées. Des tiges tout en longueur. Des oiseaux nocturnes qui dansent dans la nuit.

Pendant ce temps, le trombone émet son ultime sonnerie triomphale. Le public applaudit à tout rompre. Les sœurs s'arrêtent. Retiennent leur souffle.

Elles scrutent les ténèbres estivales.

L'éclairage de la scène s'intensifie tandis que les spectateurs font silence : elles comprennent que le numéro suivant se prépare.

— C'est quoi, à ton avis ?

— Chais pas. Ils ne sont pas assez nombreux pour que ce soit la chorale.

Hannah plisse les yeux pour dénombrer les silhouettes debout sur la scène.

— On s'en fiche, lâche Cordie d'un ton rêveur.

Rien n'a d'importance maintenant qu'elles ont réussi à s'enfuir. Un grand sourire aux lèvres, elle noue ses bras autour de sa taille.

Sur le terrain de sport, Au Pied est agité. Il flaire un changement dans l'air. Saisi de frénésie, il virevolte et galope. Refuse de revenir vers son maître, qui l'appelle.

Les sœurs cavalent dans la mangrove, au clair de lune. Dans l'obscurité pestilentielle. Elles courent. Elles vivent et respirent. Elles suivent à la trace le cours de la rivière. Leurs empreintes s'enfoncent dans le sable et l'argile, et elles mettent la marée montante au défi de les effacer.

MIXTE
Papier issu de
sources responsables
FSC® C003309

10/18, une marque d'Univers Poche,
est un éditeur qui s'engage pour
la préservation de l'environnement
et qui utilise du papier fabriqué à partir
de bois provenant de forêts gérées
de manière responsable.

10/18 – 92 avenue de France, 75013 PARIS

Imprimé en France par CPI

N° d'impression : 3041701
X07750/01